HACKNEY
Hoxton
Bethnall
Dorp
Bow
Mile end
Halfwegs Huis
Spittlefields
White Chapel
Stepney
Tower Gehugten
Redriff
hith
Rother
Nalle Dok
Half weg Huis
Deptfordse Weg
Straat
'T GRAAFSCHAP
Laan
DEPT FORD

*Michael Peinkofer,*
geboren 1969, schreibt seit einigen Jahren sehr erfolgreich historische Romane. Als Jugendlicher war er selbst eine »Leseratte« und hat Abenteuer- und Fantasygeschichten verschlungen. In seinen Romanen will er ein wenig von dem Zauber weitergeben, den er dabei erfahren durfte. Mit Frau und Tochter lebt Michael Peinkofer in Kempten im Allgäu, wo er auch arbeitet.

Michael Peinkofer

# Die indische Verschwörung

UEBERREUTER

Für Holly

ISBN 3-8000-5243-1
ISBN 978-3-8000-5243-1

Umschlaggestaltung von Init, Büro für Gestaltung, Bielefeld, unter Verwendung von Fotos von Bridgeman Library (Hafenszene), Mauritius Images (Junge links) und Corbis (Junge rechts).
Die Veröffentlichung dieses Werkes erfolgt auf Vermittlung der Autoren- und Verlagsagentur Peter Molden, Köln.

Druck: Friedrich Pustet, Regensburg
1 3 5 7 6 4 2

Ueberreuter im Internet: www.ueberreuter.at

# Die Hauptfiguren

*Kenny Jones*
ist dreizehn Jahre alt und ein »Schmutzfink« – so werden die Straßenjungen genannt, die bei Ebbe an den schlammigen Uferbänken der Themse nach Wertgegenständen suchen und sich auf diese Weise ihren Lebensunterhalt verdienen. Als Kenny eines Morgens eine besondere Entdeckung macht, beginnt für ihn das Abenteuer seines Lebens …

*Sepoy*
ist fünfzehn Jahre alt und gehört der indischen Glaubensgemeinschaft der Sikhs an, hat jedoch eine britische Ausbildung genossen. Als Diener von Colonel Kensington ist er diesem treu ergeben und scheut keine Gefahr, wenn es um das Leben seines Herrn geht.

*Alice Kensington*
ist Colonel Kensingtons sechzehnjährige Tochter. Trotz ihrer Jugend zeichnet sie sich durch Selbstbewusstsein und Unerschrockenheit aus. Während ihr Vater im fernen Indien weilt, hütet sie den Familiensitz in London, unterstützt von ihrer Dienerschaft.

*Colonel Clifford Kensington*
ist Oberst der königlich-britischen Kolonialarmee. In dieser Eigenschaft war er in den 1830er-Jahren als junger Captain an der Zerschlagung der blutrünstigen Thug-Sekte beteiligt. Knapp zwanzig Jahre später rächt sich dies …

*Inspector Desmond Lasalle*
arbeitet für Scotland Yard und ist mit der Aufklärung der geheimnisvollen Mordserie betraut, die London in Atem hält. Lasalle ist ein typischer Vertreter der imperialistischen Zeit, konservativ und intolerant in seinen Ansichten und der Meinung, dass der aufgeklärte Mensch die heilige Pflicht habe, den Wilden dieser Welt die Zivilisation zu bringen.

*Joseph Moody,*
genannt »Moody Joe«, ist das alte Oberhaupt der »Schmutzfinken«. Dafür, dass Kenny und die anderen Jungen alles abliefern, was sie im Schlamm finden, lässt er sie in seiner schäbigen Hütte übernachten und gewährt ihnen freie Kost (die oft genug nur aus Wasser und Brot besteht). Seine Gier wird ihm zum Verhängnis …

*Charles Dickens*
ist bis heute einer der meistgelesenen Autoren der Weltliteratur. In seinen Werken, von *Oliver Twist* bis hin zur berühmten Erzählung vom Geizhals Ebenezer Scrooge, der den Geistern der Weihnacht begegnet, hat er sich zum Fürsprecher der Armen und Rechtlosen gemacht.

# Inhalt

# Nächtliche Flucht

Es war im Herbst des Jahres 1856.

Die Nächte waren kalt und klamm; gelber Nebel hing in den Straßen Londons und gesellte sich zu dem Rauch, der aus unzähligen schmalen und breiten, niedrigen und hohen, geraden und schiefen, gemauerten und genieteten Schornsteinen drang. Wie ein riesiges schwarzes Ungeheuer ballte sich das Gemisch aus Dunst und Rauch über der Stadt. Es machte die Nacht noch finsterer und schien die Spitzen der Türme zu verschlingen, die sich aus dem Häusermeer erhoben. Nicht einmal vor der großen Kuppel der Kathedrale von St. Paul machte es Halt.

Im Westen, jenseits der verwinkelten Gassen der Stadtteile Holborn und Clerkenwell, war auch die Fassade des Britischen Museums hinter einer Nebelwand verschwunden, gegen die die Gaslaternen am Montague Place nichts ausrichten konnten. Matt verlor sich ihr Schein in den graugelben Schwaden. Das Britische Museum war das größte seiner Art. Unzählige Gegenstände waren hier ausgestellt, die aus den verschiedensten Ländern und Epochen stammten: ägyptische Mumien und griechische Inschriften, römische Münzen und chinesische Vasen; dazu Standbilder aus Assyrien, Schwerter aus Japan, hölzerne Schnitzereien aus Afrika und goldene Götzenbilder aus Mexiko – Überreste uralter, versunkener Kulturen, die die Zeit überdauert hatten. Auch eine asiatische Abteilung gab es; Wandteppiche reihten sich hier an steinerne Figuren und Tempelschätze aus purem Gold, die ihren Weg hierher aus dem fernen Indien gefunden hatten.

Bei Tag waren die Gänge der Ausstellungshallen bevölkert von wissbegierigen Menschen. Bei Nacht jedoch lagen sie still und verlassen da, und das wenige Licht, das durch die hohen Fenster hereindrang, ließ die Statuen fremdartiger Götter und Dämonen unheimliche Schatten werfen. Hier ragte ein Standbild Shivas auf, des Hindu-Gottes, der seinen Dreizack abwehrend erhoben hielt, dort starrte die steinerne Fratze des Schlangendämons Kaliya aus der Finsternis.

Und plötzlich wurden die Schatten der Nacht lebendig. Eine von Kopf bis Fuß in Schwarz gekleidete Gestalt, die Pluderhosen trug und eine weit geschnittene Tunika, kam barfüßig den Gang hinunter. Der Turban auf ihrem Kopf war so gewickelt, dass der Stoff auch das Gesicht bedeckte; nur ein dunkles Augenpaar, das wachsam um sich blickte, war zu sehen. Die Gestalt bewegte sich ebenso lautlos wie behände. Im Laufschritt huschte sie durch eine Reihe von Ausstellungsräumen zur Treppe.

Der Eindringling hatte gefunden, wonach er gesucht hatte. Den in Stoff gewickelten Gegenstand an sein heftig pochendes Herz pressend, setzte er die Stufen hinab. Bislang war alles glatt gegangen. Ungesehen in das Museum einzudringen und den Stein aus der indischen Abteilung zu stehlen war einfacher gewesen, als er erwartet hatte. Nun kam es darauf an, ebenso unbemerkt wieder zu verschwinden – was bei den vielen Wachen, die zu nächtlicher Stunde im Museum patrouillierten, alles andere als einfach war.

Atemlos erreichte der Dieb die Große Halle, in deren gläsernem Kuppeldach sich die Öffnung befand, durch die er eingestiegen war. Ein mit Knoten versehenes Seil hing von dort oben herab, freilich nicht bis zum Boden, wo es allzu auffällig gewesen wäre. Es baumelte etwa fünf Yards* über den Steinfliesen, was bedeutete, dass man es nur über den Balkon erreichen konnte, der vom ersten Stock aus in die Halle blickte. Vorsichtig pirschte sich der Dieb an die Balustrade heran und schaute über die Brüstung. Entsetzt schnappte er nach Luft, als er sah, dass er Gesellschaft hatte. Zwei Männer, die die grünen Uniformen der Museumswärter trugen und Laternen bei sich hatten, standen dort unten und unterhielten sich mit gedämpften Stimmen.

Der Dieb atmete auf, als er begriff, dass sie das Seil noch nicht bemerkt hatten und also auch nichts von seiner Anwesenheit ahnten – aber wenn er jetzt über die Balustrade kletterte, riskierte er, von ihnen entdeckt und gefasst zu werden. Was sollte er tun? Viel Zeit hatte er nicht, denn seine Tat würde nicht lange unbemerkt bleiben. Und dann würde es im Museum nicht nur von uniformierten Wächtern, sondern auch von Polizisten wimmeln ... Durch den Sehschlitz des Turbans irrten die dunklen Augen gehetzt umher. Während der Dieb noch überlegte, was er tun sollte, waren unten in der Halle weitere Stimmen zu vernehmen.

»Da sind Sie ja endlich, Quince«, sagte jemand streng. »Haben Sie Ihre Runde beendet?«

»Ja, Sir«, entgegnete der Angesprochene kleinlaut.

»Hat ja verdammt lange gedauert.«

»Entschuldigen Sie, Sir.«

»Gab es besondere Vorkommnisse?«

»Nein, Sir. In der indischen Abteilung dachte ich für einen Moment, ich hätte etwas gehört, aber ich habe mich wohl geirrt.«

* Die mit einem * gekennzeichneten Begriffe werden im Anhang erklärt.

»Na schön.« Die strenge Stimme räusperte sich geräuschvoll. »Dann nehmen wir uns jetzt die erste Etage vor. Und ich wäre Ihnen dankbar, Quince, wenn Sie sich diesmal weniger Zeit lassen würden.«

»Natürlich, Sir.«

Der Dieb zuckte in seinem Versteck zusammen – nun wusste er, dass er verschwinden musste, denn in wenigen Augenblicken würden die Wächter auf der Balustrade auftauchen. Schon konnte er hören, wie sich ihre Schritte über die Treppe näherten, und er verlor keine Zeit mehr. Mit katzenhafter Gewandtheit sprang er auf die Brüstung, visierte das Ende des Seiles an, das vor ihm in luftiger Höhe hing – und sprang.

Einen Moment lang schwebte er in banger Ungewissheit, wenn er daneben griff und in die Tiefe stürzte, würde er sich sämtliche Knochen brechen. Dann hatten seine Hände bereits das Tau umfasst und die Sohlen seiner nackten Füße schlossen sich um den untersten Knoten. Sich an das Seil klammernd wie ein Affe an eine Liane kletterte der Dieb nach oben, während die Wächter die erste Etage erreichten. Hell und hart hallten ihre Schritte unter der Kuppel wider. Der Dieb blickte sehnsüchtig am Seil empor – die Öffnung in der großen Glaskuppel, über der sich drohend der schwarze Nachthimmel wölbte, schien ihm unerreichbar fern. Mit zusammengebissenen Zähnen arbeitete er sich weiter voran. Die Wächter durften ihn nicht erwischen, sonst war alles vorbei …

Er schaute nicht hinab, als tief unter ihm der Lichtschein der Laternen über dem Balkon auftauchte. Die Wächter waren jetzt dort, wo er sich eben noch versteckt hatte. Hätte er nicht die Flucht ergriffen, befände er sich jetzt schon in ihrer Gewalt. Er konnte hören, wie sich die Männer in der Tiefe unterhielten, verstand allerdings nicht, was sie sagten. Das Licht ihrer Laternen flackerte durch die Eingangshalle, glitt über Standbilder und Gemälde – und richtete sich im nächsten Moment auch auf ihn. Der Dieb verharrte in der Bewegung, verhielt sich völlig still, während er am Seil träge hin und her baumelte. Kurz sah es so aus, als hätte der Lichtschein ihn tatsächlich nur versehentlich gestreift. Plötzlich jedoch – er wollte bereits aufatmen – kehrte das Licht zurück, erfasste ihn und riss ihn aus der schützenden Dunkelheit.

»Was zum …?«, hörte er den Wächter namens Quince von unten rufen – während er seine Reglosigkeit aufgab und unter Aufbietung all seiner verbliebenen Kräfte das restliche Seil hinaufkletterte.

»S-Sir!«, brüllte der Museumswächter mit heiserer Stimme. »Dort oben hängt jemand!«

»Was?«

Die übrigen Wächter stürzten zur Balustrade und sahen zur Kuppel – nur um den Dieb zu gewahren, der gerade das Einstiegsloch erreichte.

»Ein Eindringling!«, rief der Hauptmann der Wachmannschaft wenig geistreich und griff nach seiner Trillerpfeife. Den schrillen Ton vernahm der Dieb nur noch gedämpft, denn in diesem Augenblick schlüpfte er nach draußen und die feuchte Nachtluft hieß ihn willkommen. Er verzichtete darauf, das Seil einzuholen und das Dachfenster, dessen Schloss er geschickt aufgebrochen hatte, wieder zu schließen. Nun war er ohnehin entdeckt und es kam auf jede Sekunde an.

Das schwarze Tuch vor dem Gesicht und die Beute an die schmale Brust gepresst, fuhr er herum und begann zu laufen, über das Dach des Museumsgebäudes, das nach beiden Seiten steil abfiel. Aus den Straßenklüften jenseits des Daches drangen weitere Pfiffe wie ein unheimliches

Echo. Das bedeutete, dass der Alarmruf des Wachmanns gehört worden war und die Polizisten, die in den Straßen auf Patrouille waren, jetzt aus allen Himmelsrichtungen zusammenströmten. Innerhalb von Minuten würde es auf der Straße von Constables* wimmeln.

Der Dieb beschleunigte seine Schritte. Leichtfüßig setzte er über das metallene Dach hinweg, dessen Beschläge unter seinen Tritten kaum knarrten. In seiner schwarzen Kleidung verschmolz er nahezu mit der Nacht, und der Rauch und der Nebel taten ein Übriges, um ihn neugierigen Blicken zu entziehen. Hektisches Gebrüll drang jetzt aus den umgebenden Straßen – die ersten Polizisten waren am Schauplatz eingetroffen und wurden von den Wächtern über die Geschehnisse informiert.

»Aufs Dach! Aufs Dach!«, rief jemand. »Dort hinauf ist er!«

»Wir brauchen Licht! Mehr Licht ...!«

Der Dieb lachte verwegen – bis die Uniformierten dazu kamen, ihm zu folgen, würde einige Zeit vergehen. Für einen Augenblick überlegte er, auf dem Dach des Museums zu bleiben und sich im Gewirr der Kamine zu verstecken, die sich wie ein dichter Wald aus dem Gebirge der Firste und Giebel erhoben. Gut möglich, dass er sich so die Nacht über verbergen konnte – spätestens bei Tagesanbruch würde man ihn jedoch aufspüren und dann wäre alles vergeblich gewesen. Er verwarf den Gedanken rasch wieder und konzentrierte sich auf seine Flucht.

Das Regenrohr, über das er das Gebäude erklommen hatte, befand sich auf der Vorderseite, beim Haupteingang. Von dort kam jedoch das lauteste Stimmengewirr. Wenn er der Polizei nicht geradewegs in die Arme laufen wollte, musste er also irgendwie auf der anderen Seite hinuntergelangen ... Abrupt änderte er die Laufrichtung und überquerte den First des Hauptflügels. Dass er nur einen Fehltritt zu tun brauchte, um über das schräg abfallende Dach in die Tiefe zu stürzen, daran versuchte der Dieb erst gar nicht zu denken. Als hätten sie nie etwas anderes getan, tänzelten seine nackten Füße über das eiskalte Blech, das an vielen Stellen schlüpfrig war von Nässe und Ruß.

Endlich hatte er die andere Seite des riesigen Gebäudes erreicht und spähte verstohlen in die Tiefe. Sein heftig pochendes Herz machte einen Freudensprung, als er auf der Straße weder einen Polizisten noch einen Wachmann entdecken konnte. Kurzerhand folgte er der Dachrinne zum nächsten Ablaufrohr und mit demselben katzenhaften Geschick, mit dem er auf das Dach geklettert war, glitt er nun am Rohr hinab. Die Dunkelheit umgab ihn wie ein schützender Mantel und er hoffte, dass seine schwarze Kleidung ihn auch weiterhin vor Entdeckung bewahren würde. Doch diese Hoffnung war trügerisch. Zwar erreichte der Dieb ungesehen den Bürgersteig – als er sich jedoch davonmachen wollte, hörte er plötzlich einen gellenden Schrei.

»Dort! Da läuft er!«

Er wusste nicht, woher der Ruf kam, und er hatte auch keine Zeit, darüber nachzudenken. Stattdessen nahm er die Beine in die Hand und lief, so schnell er konnte, während von beiden Seiten der Straße heller Laternenschein nach ihm tastete und hektische Stiefeltritte zu vernehmen waren.

»Da drüben!«, schrie jemand. »Das ist er!«

»Bleib stehen, Kerl!«

Trotz seiner Erschöpfung musste der Dieb grinsen. Dachten diese Dummköpfe wirklich, er würde stehen bleiben und sich ergeben, nachdem er schon so weit gekommen war? Niemals ... Mit fliegenden Schritten überquerte er die Straße und schlug sich in eine der angrenzenden Gassen. Die Stiefeltritte und das aufgebrachte Geschrei der Uniformierten folgten ihm, während er zwischen den dunklen Backsteinfassaden hindurchhastete, die zu beiden Seiten der Gasse aufragten. Unrat übersäte den Weg, hier und dort lungerten zusammengesunkene, in Lumpen gekleidete Gestalten in dunklen Nischen; aber sie waren zu beschäftigt mit ihrem eigenen Schicksal, als dass sie sich um ihn oder seine Verfolger gekümmert hätten.

Mit zu schmalen Schlitzen verengten Augen suchte sich der Dieb seinen Weg durch das Halbdunkel. Straßenbeleuchtung gab es hier nicht, nur der fahle Mond, der hinter Dunst und Wolken lag, spendete ein wenig Licht. Und die Laternen der Verfolger, die flackernde Schatten auf die schmutzigen Wände warfen.

»Dort ist er! Ich sehe ihn!«, gellte es durch die Gasse.

Im nächsten Moment gab es einen peitschenden Knall.

Einem jähen Drang gehorchend warf sich der Dieb zu Boden und merkte, wie etwas heiß und scharf über ihn hinwegsengte, um mit einem hässlichen Geräusch in die Backsteinwand zu schlagen – eine Pistolenkugel, die ihn nur um Haaresbreite verfehlt hatte! Er stieß eine Verwünschung aus, während er sich auf die Beine raffte und weiterrannte. Soweit er wusste, waren die Beamten der Stadtpolizei grundsätzlich unbewaffnet. Der Schütze war also ein rachsüchtiger Wachmann aus dem Museum, der keine Gnade kennen würde.

Dem Dieb wurde klar, dass aus seinem nächtlichen Abenteuer eine Flucht auf Leben und Tod geworden war. So schnell er konnte, rannte er durch die verwinkelten Gassen, die sich bald vor ihm teilten, dann wieder auf schmale Straßen mündeten, um sich auf der gegenüberliegenden Seite erneut fortzusetzen. Ein festes Ziel hatte er nicht, genau genommen wusste er nicht einmal, wo er sich befand. Er wollte nur die Verfolger loswerden, die sich als ausgesprochen zäh und hartnäckig erwiesen.

Kopflos hastete er durch das Häusergewirr von Holborn. Sein Glück war, dass sich viele der Constables, die aus benachbarten Stadtvierteln herbeigerufen worden waren, in den dunklen Gassen ebenso wenig auskannten wie er selbst. Mit jeder Straße, die er überquerte, und mit jeder Gasse, die sich teilte, verringerte sich die Zahl der Verfolger, sodass ihr empörtes Geschrei und der wütende Tritt ihrer Stiefel schließlich immer leiser wurden. Auch der Laternenschein fiel zurück und nach einer Weile verlangsamte der Dieb seine Schritte.

Keuchend blieb er stehen und lauschte. Als er von seinen Verfolgern nichts mehr hörte, glaubte er aufatmen zu können – aber einmal mehr freute er sich zu früh. Unvermittelt tauchte eine große, drohende Gestalt vor ihm auf, die nach Gin stank und deren Gesicht er in der Dunkelheit nicht erkennen konnte.

»Na, mein Junge?«, lallte eine vom Alkohol heisere Stimme, während eine grobe Pranke ihn packte. »Wohin soll's denn gehen?«

Für einen Augenblick war der Dieb starr vor Schreck. Dann versuchte er dem Griff des Betrunkenen zu entkommen – vergeblich. Unnachgiebig hielt der dunkle Riese ihn fest, während aus der Ferne wieder die Schritte der Verfolger ertönten, die jetzt rasch aufholten.

Der Unbekannte lachte dröhnend. »Wirst du wohl hier bleiben, du verdammter Bengel? Hat ganz den Anschein, als wären die Wiesel* hinter dir her. Vielleicht ist ja 'ne hübsche Belohnung für mich drin, wenn ich dich ihnen übergebe ...«

Verzweifelt wand sich der Dieb in der Umklammerung des Mannes. Jetzt konnte er auch die Stimmen seiner Verfolger wieder hören und vom Ende der Gasse kam flackernder Laternenschein. Jeden Moment würden die Constables hier sein …

»Nein!«, rief der junge Dieb entschlossen – und mit aller Kraft, die er noch aufbringen konnte, trat er seinem unheimlichen Häscher gegen das Schienbein.

Der Betrunkene stieß eine wüste Verwünschung aus und ließ los. Jammernd ging er nieder, während der Dieb die Gelegenheit beim Schopf ergriff und davonrannte. Die derben Flüche des Betrunkenen verfolgten ihn bis ans Ende der Gasse. Ohne sich umzusehen stürzte er hinaus auf die Straße – und hätte um ein Haar ein grausames Ende unter den Rädern eines Fuhrwerks gefunden. Die Pferde scheuten und bäumten sich auf, als er unmittelbar vor ihnen vorbeihuschte. Der Kutscher ballte zornig die Fäuste. Atemlos und mit wild pochendem Herzen erreichte der Dieb die andere Straßenseite, die ungleich belebter war als die Gassen, die hinter ihm lagen. Zahlreiche Gaststätten und Pubs gab es hier, aus denen warmer Lichtschein und schräger Gesang drangen. Betrunkene grölten und Gläser klirrten und trotz der späten Stunde waren die Bürgersteige noch von Passanten bevölkert. Der Dieb nutzte die Gelegenheit, um in der Masse der Menschen unterzutauchen. Spätestens hier, sagte er sich, würden seine Verfolger ihn verlieren.

Abermals irrte er sich.

Zwar war es nur noch eine kleine Gruppe von Verfolgern, die an seinen Fersen hing. Aber ihr Anführer war der Hauptmann der Museumswache, der gute Gründe hatte, den Dieb einzufangen. Die Stelle im Museum war gut bezahlt und sicherte seiner Familie ein ordentliches

Auskommen – mit dem es allerdings vorbei sein würde, wenn er einen Einbrecher entkommen ließ.

Seinen alten Armeerevolver im Anschlag war der Wachmann dem Dieb durch die Gassen von Holborn gefolgt und folgte ihm jetzt durch die belebten Straßen von Covent Garden. Mehrmals drohte er ihn in der Menschenmenge zu verlieren, aber er boxte sich rücksichtslos einen Weg durch die Passanten, die ihn laut beschimpften. Und je länger die Jagd dauerte, desto mehr war der Wächter überzeugt den Dieb zu fassen – denn dieser war dabei, in eine Sackgasse zu laufen.

Der Dieb ahnte davon freilich nichts. Auf der Flucht vor seinen Verfolgern rannte er immer weiter, überquerte belebte Plätze und Straßen, vorbei an Menschen, die ihn mit verständnislosen und empörten Blicken bedachten. Die kalte Luft brannte in seinen Lungen. Seine Beine taten weh, er war völlig erschöpft, aber er lief immer weiter – bis eine große dunkle Fläche, über der milchig weißer Nebel lag, seiner Flucht ein jähes Ende setzte.

Die Themse.

Wie ein Phantom war der breite Fluss, der London in weiten Schlangenlinien teilte, aus der Dunkelheit aufgetaucht und schnitt dem Dieb den Weg ab. Abrupt blieb er stehen, überlegte fieberhaft, was er tun sollte – als er bereits Gesellschaft erhielt.

»Da bist du ja! Bleib stehen, Kerl, oder ich erschieße dich wie einen räudigen Hund …«

Der Dieb wirbelte herum – nur um den Museumswärter zu erblicken, der auf ihn zugelaufen kam, den geladenen Revolver in der Hand. Das Gesicht des Mannes war feuerrot und seine Augen aufgerissen, seine Backen blähten sich wie die einer bisswütigen Dogge. Der Dieb zweifelte nicht, dass der Mann ihn lieber erschießen würde als ihn laufen zu lassen. Nur zwei Möglichkeiten blieben ihm. Entweder er ergab sich oder ... In einem jähen Entschluss warf er die Arme über den Kopf und sprang vom Ufer ab, hinein in die dunklen Fluten des Flusses. Der Wachmann schrie erbost – und fast im selben Moment krachte der Schuss.

Der Dieb spürte, wie ihn etwas in die linke Schulter biss. Dann tauchte er kopfüber in das eisig kalte Wasser. Dunkelheit und Stille umfingen ihn. Mit kräftigen Schwimmzügen wollte er sich außer Reichweite des Revolvers seines schießwütigen Verfolgers oben an der Kaimauer begeben – aber sein linker Arm gehorchte ihm nicht mehr. Zu der Kälte, die von allen Seiten an ihm nagte, gesellte sich brennender Schmerz. Dem Dieb wurde bewusst, dass der Biss, den er gespürt hatte, eine Kugel gewesen war. Er war getroffen ... Sein Vorrat an Luft wurde knapp und er wollte zurück an die Oberfläche, aber auch das gelang ihm nicht. Die Strömung erfasste ihn und trug ihn davon, zog ihn hinab in die dunkle Tiefe.

Schmerz und Erschöpfung übermannten ihn, und während der Dieb langsam das Bewusstsein verlor, wurde ihm klar, dass seine Mission gescheitert war.

# Das Monster aus dem Schlamm

Mudlarks* wurden sie genannt, Schmutzfinken – und genau das waren sie auch. Denn wer seinen Lebensunterhalt damit verdiente, im Flussbett der Themse nach Kohlestücken, Eisenbeschlägen, Kupfernägeln und manchmal auch Knochen zu graben, der sah nach getaner Arbeit nicht nur ziemlich schmutzig aus, sondern verbreitete auch einen erbärmlichen Gestank.

Kenny Jones gehörte zu den Schmutzfinken, solange er zurückdenken konnte. Dass man bei der Arbeit schmutzig wurde und nach Fisch und Fäulnis stank, störte ihn nicht weiter. Schlimmer als der Geruch war die Kälte, die einen in die Sohlen biss, an den Waden emporkroch und dafür sorgte, dass die Füße blau anliefen. Und bei jedem Schritt bestand die Gefahr, in einen rostigen Nagel oder eine Glasscherbe zu treten, denn nicht ein einziger Mudlark besaß Stiefel, die er bei seiner Arbeit tragen konnte.

Fand man tatsächlich einmal etwas, das sich bei einem Händler verkaufen ließ, musste man auf der Hut sein, nicht von anderen Schmutzfinken überfallen und um seine Habe erleichtert zu werden. Die meisten Mudlarks waren deshalb in Banden organisiert – so wie Kenny und seine Gefährten, die alle in Moody Joes Diensten standen. Es war harte Arbeit, die die Jungen für den alten Joe verrichteten, dafür gewährte er ihnen Unterschlupf, beschützte sie und gab ihnen zu essen. Und obwohl Joe sie mitunter schlug und zu Zornesausbrüchen neigte, war es immer noch besser, bei ihm zu leben als in einem der zahlreichen Waisenhäuser der Stadt. Zweimal war Kenny dort gewesen und zweimal war er wieder ausgerissen, denn verglichen mit den strengen Aufsehern im Waisenhaus war der alte Moody Joe ein durch und durch gütiger Mensch.

Kenny unterschied sich in nichts von den anderen Kindern, die an diesem unfreundlichen Morgen am Fluss unterwegs waren. Er trug zerschlissene, mit unzähligen Flicken ausgebesserte Hosen, deren Beine er hochgekrempelt hatte; dazu ein Hemd und eine Jacke, die nicht weniger grau und geflickt waren, und auf dem Kopf eine wollene Mütze, die sein flachsblondes Haar bedeckte, jedoch nicht über die Ohren reichte. Unzählige solcher zerlumpten Gestalten, von denen die meisten zwischen sechs und vierzehn Jahre alt waren und wie Kenny keine Eltern mehr hatten, stapften bei Ebbe im Themseschlamm umher – aber es war Kenny Jones, der an diesem Tag einen Fund machte, der sein ganzes Leben verändern sollte.

Es begann damit, dass Kenny im Morast auf etwas stieß – und das im wörtlichen Sinn. Denn als er mit einem schmatzenden Geräusch den Fuß hob, um den nächsten vorsichtigen Schritt zu tun, da trat er auf etwas Hartes. Erschrocken fuhr er zurück, weil er fürchtete, sich an einer Glasscherbe oder einer scharfen Kante geschnitten zu haben. Aber es war keine Scherbe, auf die er im Schlamm getreten war, sondern ein etwa faustgroßer Gegenstand, der in ein schmutziges Tuch gewickelt war. Worauf, fragte sich Kenny, war er da gestoßen? Langsam, um nicht den Neid anderer Mudlarks auf sich zu ziehen, bückte er sich und befreite den Gegenstand vom braunen Schlick. Was genau es war, konnte Kenny noch immer nicht feststellen. Beherzt griff er danach – und erkannte mit Entsetzen, dass eine menschliche Hand das Ding umklammert hielt!

Mit einem Schrei prallte Kenny zurück und fiel auf den Allerwertesten, sodass es nach allen Seiten spritzte.

Gleichzeitig schien der Schlamm vor ihm lebendig zu werden und eine grässliche Gestalt erhob sich daraus, an der stinkender Schlick heruntertroff. Sie hatte Arme und Beine – und plötzlich öffnete sich im formlosen Gesicht auch noch ein dunkles Augenpaar, das feindselig auf ihn herabstarrte.

Kennys Nackenhaare sträubten sich. Erst jetzt wurde ihm klar, dass er den Gegenstand noch immer festhielt, ebenso wie die Schlammkreatur, und da weder er noch sie losließ, setzte ein heftiges Ringen ein. Natürlich hätte Kenny am liebsten die Flucht ergriffen, aber er hatte den ganzen Morgen über noch nichts gefunden und die Aussicht, dem alten Moody Joe mit leeren Händen unter die Augen zu treten, ängstigte ihn noch mehr als der Kampf gegen das Monster aus der Themse – zumal sich dieses schon bald als ziemlich menschlich entpuppte.

Je mehr von der dunklen Brühe nämlich an ihm herablief, desto deutlicher wurde, dass Kenny es nicht mit einer Schreckgestalt, sondern mit einem Jungen aus Fleisch und Blut zu tun hatte, der in etwa so alt sein mochte wie er, ihn jedoch um einen knappen Kopf überragte. Das Haar des Jungen war dunkel, ebenso wie seine Haut und seine Kleidung.

»Lass schon los!«, forderte Kenny ihn auf und zerrte mit aller Kraft an dem Gegenstand, von dem er noch nicht einmal wusste, was es war. »Ich hab das Ding zuerst gesehen!«

»Lügner!«, kam es mit unverkennbar indischem Akzent zurück. »Es gehört mir, du elender Dieb …!«

Kenny wollte widersprechen, aber er kam nicht dazu. Der indische Junge packte ihn am Kragen seiner Jacke und riss ihn nach vorn, und ehe Kenny sichs versah, flog er durch die Luft und landete rücklings im Schlamm. Wieder spritzte es schmatzend nach allen Seiten und Kenny kam sich vor wie ein Schwein in der Suhle. Wutschnaubend und wild entschlossen, sich den fetten Fund nicht entgehen zu lassen, raffte er sich auf die Beine und stürmte erneut auf seinen Gegner ein, der ihn jedoch mit geballten Fäusten empfing und wieder zu Boden schickte.

Kenny wurde klar, dass sein Gegner ihm überlegen war. Wenn er sich die Beute sichern wollte, brauchte er Hilfe – auch wenn das bedeutete, die Belohnung teilen zu müssen, die Moody Joe für den Schatz aus der Themse vielleicht springen lassen würde. Noch im Schlamm liegend, steckte Kenny Daumen und Zeigefinger in den Mund und gab einen gellenden Pfiff von sich, der weit über die Uferbank hallte. Schon wenige Augenblicke später tauchten gedrungene Gestalten aus dem Nebel auf – Jungen, die nicht weniger schäbig und abgerissen gekleidet waren als Kenny und angriffslustig die Zähne fletschten.

Der Inder begriff, dass er in der Falle war. Er unternahm einen halbherzigen Fluchtversuch, aber Trevor und Doyle, zwei Brüder aus Kennys Bande, bekamen ihn zu fassen. Indem er erneut die Fäuste sprechen ließ, gelang es dem Inder zwar, sich dem Griff der beiden zu entwinden, aber im nächsten Moment war ein halbes Dutzend weiterer Mudlarks heran. In einer wüsten Keilerei wurde der fremde Junge niedergerungen. Als er sich weiter erbittert zur Wehr setzten wollte, flog von irgendwo ein Stück Treibholz heran und traf ihn am Hinterkopf. Bewusstlos sackte er zusammen. Der Gegenstand, den er so erbittert verteidigt hatte, fiel ihm aus der Hand. Kenny hob das Ding auf und wickelte es aus, umringt von seinen Kameraden, die ihn mit neugierigen Blicken bedachten.

Was unter den schlammgetränkten Lappen zum Vorschein kam, verschlug den Jungen glatt die Sprache. Es war ein ovaler Stein, glatt geschliffen und aus einem halb durchsichtigen grünen Material, das geheimnisvoll im Morgenlicht glitzerte.

»Ehrlich, Jungs«, flüsterte Kenny staunend. »Habt ihr eine Ahnung, was das ist?«

»Was soll es schon sein?«, antwortete Doyle. »Ein Stück Flaschenglas ist es, das eine Weile auf dem Grund des Flusses gelegen hat, das sieht doch jeder!«

»Blödsinn«, widersprach Trevor seinem jüngeren Bruder. »Flaschenglas wird trüb, wenn es vom Sand abgeschmirgelt wird – das hier ist ganz klar.«

»Dann hat es eben noch nicht so furchtbar lang auf dem Grund gelegen«, riet Doyle. »Oder es ist irgendwas anderes.«

»Schon«, räumte Trevor ein, »aber was?«

»Ist doch egal, was es ist«, wandte Kenny ein. »Hauptsache, der alte Joe bekommt einen guten Preis dafür und wir mal wieder einen Brocken Fleisch zu essen.«

»Oder ein paar Bratwürste«, fügte Jerry, mit gerade mal acht Jahren das jüngste Mitglied der Bande, hinzu. Allgemeines Nicken und beifälliges Gemurmel, auch Trevor und Doyle stimmten zu.

»Also schön.« Kenny nickte. »Dann schlage ich vor, wir kehren jetzt zum Versteck zurück und bringen diesen Stein oder was auch immer zu Moody Joe.«

»Jetzt schon?«, fragte ein anderer Junge.

»Warum nicht? Wenn wir mit einem solch außergewöhnlichen Fund zurückkommen, hat Joe sicher nichts dagegen. Außerdem bin ich für meinen Geschmack schon genug im Dreck herumgestiegen. Ist verdammt kalt heut Morgen. Die Füße tun mir weh.«

»Mir auch.«

»Und mir erst ...«

Wieder wurde beifällig gemurmelt. Niemand hatte etwas dagegen, früher nach Hause zu gehen. Vielleicht war das Ding, das Kenny gefunden hatte, ja wirklich einiges wert – und vielleicht würden sie ja tatsächlich von den fetten Bratwürsten abbekommen, mit denen Moody Joe sonst nur seinen eigenen Wanst zu stopfen pflegte …

»Und was ist mit dem da?«, fragte Doyle und deutete auf die Gestalt, die noch immer reglos im Schlamm lag.

Kenny hatte den jungen Inder schon fast vergessen. Seine Beute in der einen Hand, beugte er sich zu dem Jungen hinab und rüttelte ihn mit der anderen am Arm, um ihn zu wecken. Der Inder blieb jedoch ohne Bewusstsein, und als Kenny seine Hand betrachtete, stellte er zu seinem Entsetzen fest, dass sie blutig war. Erschrocken wichen die Jungen zurück. Blut war niemals ein gutes Zeichen, stets bedeutete es Ärger – entweder mit der Polizei oder mit Moody Joe …

»Das versteh ich nicht«, wandte einer der Mudlarks mit piepsender Stimme ein. »So viel hab ich ihm gar nicht verpasst.«

»Er blutet nicht am Kopf, Mouse«, stellte Kenny fest, »sondern an der Schulter. Er war schon vorher verletzt – das erklärt, warum er hier im Schlamm lag.«

»Dann lasst uns rasch verschwinden«, schlug Trevor vor. »Wenn die Wiesel hier auftauchen, ist es Essig mit unserer Beute. Die nehmen uns das Ding wieder weg und wir gehen leer aus.«

»Wahrscheinlich«, stimmte Kenny zu. »Aber wir können ihn auch nicht einfach hier liegen lassen.«

»Wieso nicht? Schließlich hat er versucht dir das Ding wegzunehmen.«

»Er hatte es in der Hand, als ich ihn fand«, erklärte Kenny. »Eigentlich gehört es ihm.«

»Von wegen«, widersprach Trevor. »Es *hat* ihm vielleicht mal gehört, aber jetzt gehört es uns. Was im Flussbett liegt, gehört der Allgemeinheit. So ist das Gesetz.«

»Aber vielleicht könnte er uns sagen, was es mit diesem Stein auf sich hat«, gab Kenny zu bedenken.

»Und? Das kann Joe sicher auch.«

»Außerdem werden die Wiesel Fragen stellen, wenn sie ihn finden – und über kurz oder lang werden diese Fragen sie zu uns führen«, fuhr Kenny fort – und darauf wusste auch Trevor nichts mehr zu erwidern. Bis über die Knöchel im kalten Schlamm stehend, steckten die Jungen die Köpfe zusammen und berieten sich. Schon kurz darauf stand das Ergebnis fest.

»Also schön«, erklärte sich Trevor gönnerhaft einverstanden, »nehmen wir den Kerl eben mit. Aber du wirst dem alten Joe erklären, dass er jetzt noch ein hungriges Maul zu stopfen hat, verstanden?«

»Keine Sorge, Trev«, erwiderte Kenny, während er den geheimnisvollen Stein wieder in die schmutzigen Tücher schlug und ihn unter seiner Jacke verschwinden ließ. »Nur keine Sorge …«

# Moody Joe

Sein eigentlicher Name war Moody. Joseph Moody. Aber Kenny, Trevor, Doyle, Mouse und all die anderen Jungen, die in den Diensten des verschrobenen Alten standen, kannten ihn nur als »Moody Joe«. Niemand wusste, woher Joe kam oder was er genau getrieben hatte, ehe ein launiges Schicksal ihn in die Londoner Docklands verschlagen hatte. Er hüllte sich über seine Vergangenheit in Schweigen und stellte im Gegenzug auch keine Fragen. Den meisten seiner Schützlinge war das nur recht, denn nicht wenige von ihnen waren aus Waisenhäusern geflüchtet und hatten das raue Leben auf der Straße dem tristen Dasein in den städtischen Work Houses, Arbeitshäusern, vorgezogen. Denn diese Einrichtungen waren wenig mehr als Gefängnisse, in denen jene, die ohnehin schon nichts hatten, für ihre Armut auch noch bestraft wurden, indem sie von früh bis spät schwer arbeiten mussten und als Bezahlung dafür nur eine karge Mahlzeit bekamen. Andere Jungen hatten sich mit kleinen Diebstählen durchs Leben geschlagen, ehe sie zum alten Joe gestoßen waren; wieder andere hatten in den Bergwerken gearbeitet, bis sie zu groß geworden waren um in die Stollen zu kriechen.

So war es auch bei Kenny gewesen. Seine Eltern hatte er nie kennen gelernt. Er war in einem Waisenhaus aufgewachsen, unter der strengen Aufsicht einer Frau namens Lovely, bei der es sich in Wirklichkeit aber um das hassenswerteste Wesen handelte, dem Kenny je begegnet war. Die Kinder zu quälen und ihnen immer neue Arbeiten aufzubürden, um sie dann mit dünner Suppe und Stockschlägen zu belohnen, hatte Mrs Lovely als ihre höchste Pflicht betrachtet, sodass Kenny sich danach gesehnt hatte, Reißaus zu nehmen und möglichst weit fortzulaufen.

Beim ersten Versuch – da war er sechs Jahre alt gewesen – war er nicht weit genug gelaufen. Die Schergen des Waisenhauses fingen ihn wieder ein und brachten ihn zu Mrs Lovely zurück, die ihm mit wütenden Hieben auf das nackte Hinterteil beibrachte, was sie von Ausflügen in die Freiheit hielt. Kenny ließ sich davon nicht einschüchtern. Nur kurze Zeit später unternahm er einen zweiten Versuch, Mrs Lovelys strenger Obhut zu entkommen, und diesmal hatte er mehr Glück. Bei Nacht und Nebel kletterte er aus einem Fenster des Waisenhauses nach draußen und rannte, so weit er konnte. Am Flussufer, wohin er sich in seiner Not flüchtete, begegnete er den Mudlarks, die ihn mitnahmen zu Moody Joe. Das war vor sieben Jahren gewesen.

Seither lebte Kenny in Joes Schlupfwinkel in den Londoner Docks, zusammen mit den anderen Jungen, die der alte Gauner für sich arbeiten ließ. Die Docks, die sich östlich der Stadt zu beiden Seiten der Themse erstreckten, bildeten den größten Hafen Londons, in dem Schiffe aus fernen Ländern anlegten und die verschiedensten Waren nach England brachten: Tee und Gewürze aus Indien, Zucker und Kaffee aus der Karibik, Reis aus China, Schafsfelle aus Australien und Tabak aus Amerika, dazu Stoffballen, Hölzer, Weinfässer und noch vieles mehr, das in den riesigen Lagerhäusern auf den Docks verstaut wurde. Im hinteren Bereich der Hafenanlagen von Limehouse und Poplar, wo die Lagerhallen weniger groß und prächtig waren, wo es nach Fisch und Fäulnis stank und Unrat die schmalen Gassen übersäte, dort lag Moody Joes Versteck.

Wer nicht genau wusste, wo es sich befand, der hätte es

vermutlich nie gefunden; man musste den Weg, der durch die Ruinen einer alten Lagerhalle und über morsche Landestege und mit brackigem Wasser gefüllte Hafenbecken führte, schon sehr genau kennen, um zu dem maroden alten Clipper* zu gelangen, der vergessen vor sich hin dümpelte. Für Kenny und die anderen Mitglieder der Bande war das kein Problem – sie kannten die Docks wie die Taschen ihrer zerschlissenen Jacken und fanden sich auch in finsterster Nacht noch problemlos zurecht.

Dass der alte Joe seinen Schlupfwinkel auf einem Schiff hatte, gefiel den Jungen natürlich, und sie genossen es, nachts in den Hängematten zu liegen und sich vorzustellen, dass ein Windstoß kam und den Clipper aufs Meer hinaustrug, entfernten Ländern und aufregenden Abenteuern entgegen. Aber statt des Knarrens der Taue und des Plätscherns der Wellen gegen den Schiffsrumpf bekamen sie nur Moody Joes heiseres Geschrei zu hören, mit dem der Gauner die Jungen zu wecken pflegte. Bisweilen schien es, als würde Moody Joe seine jungen Schützlinge tatsächlich mögen, aber dann tat er wieder etwas, das diesen Eindruck Lügen strafte. Nie wusste man, woran man bei ihm war – entsprechend vorsichtig war Kenny, als seine Gefährten und er an diesem Vormittag das Deck des Clippers erklommen.

»Joe? Joe, bist du da?«

Keine Antwort.

»Joe?«, rief Kenny noch einmal in Richtung der Kapitänskajüte, die Joe zu seinem Domizil erkoren hatte. »Bist du da?«

»Ja doch«, schnarrte es unfreundlich zurück. »Was soll das Geschrei in aller Herrgottsfrühe? Ihr verdammten Bengels wisst genau, dass ich morgens gern länger schla…«

Das letzte Wort blieb Moody Joe im Hals stecken, als er den mottenzerfressenen Vorhang der Kajüte beiseite schlug und aufs Deck trat. Die dunkel geränderten Augen im bleichen Gesicht des Alten weiteten sich, und sein spitzer Kinnbart begann zu beben, wie er es immer tat, wenn Joe sich über etwas schrecklich aufregte.

»Was – ist – das?«, fragte der Anführer der Mudlarks, auf den bewusstlosen und völlig verdreckten Jungen deutend, den Trevor und Doyle gerade auf den Planken abluden.

»Den haben wir im Schlamm gefunden«, erklärte Kenny kurzerhand.

»Und?«, fragte Joe lauernd und reckte angriffslustig seinen fast kahlen Schädel vor. »Glaubst du vielleicht, ich kann ihn beim Schrotthändler verkaufen? Oder beim Kohlenmann?«

»Das nicht«, räumte Kenny ein, während er genau wie die anderen Jungen ein paar Schritte zurückwich – wenn Moody Joe die Fassung verlor, wurde es gefährlich. »Aber der Junge ist verwundet ...«

»Und?«, wiederholte Joe, dessen wässrige Augen sich zu schmalen Schlitzen verengten. »Sieht dieser Ort für dich wie ein Hospital aus? Oder bin ich neuerdings ein Doktor?«

»N-nein«, stammelte Kenny. »Aber als Fred sich den rostigen Nagel eingetreten hatte, hast du's wieder hinbekommen. Also dachte ich ...«

»Du sollst nicht denken, sondern tun, was ich dir sage!«, brüllte Moody Joe so laut, dass einige der Jungen schutzsuchend in Deckung gingen. Die hagere Gestalt des Alten bebte unter seinem uralten, unzählige Male ausgebesserten Mantel, die knochigen Hände zitterten vor Zorn. »Und ich kann mich nicht erinnern, dir gesagt zu haben, dass du einen hergelaufenen Inder anschleppen sollst, oder?«

»N-nein«, stotterte Kenny abermals.

»Ich werde dir also beibringen müssen, besser auf meine Worte zu achten, Kenny Jones – und wenn ich jedes davon einzeln in deinen verdammten Dickschädel prügeln muss!«

Schon hob der Alte den Stock, auf den er sich stützte, um seine Drohung in die Tat umzusetzen, als Kenny die in Lumpen gewickelte Beute unter seiner Jacke hervorzog.

»Das hier hatte der Junge bei sich«, erklärte er rasch.

»Was ist das?«, wollte Joe wissen, den Stock noch immer erhoben.

»Ein Stein«, erwiderte Kenny schnell, während er das Fundstück mit vor Kälte und Furcht klammen Händen auspackte. »Ein grüner Stein. Vielleicht wird Iron Jack dir einen guten Preis dafür zahlen ...«

»Ein grüner Stein? Potztausend, was habt ihr mir jetzt wieder angeschleppt? Seid ihr elenden Bengels denn zu gar nichts nütze? Kennt ihr nicht den Unterschied zwischen einem wertlosen Stück Flaschenglas und ...?« Mit einem energischen Griff hatte er Kenny das Ding aus der Hand gerissen – und stutzte, als er es nun genauer betrachtete.

»Sieh an«, sagte er nur, ein gieriges Funkeln in den Augen.

»Was ist es?«, fragte Mouse mit piepsender Stimme.

»Ist es wirklich wertvoll?«, wollte Kenny wissen.

»Blödsinn«, maulte der Alte unwirsch. »Seit wann gibt es in diesem verdammten Fluss etwas Wertvolles zu finden? Ihr buddelt doch alle schon lange genug im Schlamm um zu wissen, dass dort keine Schätze vergraben liegen, oder?«

»Schon«, gab Kenny ein wenig enttäuscht zu. »Wir dachten nur ...«

»Ich sagte es dir schon, Kenny Jones – ich bezahle euch fürs Arbeiten und nicht fürs Denken. Das Ding ist ein gefärbter Glasstein und keinen halben Shilling wert, aber ich werde trotzdem versuchen, dem alten Jack ein paar Kröten dafür abzuschwatzen.«

»Und – der Junge?«

Erst jetzt schien Moody Joe gewillt, sich den Verwundeten anzusehen. Kennys Fund an sich pressend wie einen wertvollen Schatz – und das, obwohl er angeblich gar nichts wert war –, beugte er sich zu dem Bewusstlosen hinab und untersuchte ihn.

»Du sagst, er hatte den Stein bei sich?«, erkundigte er sich argwöhnisch.

»Ja«, bestätigte Kenny. »Der Junge lag bewusstlos im Schlamm und hielt ihn fest. Eigentlich gehört er damit ihm, oder?«

»Papperlapapp«, fuhr Joe ihm über den Mund. »Was auf dem Grund der Themse liegt, gehört den Mudlarks, das ist schon immer so gewesen. Am besten wir werfen den Knaben einfach über Bord, dann haben wir unsere Ruhe.«

»Das kannst du doch nicht machen, Joe«, ereiferte sich Doyle.

»Nein? Hast du dir seine Wunde mal angesehen, Klugscheißer? Das ist eine Schusswunde und die Kugel steckt noch drin. Wer immer dieser Junge ist, er hatte Schwierigkeiten am Hals, und damit will ich nichts zu tun haben.«

»Trotzdem hat Doyle Recht«, pflichtete Kenny seinem Kameraden bei. »Wir können ihn nicht einfach über Bord werfen. Wir sind Mudlarks und keine Mörder!«

Moody starrte ihn an und schien kurz vor einem weiteren Wutausbruch zu stehen. Ein Blick auf den Stein in seiner Hand besänftigte ihn jedoch.

»Also schön«, knurrte er, »aber dass mir das nicht zur Gewohnheit wird, verstanden? Bringt ihn in meine Kajüte und legt ihn auf den Tisch. Aber macht mir keine Sauerei auf dem Boden, verstanden?«

»Verstanden«, erklärten die Mudlarks wie aus einem Munde, und gemeinsam packten sie an, um den rätselhaften Fremden in die Kapitänskajüte zu tragen. Der Atem des Jungen war schwach geworden, die Brust unter seinem durchnässten Gewand hob sich kaum noch.

Kenny hoffte inständig, dass es Joe gelingen würde, die Wunde zu versorgen und den Jungen wieder gesund zu machen – denn auf eine Art, die er nicht näher beschreiben konnte, fühlte er, dass sein Schicksal mit dem des jungen Inders verbunden war.

# Böses Erwachen

Kaum etwas war über Moody Joes Vergangenheit be kannt; aber es hieß, dass er vor langer Zeit Soldat gewesen sei und im Krieg von 1815 gegen die Franzosen gekämpft habe. Ob das stimmte, wusste Kenny nicht zu sagen – er hatte es nie gewagt, den Alten danach zu fragen. Aber es wäre eine gute Erklärung dafür gewesen, dass Moody Joe genau zu wissen schien, wie man eine Schussverletzung versorgte; wie man die Kugel mit einer Zange entfernte und die Wunde anschließend ausbrannte, damit sie sich nicht entzündete.

Der Geruch von verbranntem Fleisch erfüllte die Kajüte, als Joe mit einem glühenden Draht in der Schulter des Jungen stocherte. Schlagartig wurde Kenny speiübel und er stürzte nach draußen. Mehrmals würgte er, aber sein Magen war nicht voll genug. Mit hochrotem Kopf kehrte er in die Kajüte zurück – zimperlich zu sein galt unter den Mudlarks als Schande. Aber wie Kenny feststellte, hatten auch die Gesichter der anderen Jungen eine ungesunde Farbe angenommen. Nur Moody Joe war guter Laune. Immer wieder blickte er verstohlen zu der hölzernen Truhe, in die er den grünen Stein gelegt hatte, und mit jedem Blick schien seine Laune noch besser zu werden.

»So«, meinte er schließlich und wischte sich die blutigen Hände an einem schmutzigen Lappen ab. »Das war's. Ich hab getan, was ich konnte – die nächsten Stunden werden entscheiden, ob er durchkommt oder nicht.«

Kenny nickte. Er war daran gewöhnt, dass junge Menschen starben. Beim harten Überlebenskampf, der in den Straßen und Gassen herrschte, war der Tod ein ständiger Begleiter.

»Kann ich irgendwas für ihn tun?«, fragte Kenny dennoch.

»Nein. Er muss allein sehen, wie er zurechtkommt.«

»Verstehe ...«

»Von mir aus«, fügte Joe rasch hinzu, als würde Kennys Mitgefühl ihn an etwas erinnern, das er längst vergessen hatte, »kannst du auch bleiben und ihm 'nen nassen Lappen aufs Gesicht legen. Er hat schon jetzt ziemliches Fieber, und es wird noch schlimmer, bevor es besser wird.« Kenny nickte dankbar, und während die anderen Jungen die Kapitänskajüte verließen, angelte sich Kenny einen Stuhl, um sich neben den Patienten zu setzen, den Moody Joe entgegen seinen sonstigen Gewohnheiten in seine eigene Koje hatte legen lassen.

»Was mache ich hier eigentlich?«, hörte er den Alten dabei leise vor sich hin maulen. »Lese einen angeschossenen indischen Bengel von der Straße auf, flicke ihn wieder zusammen und lasse ihn sogar noch in meinem Bett schlafen. Ich sag's dir immer wieder, Moody Joe – du bist zu gutmütig. Irgendwann werden sie es dir übel danken, das steht fest ...«

Kenny dachte sich nichts dabei. Der alte Joe pflegte des Öfteren Selbstgespräche zu führen, vor allem dann, wenn er guter Laune war. Weiter vor sich hin murmelnd öffnete er die Truhe und entnahm ihr den Stein. »Falls jemand nach mir fragt – ich bin in der Stadt«, schärfte er Kenny ein. »Und falls jemand nach dem Stein fragt ... du hast ihn niemals gesehen, verstanden?«

»Verstanden.« Kenny nickte.

Der alte Joe grunzte entschlossen und wandte sich zum

Gehen. Auf der Schwelle der Kajüte rief Kenny ihn jedoch noch einmal zurück.

»Joe!«

»Was denn noch?« Unwirsch drehte sich der Alte um.

»Danke«, sagte Kenny leise.

Der Alte verharrte. Seine sonst so strengen Gesichtszüge entkrampften sich ein wenig. Ein mildes Lächeln spielte um seine Mundwinkel und er schien etwas erwidern zu wollen. Schon im nächsten Augenblick überlegte er es sich jedoch anders und verließ ohne ein weiteres Wort die Kajüte. Helles Tageslicht fiel ins Innere der Kammer, als der Vorhang zurückgeschlagen wurde. Dann herrschte wieder dämmriges Halbdunkel, und zum ersten Mal hatte Kenny Gelegenheit, den fremden Jungen näher in Augenschein zu nehmen.

Dass er ihn zunächst für ein Monstrum aus dem Schlamm gehalten hatte, kam ihm jetzt ziemlich dumm vor. Wie der Junge so dalag, reglos und mit geschlossenen Augen, hatte er nichts Bedrohliches mehr an sich. Joe hatte ihm die verschmutzten Kleider ausgezogen und ihn gewaschen, so gut es möglich gewesen war. Die Wunde hatte er mit einem halbwegs sauberen Tuch verbunden. Eine schäbige Wolldecke sollte verhindern, dass der Junge fror, aber er schien dennoch zu frösteln. Krämpfe schüttelten seine hagere, ausgezehrte Gestalt – das Fieber, von dem Moody Joe gesprochen hatte, begann sich bereits bemerkbar zu machen. Kenny beschloss am Krankenlager zu wachen. Zum einen plagte ihn sein schlechtes Gewissen, weil er dem Jungen den grünen Stein einfach weggenommen hatte. Zum anderen versprach er sich davon Antworten. Wie war der Stein in den Besitz des Jungen gelangt? Weshalb hatte er bewusstlos im Schlamm der Themse gelegen? Und woher stammte die Schusswunde in seiner Schulter?

Kennys Neugier war ungleich größer als seine Gier nach einem Anteil an der Beute. Zwar war ihm klar, dass Moody Joe gelogen hatte, als er behauptete, der Fund sei nichts wert, aber Kenny gab nichts auf Geld und Gold. Was er zum Leben brauchte, das hatte er. Viel mehr interessierte er sich für Abenteuer und Geheimnisse, und er war sicher, dass der fremde Junge ihm manches würde erzählen können, wenn er erwachte.

Noch nie zuvor in seinem Leben hatte Kenny einen Inder aus solcher Nähe gesehen. So anders, wie stets behauptet wurde, schienen sie gar nicht zu sein. Abgesehen davon, dass seine Haut dunkler war als die Kennys und er tiefschwarzes Haar besaß, war an diesem Jungen nichts, was auffallend gewesen wäre – bis auf die Tätowierung, die er auf der Innenseite seines rechten Handgelenks trug.

Kenny kannte Tätowierungen von den Seeleuten und Hafenarbeitern, die in den Docks verkehrten – raubeinige Gesellen, die gerne Rum tranken und denen man am besten nicht in die Quere kam. Aber eine Tätowierung wie diese hatte er noch nie zuvor gesehen. Sie zeigte ein seltsames, verschnörkeltes Zeichen, das entfernt an eine Hand erinnerte. Kenny fragte sich, was es bedeuten mochte, und während er am Krankenlager saß und wachte, reimte er sich die wildesten Geschichten zusammen. Dabei wusch er dem Patienten immer wieder das Gesicht und kühlte seine Stirn, wie der alte Joe es ihm aufgetragen hatte – viel schien es allerdings nicht zu helfen, denn gegen Mittag verschlechterte sich der Zustand des Jungen.

Trotz der Kälte, die in der Kajüte herrschte, standen ihm Schweißperlen auf der Stirn. Er stöhnte leise und warf sich hin und her, und Kenny wusste, dass der Kampf gegen das Fieber begonnen hatte. Er konnte nichts tun als zuzusehen, wie der junge Inder in einem Augenblick unter sengender Hitze zu vergehen schien, um im nächsten Moment wieder so erbärmlich zu frieren, dass es ihn am ganzen Leib schüttelte. Einmal wurde es so schlimm, dass Kenny die Kajüte verließ um Hilfe zu holen. Aber die anderen Jungen der Bande hatten den Clipper verlassen und trieben sich irgendwo auf den Docks herum. Zurückkehren würden sie so schnell nicht, denn bald setzte wieder die Ebbe ein und dann mussten die Mudlarks ihrer Arbeit nachgehen.

Kenny sah ein, dass er auf sich gestellt war, und in seiner Hilflosigkeit fing er an, beruhigend auf den Jungen einzureden, ihm alles Mögliche zu erzählen – von Dingen, die er auf dem Grund des Flusses gefunden hatte, und von Reisen in exotische Länder, die er unternehmen wollte, wenn er erst alt genug dazu war. Moody Joe wurde nicht müde zu berichten, dass viele der Jungen, die einst für ihn gearbeitet hatten, später zur See gefahren waren, und genau das wollte auch Kenny eines Tages tun. Wohin die Reise ging, war ihm ziemlich egal, nur möglichst weit fort von den tristen Gassen Londons, in denen er sein ganzes bisheriges Leben verbracht hatte.

Wie lange er so dasaß und redete, wusste Kenny später nicht mehr zu sagen, aber irgendwann schien sich der Zustand des Verwundeten tatsächlich ein wenig zu bessern. Die Dämmerung brach herein, und je weiter die Sonne dem Horizont entgegensank, desto mehr ließ auch das Fieber nach. Und schließlich – die Nacht war inzwischen hereingebrochen und Kenny hatte eine Talgkerze entzündet, die die Kajüte mit flackerndem Licht erfüllte – kam der fremde Junge für einen Augenblick zu sich.

Es war kein zaghaftes Erwachen.

So jäh, dass Kenny zusammenfuhr, riss der junge Inder die fiebrig glänzenden Augen auf. Gehetzt schaute er sich um, sah die fremde Umgebung und wollte aufspringen, aber seine Kräfte reichten dazu nicht aus. Stattdessen packte er den Kragen von Kennys Jacke und klammerte sich daran. Der Blick seiner dunklen Augen schien dabei geradewegs durch Kenny hindurchzugehen.

»Der grüne Stein«, stieß der Fremde heiser hervor. »Wo ist er?«

»N-nicht hier«, entgegnete Kenny stammelnd. Noch immer war er reglos vor Schreck.

»Wo ist er?«, zischte der Inder erneut. Seine Hände krallten sich in die Jacke, als wollten sie sie nie wieder loslassen. »Wo ist der Stein? Ich muss es wissen ...«

»I-ich habe ihn nicht mehr. M-Moody Joe hat ihn.«

»Wer ist das?«

»U-unser Boss. Ihm gehört dieser Kahn. Die anderen Jungs und ich arbeiten für ihn. Er wollte zu Iron Jack um das Ding zu verscherbeln ...«

»Dann musst du ihn warnen!«, rief der fremde Junge mit einer Stimme, die Kenny Angst machte. »Der Stein darf nicht in falsche Hände geraten, hörst du? Tod und Verderben lauern auf den, der ihn bei sich trägt! Tod und Verderben ...!«

Noch während er sprach, wurde der Blick des Jungen wieder glasig. Sein Griff erschlaffte und er verlor erneut das Bewusstsein und sank auf das Lager zurück.

Kenny war wie erstarrt.

*Tod und Verderben lauern auf den, der den Stein bei sich trägt ...* Wie ein Echo hallten die Worte in Kennys Gedanken nach. War die Warnung ernst zu nehmen? Oder handelte es sich nur um das sinnlose Gestammel eines Jungen, der im Fieber lag? Angestrengt überlegte er, was er tun sollte. Eigentlich war Moody Joe schon viel zu lange fort. Immerhin war es früher Vormittag gewesen, als der Alte das Versteck verlassen hatte, und er pflegte gewöhnlich nie länger als ein paar Stunden wegzubleiben. Wenn ihm nun etwas zugestoßen war?

Der Gedanke machte Kenny Angst. Obwohl der alte Joe ein Raubein war und ihn längst nicht immer gut behandelte, war er doch der einzige Erwachsene auf der Welt, dem Kenny halbwegs trauen konnte. Er hatte ihm ein Heim gegeben und so viel zu essen, dass er nicht verhungerte – und das war mehr, als man von den meisten anderen Erwachsenen behaupten konnte, denen Kenny in seinem Leben begegnet war.

Die anderen Jungs waren am Fluss bei der Arbeit, sie konnte er also nicht um Rat fragen. Er musste allein entscheiden – und Kenny entschloss sich aufzubrechen und Joe zu warnen. Zwar war er nicht überzeugt, dass der Alte ihm glauben würde, aber versuchen musste er es immerhin. Denn wenn der indische Junge die Wahrheit gesagt hatte – und Kenny hatte das unbestimmte Gefühl, dass es so war –, dann schwebte der Patron der Mudlarks in Lebensgefahr, solange er den grünen Glasstein bei sich trug. Kenny bedachte den Kranken mit einem prüfenden Blick. Der junge Inder hatte die Augen geschlossen, sein Atem ging jetzt ruhiger und gleichmäßiger als vorher. Wie es aussah, brauchte er im Augenblick keine Hilfe – Kennys Sorge galt jetzt Moody Joe.

Kurz darauf verließ er die Kapitänskajüte und den alten Clipper um Joe zu suchen. Den Weg zu Iron Jack, einem Schrotthändler, der am westlichen Rand der Docks einen schäbigen Kellerladen unterhielt, kannte Kenny natürlich. Dorthin ging er zuerst – aber wie überrascht war er herauszufinden, dass der alte Joe dort nie eingetroffen war.

»Nargh«, machte Jack, dessen wilder roter Bart aussah, als hätte auch er schon Rost angesetzt, »den guten Joe habe ich schon seit einer Woche nicht mehr gesehen. Hab mich bereits gefragt, ob er lieber mit anderen Geschäfte macht als mit mir.«

»Mit anderen?«, fragte Kenny neugierig.

»Yargh.« Der Schrotthändler nickte. »Weiß doch jeder, dass der alte Joe ganz gute Verbindungen hat.«

»Verbindungen?«

»Sag mal, Junge – bist du wirklich so dämlich oder tust du nur so? Euer Moody Joe ist beileibe kein Heiliger. Der kennt noch viel mehr Galgenvögel als ich und das will schon was heißen. Hatte er denn einen guten Fund gemacht?«

»Ich denke schon.« Kenny nickte.

»Dann ist er damit nach Stepney gegangen, ins *Broken Leg,* darauf gehe ich jede Wette ein. Dieser ausgebuffte Hund weiß genau, wo er den besten Preis herausschlagen kann. Ich frage mich nur, ob ... He, wo willst du denn hin?«

Kenny antwortete nicht mehr. Er hatte genug gehört und war bereits auf dem Weg. Er hatte also richtig vermutet. Moody Joe wusste, dass der Stein mehr wert war, als er den Jungen gegenüber behauptet hatte. Eigentlich hätte Kenny dem alten Gauner dafür böse sein müssen, aber er war es nicht; die Sorgen, die er sich um den Alten machte, überwogen seine Wut bei Weitem.

Stepney war jener Stadtteil Londons, der sich unmittelbar an die Docklands anschloss, und das *Broken Leg* war ein Pub, in dem sich die Lagerarbeiter und Tagelöhner trafen um das wenige Geld, das sie mit harter Arbeit verdienten, für Rum und Gin auszugeben. Kenny kannte den Weg gut; auch Moody Joe ging dort hin und wieder einen heben, und wenn er zu viel getrunken hatte, so mussten einige seiner Jungs kommen und ihn zurück zum Versteck führen. Vor allem Trevor und Doyle pflegten dann ihre Scherze mit dem betrunkenen Joe zu treiben und sich über ihn lustig zu machen.

Um nicht den ganzen Weg nach Stepney zu Fuß zurücklegen zu müssen, tat Kenny das, was alle Straßenkinder taten, wenn sie rasch von einem Ort zum anderen gelangen wollten: Er wartete, bis eine der großen Hackney-Droschken vorbeikam, die wohlhabende Bürger gegen Bezahlung durch die Stadt kutschierten – und sprang auf das Trittbrett an der Rückseite der Kutsche auf. So ging es die Hafenstraße entlang und die Butcher Row hinab, geradewegs hinein in den Nebel, der mit dem Einbruch der Dunkelheit wieder aufgezogen war. Dichte, gelb schimmernde Schwaden, die hier und dort vom fahlen Licht der Gaslaternen beleuchtet wurden, hingen zwischen den hohen Fassaden der Häuser. Aus den Pubs und Lokalen entlang der Straße drang Stimmengewirr und Klarinettengedudel, auf den Bürgersteigen drängten sich Bettler, Betrunkene und Blumenmädchen, dazu Straßenhändler, die heißen Grog, altbackene Muffins und bitteren Tabak verkauften.

An der Straße zur alten Kirche fuhr die Hackney-Kutsche geradeaus weiter. Kurzerhand sprang Kenny ab und bog in die schmale Straße ein, die zu beiden Seiten von dunklen Fassaden gesäumt wurde. Aus hohen Fenstern, die oft kein Glas mehr besaßen, blickten aschfahle, ausgezehrte Gesichter, und in den dunklen Nischen und Hauseingängen kauerten elende, hustende Gestalten, die kein Dach über dem Kopf hatten und erbärmlich froren.

Um sich vor der feuchten Kälte zu schützen, schlug Kenny den Kragen seiner Jacke hoch und steckte die Hände in die Hosentaschen. So ging er die alte Kirchstraße hinauf. Bis zum *Broken Leg* war es von hier aus nicht mehr weit, und Kenny hoffte inständig, dass er dort den alten Joe treffen würde. Vielleicht, sagte er sich, hatte der alte Gauner den Stein ja tatsächlich zu einem guten Preis verkaufen können und war anschließend in den Pub gegangen, um das glückliche Geschäft zu feiern. Aber Kenny brauchte nur an den gehetzten Ausdruck im Gesicht des jungen Inders zu denken um zu wissen, dass es nicht so war …

Statt weiter der Straße zu folgen, was einen Umweg bedeutet hätte, beschloss er, lieber den direkten Weg durch die Gassen und Hinterhöfe zu nehmen. Mietbaracken, in denen oft zehn Menschen und mehr in winzig kleinen Zimmern wohnten, drängten sich dort eng aneinander und der Gestank war kaum auszuhalten, aber Kenny wollte nur möglichst rasch ans Ziel gelangen. Je näher er dem Wirtshaus kam, desto mehr beschleunigte er seine Schritte. Die Baracken ließ er hinter sich, bog in eine schmale, von glänzendem Backstein gesäumte Gasse, in der der Nebel so dicht war, dass Kenny die Hand vor Augen nicht sehen konnte.

Schwacher Lichtschein vom Ende der Gasse ließ die Nebelschwaden unheimlich leuchten. Von fern war schon das Gelächter der Betrunkenen aus dem *Broken Leg* zu hören, das hohl von den Hauswänden widerhallte. Kenny rannte jetzt fast, wollte möglichst rasch die Gasse hinab – als er mit dem Fuß gegen etwas stieß. Um ein Haar wäre er gestürzt, nur mit Mühe hielt er sich auf den Beinen. Im Halbdunkel erkannte er, dass etwas vor ihm auf dem Boden lag. Etwas Schweres, Massiges, das sich nicht ohne Weiteres aus dem Weg räumen ließ.

Kenny bückte sich, um das Hindernis genauer in Augenschein zu nehmen – und sog scharf den Atem ein, als er sah, dass es ein menschlicher Körper war, der da vor ihm in der Gasse lag. Ein Betrunkener? Es kam öfter vor, dass Männer, die über den Durst getrunken hatten, auf offener Straße zusammenbrachen und einfach liegen blieben, und nicht selten erfroren sie jämmerlich.

Kenny sah genauer hin – und erschrak noch einmal, als er den an unzähligen Stellen geflickten Mantel erkannte. In diesem Augenblick wurde ihm klar, dass er zu spät gekommen war …

# Mord im Nebel

Joe?«

In der engen dunklen Gasse hörte sich Kennys Stimme einsam und verloren an. Plötzlich schien es ringsum totenstill zu sein, nur das ferne Jaulen eines Hundes war zu hören, das schaurig durch die Nacht drang. Kenny merkte, wie sich seine Nackenhaare sträubten, ein eisiger Schauer kroch seinen Rücken hinab.

»Joe?«, fragte er wieder, etwas lauter diesmal – aber der Mann vor ihm auf dem Boden zeigte immer noch keine Reaktion. In Kenny stieg ein grauenvoller Verdacht auf …

»Joe?«

Er erwartete keine Antwort mehr; er wollte sich nur selbst sprechen hören, der Klang seiner Stimme machte ihm ein wenig Mut. Und schließlich überwand er sich dazu, über den reglosen Körper hinwegzusteigen und ins Gesicht des Mannes zu blicken.

Der Patron der Mudlarks war tot. Mit erstarrten Gliedern lag er da und atmete nicht. Sein Gesicht war zu einer bleichen Maske gefroren und sein Mund weit geöffnet, als habe er bis zum letzten Atemzug um Hilfe geschrien.

Kein Zweifel – Moody Joe war ermordet worden.

Entsetzen schnitt scharf wie ein Messer in Kennys Eingeweide. Sein Herz schlug wie von Sinnen. Von einem Augenblick zum anderen wurde ihm speiübel. Tränen traten ihm in die Augen, aber er war zu verwirrt und zu verängstigt, um Trauer über Joes Tod zu empfinden. Es war nicht das erste Mal, dass Kenny einen Leichnam sah – in den Armenvierteln der Hafengegend kam es immer wieder vor, dass Obdachlose leblos auf der Straße lagen. Aber zum ersten Mal war jemand gestorben, den Kenny gut gekannt hatte.

Am ganzen Körper zitternd atmete Kenny tief durch und überlegte, was er jetzt tun sollte. Für Moody Joe kam jede Hilfe zu spät, Kenny musste jetzt an sich und die anderen Jungs denken. Ohne einen Erwachsenen, der das, was sie im Flussbett fanden, für sie verkaufte, würde es verdammt schwer für sie werden. Es sei denn … Der gläserne Stein fiel Kenny wieder ein. Joe hatte ihn bei sich gehabt, als er den Schlupfwinkel verlassen hatte, also trug er ihn womöglich noch bei sich. Kenny biss sich auf die Lippen. Es kostete ihn unendliche Überwindung, sich zu Joes Leichnam hinabzubücken und die Taschen seines Mantels zu durchsuchen. Schauder durchrieselten ihn dabei, und halb erwartete er, dass der Alte gleich aufspringen und ihm eine Tracht Prügel verpassen würde. Aber Joe war so tot, wie man nur sein konnte – und den Stein hatte er nicht mehr bei sich. Noch einmal schaute Kenny nach, wühlte in allen Taschen – vergeblich. Der grüne Stein war nicht mehr da!

Entweder, folgerte Kenny, war Joe vor seinem Tod noch dazu gekommen, den Fund zu verkaufen. Oder aber – und das schien Kenny weitaus wahrscheinlicher – der Alte war das Opfer von Räubern geworden …

In diesem Moment hörte Kenny hinter sich Schritte. Alarmiert fuhr er herum und sah eine dunkle Gestalt, die durch den Nebel auf ihn zukam. Er erschrak. Daran, dass Joes Mörder noch in der Nähe sein könnten, hatte er gar nicht gedacht. Dafür reagierte er jetzt um so schneller, fuhr auf dem Absatz herum und rannte die Gasse hinab. Er kam jedoch nicht weit. Schon nach wenigen Schritten rannte er gegen ein neues Hindernis, das nicht weniger dunkel und schattenhaft war als der Unbekannte, vor dem er floh.

Kräftige Hände griffen nach ihm. »Hier geblieben, Junge«, schnauzte eine barsche Stimme. »Das könnte dir so passen, einfach abzuhauen, wie?«

Mit aller Kraft wehrte sich Kenny gegen den Griff, aber sein Gegner war ihm an Körperkraft und Größe weit überlegen. Kenny konnte nichts dagegen tun, dass er gepackt und fortgeschleppt wurde, der zweiten Gestalt am anderen Ende der Gasse entgegen.

»Ich hab ihn«, verkündete Kennys Häscher triumphierend – und jetzt, da sich der Nebel ein wenig lichtete und schwacher Laternenschein in die Gasse drang, erkannte Kenny die blaue Uniform mit den Messingknöpfen. Die beiden Männer waren Constables. Polizisten. Er war unsagbar erleichtert.

»Bitte, Sir«, flehte er, »lassen Sie mich los. Ich werde Ihnen alles sagen, was ich über Moody Joe weiß.«

»Natürlich wirst du das«, höhnte der andere Polizist. »Spätestens dann, wenn du eine Woche bei Wasser und Brot im dunklen Loch gesessen hast.« Die beiden Constables lachten schallend.

»A-aber nein, Sir«, versicherte Kenny verwirrt, »das ist nicht nötig. Ich werde alles tun, um Ihnen dabei zu helfen, Joes Mörder zu fassen …«

»Nun hör dir das an, Waldo«, sagte der Mann spöttisch, der Kenny festhielt. »Besitzt die kleine Ratte doch tatsächlich die Frechheit, uns an der Nase herumführen zu wollen, obwohl wir sie auf frischer Tat ertappt haben.«

»Auf frischer Tat ertappt?« Kenny glaubte sich verhört zu haben. Die Constables hielten *ihn* für Moody Joes Mörder! »Aber Sir, Sie irren sich«, beteuerte er panisch. »Ich habe den armen Joe nicht umgebracht, Ehrenwort!«

»Ehrenwort? Seit wann besitzt eine Straßenratte wie du so was wie Ehre?«, blaffte der Polizist. »Du weißt ja nicht mal, wie Ehre geschrieben wird, oder?«

»N-nein«, gestand Kenny.

Der Polizist lachte verächtlich. »Gib dir keine Mühe, Junge – leugnen ist zwecklos. Schließlich haben wir dich dabei beobachtet, wie du die Taschen des Opfers durchwühlt hast.«

»Aber das ist ein Irrtum, Sir! Ich war nur auf der Suche nach dem wertvollen Stein, den ich im Fluss gefunden habe. Aber er ist verschwunden und …«

»Im Fluss gefunden? Demnach bist du ein Mudlark?«

»Ja, Sir.«

Der Polizist lachte nur noch lauter. »Seit wann liegen wertvolle Steine auf dem Grund der Themse? Du solltest dich hören. Du lügst, sobald du den Mund aufmachst. Aber das wird dir bald vergehen. Der Inspector wird dir Respekt beibringen, das steht fest.«

»Der Inspector? Aber ich habe nicht …«

»Maul halten«, befahl der andere Constable barsch, und bevor Kenny noch ein weiteres Wort zu seiner Verteidigung vorbringen konnte, wurde er bereits die Gasse hinabgezerrt. Der andere Polizist betätigte seine Trillerpfeife und in kürzester Zeit wimmelte es in der Gegend von Uniformierten.

Eine Kutsche mit vergitterten Fenstern traf ein, dort hinein wurde Kenny gesteckt. Alles Protestieren und Beteuern half nichts – schon im nächsten Moment fuhr die Kutsche los und Kenny war in ihr gefangen. Es war das erste Mal, dass er *in* einer Kutsche fuhr, aber unter diesen Umständen hätte er gerne darauf verzichtet. Die Fenster waren zu hoch angebracht, als dass er einen Blick hinaus hätte werfen können. Also blieb ihm nichts anderes übrig als sich auf den strohbedeckten Boden zu kauern und darauf zu warten, dass die Kutsche ihr Ziel erreichte.

Die Fahrt kam ihm endlos vor. Noch immer versuchte er zu begreifen, was eigentlich geschehen war. Der rätselhafte Stein, die Begegnung mit dem indischen Jungen, der Tod von Moody Joe – all das war schon verwirrend genug. Und nun war Kenny auch noch des Mordes an seinem Patron bezichtigt worden und er hatte nichts in der Hand, um seine Unschuld zu beweisen. Was das bedeutete, darüber wollte Kenny lieber gar nicht nachdenken ... Tränen der Verzweiflung traten ihm in die Augen und er wünschte sich von Herzen, jenen verhängnisvollen Fund nie gemacht zu haben.

Irgendwann hielt die Kutsche an. Der Hufschlag der Pferde und das Rumpeln der Räder setzten aus und gespenstische Stille trat ein. Kenny vergaß zu atmen. Er hörte, wie sich von draußen Schritte näherten. Dann wurde die Tür der Kutsche entriegelt und das bärtige, finster dreinblickende Gesicht eines Constables erschien.

»Aussteigen«, befahl er und Kenny gehorchte.

Er blinzelte, als er aus dem Dunkel des Wagens in den fahlen Schein einiger Gaslaternen trat, die einen von hohen Mauern umgebenen Hof beleuchteten. Auf der einen Seite des Hofes gab es ein großes Tor, durch das die Kutsche eingefahren war; auf der anderen Seite ragte ein aus roten Ziegelsteinen gemauertes Gebäude auf, das so hoch war, dass seine oberen Etagen sich im Nebel verloren.

Der Eingang des Gebäudes wurde von uniformierten Polizisten bewacht. Kenny wusste sofort, wo er sich befand.

Dies war das Gebäude von Scotland Yard ...

# Der Yard

In den Stadtvierteln, die sich östlich des Towers entlang der Themse erstreckten, genoss Scotland Yard einen fast legendären Ruf. Der Name des Hauptquartiers der Londoner Polizei wurde mit großem Respekt ausgesprochen; selbst Ganoven pflegten ihre Stimme zu senken und sich vorsichtig umzublicken, wenn vom »Yard« die Rede war.

Kenny war nie zuvor hier gewesen, aber das große Hinterhaus am Whitehall Place war ihm in allen Einzelheiten geschildert worden und er erkannte es sofort. Was hätten Moody Joe und die Mudlarks wohl gesagt, hätten sie gewusst, dass er hier war? Dann fiel ihm wieder ein, dass der alte Joe tot war und er selbst des Mordes verdächtigt wurde – und dass er seine Freunde wohl niemals wiedersehen würde …

Der Constable ergriff Kenny und legte ihm Fußschellen an. Kalt und schwer schlossen sich die rostigen Eisen um seine nackten Fußgelenke. Die Kette rasselte geräuschvoll, als der Polizist ihn zum Eingang bugsierte. Durch von Gaslicht beleuchtete Korridore wurde Kenny in einen Raum geführt, dessen einziges Möbelstück aus einem schäbigen Stuhl bestand. »Setzen«, wies der Constable ihn an, was er gehorsam befolgte. Das Rasseln der Fußschellen verstummte. Eine endlos scheinende Weile saß Kenny so da, bewacht von den kritischen Blicken des Polizisten. Dann waren draußen auf dem Gang plötzlich Schritte zu hören.

Die Tür platzte auf und ein Mann betrat den Raum, der einen geschniegelten Eindruck machte. Der Kragen seines

Hemdes war so weiß, dass er Kenny fast blendete, sein dunkler Gehrock besaß samtene Borten. Das rabenschwarze Haar des Mannes war streng gescheitelt und pomadisiert. Auf seiner spitzen Nase, unter der sich ein Schnurrbart zwirbelte, saß eine Brille mit runden Gläsern, durch die ein stechendes Augenpaar blickte. Dies musste der Inspector sein, von dem die Rede gewesen war.

»Nun also!«, rief er ohne ein Wort des Grußes oder sich vorzustellen. Seine Stimme klang so schrill und durchdringend wie die Trillerpfeifen seiner Constables. »Haben wir dich also endlich gefasst, du elender Mörder!«

»Ich? Ein Mörder?« Kenny schüttelte den Kopf. »Bitte, Sir, glauben Sie mir, ich habe niemanden umgebracht. Ganz bestimmt nicht ...«

»Erwartest du, dass ich dir das glaube? Nachdem meine Leute dich auf frischer Tat ertappt haben? Gib dir keine Mühe, du kleine Ratte – dieses Mal haben wir dich geschnappt, und wir werden dich erst wieder freilassen, wenn du uns die Namen deiner Komplizen verraten hast.«

»Die Namen meiner Komplizen? Aber, Sir – ich war allein ...«

»Du willst sie also decken? Du willst uns weismachen, du hättest ganz allein acht Morde begangen?« Der Inspector lachte freudlos. »Nur zu, wenn es dir Freude macht. Aber vielleicht sollte ich dir sagen, dass mehrfache Mörder am Galgen zu landen pflegen, und es ist bestimmt kein Spaß, am Strick des Henkers zu baumeln, Junge ...«

»A-acht Morde?«, fragte Kenny entsetzt – schließlich wusste er nur von dem einen und nicht einmal den hatte er begangen.

Er wurde kreidebleich, was der Inspector auf seine Weise deutete. »Sieh an«, meinte er und schnalzte genüsslich mit der Zunge. »Wirklich rührend, wie du den Ahnungslosen spielst, Junge. Dabei weißt du genau, wovon ich spreche, nicht wahr? Denn du bist jedes Mal dabei gewesen. Du hast Schmiere gestanden, während deine Kumpane die Morde begangen haben, immer auf dieselbe grausame Weise.«

»A-auf dieselbe grausame Weise?«

»Gewiss. Jedes der acht Opfer wurde von hinten gepackt und erwürgt, ohne auch nur eine Chance zu haben, sich zur Wehr zu setzen. Anschließend sind deine Komplizen getürmt, während du die Aufgabe hattest, die Taschen der Opfer zu plündern. So ist es doch gewesen, nicht wahr? Gib es zu, dann hast du es hinter dir ...«

»N-nein«, widersprach Kenny stammelnd, mehr brachte er nicht heraus. Zu viel stürzte gleichzeitig auf ihn ein. Moody Joe war also erwürgt worden – das erklärte, warum er bis zuletzt um Atem gerungen hatte. Aber warum hatte man den alten Gauner umgebracht? Aus Zufall? War er nur zur falschen Zeit am falschen Ort gewesen? Kenny glaubte nicht daran. Es musste mit dem Stein zusammenhängen. Offenbar hatte der indische Junge Recht gehabt. Das Ding brachte tatsächlich Tod und Verderben ...

»Willst du es etwa immer noch leugnen?«, bohrte der Inspector weiter. »Willst du deine Kumpane tatsächlich in Schutz nehmen? Das ist sehr dumm von dir ...«

»Es gibt keine Kumpane«, widersprach Kenny. »Ehrlich, Sir, ich habe mit diesen Morden nichts zu tun, ganz bestimmt nicht!«

»Natürlich, und deine Mutter war eine ehrbare Frau, nicht wahr?«

»Das weiß ich nicht, Sir«, erwiderte Kenny, den boshaften Tonfall des Inspectors überhörend. »Ich habe meine Mom nie kennen gelernt.«

»Ich verstehe. Und dein Vater?«

Kenny schüttelte den Kopf.

»Ein Waisenkind also. Und da glaubst du im Ernst, dass ich deinen Worten Glauben schenke? Die Straßen Londons sind voll verlauster kleiner Ratten wie dir und sie alle sind bereit, für ein paar Shillings über Leichen zu gehen.«

»Aber nein, Sir! So etwas würde ich niemals tun! Ich bin ein ehrlicher Mudlark, das schwöre ich!«

»Ein Schmutzfink und ehrlich? Dass ich nicht lache! Du kannst dir deine Lügen für den Richter aufheben, Freundchen. Dorthin wird man dich nämlich bringen, und ich schwöre dir, dass du den Rest deiner Tage in einem finsteren Loch verbringen wirst, wenn du dich weiter weigerst uns die Wahrheit zu sagen.«

»Aber Sir, ich sage schon die ganze Zeit die Wahrheit«, beteuerte Kenny verzweifelt. »Moody Joe war bereits tot, als ich ihn fand. Er hatte diesen Stein bei sich, den ich gefunden hatte, und wollte ihn verkaufen …«

»Stein? Was für ein Stein?«

»Ein grüner Stein, der aussieht wie geschmolzenes Glas«, beschrieb Kenny seinen Fund. »Moody Joe wollte ihn zu Geld machen, aber der indische Junge sagt, dass der Stein Tod und Verderben bringt, deshalb wollte ich den alten Joe warnen.«

»Ein indischer Junge? Du gibst also zu, mit den verdammten Indern im Bunde zu stehen?«

Die Stimme des Inspectors war noch forscher geworden, sein Blick noch bohrender. Verzweiflung packte Kenny. Was immer er auch zu seiner Verteidigung vorbrachte – er schien es dadurch nur noch schlimmer zu machen …

»Ich stehe mit niemandem im Bunde, Sir«, versicherte er. »Ich bin nur ein einfacher Mudlark und habe keine Ahnung, wovon Sie sprechen.«

»Lüge, alles Lüge. Warte nur, bis du erst im Kerker sitzt. In Gesellschaft von Ratten und Kakerlaken haben schon ganz andere ihr Schweigen gebrochen. Glaub mir, mein Junge – wenn ich mit dir fertig bin, wirst du dir wünschen, du wärst nie geboren worden, so wahr ich Desmond Lasalle bin, Inspector bei Scotland Yard!«

»Aber ich lüge nicht, Sir!«, rief Kenny entsetzt. »Warum wollen Sie mir denn nicht glauben?«

Lasalle rümpfte die Nase und wollte schon wieder loswettern, als jemand an die Tür des Befragungszimmers klopfte.

»Herein«, verlangte der Inspector unwirsch.

Die Tür ging auf und ein mit Gehrock und Zylinder bekleideter Gentleman trat ein, der Kenny auf den ersten Blick gefiel. Die Art des Mannes, sich zu bewegen, hatte etwas Beschwingtes, und aus dem bärtigen Gesicht mit dem leicht ergrauten Haar blitzte ein lustiges Augenpaar. Innerhalb der tristen Backsteinmauern wirkte dieser Mann völlig fehl am Platz.

»Sie schon wieder«, knurrte Lasalle prompt, der über den Besucher wenig erfreut zu sein schien.

»Ich schon wieder«, bestätigte der Fremde.

»Was gibt es denn noch? Sehen Sie nicht, dass Sie stören?«

»Durchaus, Inspector, und ich hätte es auch vorgezogen, nicht Zeuge dieser eigenartigen Unterhaltung zu werden. Aber im Vorbeigehen blieb mir nicht verborgen, dass Sie mit diesem jungen Gentleman« – er zwinkerte Kenny aufmunternd zu – »eine lautstarke Auseinandersetzung haben.«

»So würde ich es nicht nennen«, widersprach Lasalle, »und ›Gentleman‹ ist wohl auch kaum die richtige Bezeichnung für eine Straßenratte.«

»Was wird dem jungen Herrn denn zur Last gelegt?«

»Ich denke nicht, dass Sie das etwas angeht, Sir«, schnarrte der Inspector. »Aber wenn Sie es unbedingt wissen wollen – dieser Junge ist ein überführter Mörder.«

»Sieh an, wie interessant.« Der Gentleman bedachte Kenny mit einem prüfenden Blick. »In der Tat, er sieht auch wirklich zum Fürchten aus. Gut, dass Sie den Jungen in Ketten gelegt haben, Inspector.«

»Spotten Sie, so viel Sie wollen – meine Leute haben mit eigenen Augen gesehen, wie sich dieser junge Kerl über das Opfer beugte, das seine Kumpane und er zuvor skrupellos gemeuchelt hatten.«

»Ich verstehe. Und haben Ihre Leute auch gesehen, wie er die Tat begangen hat?«

»Das nicht. Aber er war zur fraglichen Zeit am Tatort. Außerdem gibt er zu, mit verdächtigen Personen zu verkehren. Und er scheint das Opfer sogar gekannt zu haben.«

»Ich kenne viele Menschen«, konterte der Gentleman. »Wollen Sie mich deshalb auch des Mordes verdächtigen?«

»Unsinn. Sie drehen mir das Wort im Mund herum.«

»Ganz im Gegenteil, Inspector – ich nehme Sie nur allzu wörtlich. Und ich werde das Gefühl nicht los, dieser Junge soll dafür büßen, dass Sie und Ihre Leute noch immer keine brauchbaren Ergebnisse in der Sache vorzuweisen haben.«

»Was erlauben Sie sich …?«

»Wie viele Opfer sind es nun bereits, die alle auf dieselbe Weise starben? Fünf? Sechs?«

»Acht«, verbesserte Lasalle zähneknirschend.

»Acht also. Und Sie wollen mir im Ernst weismachen, dass dieser Junge hier für alle acht Morde verantwortlich ist?«

»Nun, ich …«

»Dann verraten Sie mir bitte, Inspector, wie ein Kind von dieser Größe und Statur überhaupt in der Lage sein soll, eine solche Mordtat zu begehen? Um sein bemitleidenswertes Opfer zu erwürgen, hätte er eine Leiter besteigen müssen – ich nehme nicht an, dass sie eine am Tatort gefunden haben, oder?«

Lasalle antwortete nicht, aber Kenny konnte deutlich sehen, wie die Gesichtsfarbe des Inspectors von blassem Grau zu dunklem Rot wechselte. »Offen gestanden, Sir«, sagte er, seinen Zorn nur mühsam beherrschend, »habe ich kein Verständnis für Ihren eigenartigen Humor.«

»Und ich habe kein Verständnis für solche Demonstrationen polizeilicher Gewalt. Ich bezweifle, dass der gute Bobby Peel* darüber sonderlich begeistert gewesen wäre. Oder liegt auch nur ein einziger handfester Beweis gegen diesen Jungen vor?«

»Nein«, gestand Lasalle widerstrebend. »Noch nicht.«

»Dann halten Sie diesen Jungen also völlig widerrechtlich hier fest?« Der heitere Glanz war aus den Augen des fremden Gentlemans verschwunden, sein Tonfall hart und forschend geworden.

»Wie ich schon sagte – noch fehlen endgültige Beweise. Aber ich bin sicher, dass wir …«

»In diesem Fall, Inspector, würde ich vorschlagen, dass Sie Ihres Amtes walten und den Jungen freilassen. Oder soll ich mit Chief Inspector Gordon über die Sache sprechen? Glauben Sie mir, das werde ich gerne tun …«

Die beiden durchbohrten einander mit Blicken, die Luft schien sich um sie herum merklich abzukühlen. So erleichtert Kenny darüber war, dass jemand für ihn eintrat, so sehr sorgte er sich, der hilfsbereite Gentleman könne nun seinerseits Schwierigkeiten mit der Polizei bekommen. Aber das Gegenteil war der Fall.

»Ich glaube Ihnen aufs Wort, dass Sie das tun würden«, murmelte Lasalle so leise, als würde seine Stimme jeden Augenblick versagen – und zu Kennys maßloser Verblüffung wies er den Constable an, die Fußschellen zu entfernen.

»Geh«, sagte der Inspector zu Kenny, nachdem die Ketten klirrend zu Boden gefallen waren. »Rasch, bevor ich es mir anders überlege.«

Kenny zögerte. Nicht dass er etwas dagegen gehabt hätte, dieses Gebäude so schnell wie möglich zu verlassen. Aber diese Wendung kam so unverhofft, dass er es einfach nicht fassen konnte. War das eine Falle? Wollte man ihn auf die Probe stellen?

»Du kannst gehen, Sohn, es ist vorbei«, sagte nun auch der freundliche Gentleman und mit einem Seitenblick auf Inspector Lasalle fügte er hinzu: »Und du kannst dir auch ruhig Zeit dabei lassen. Komm nur, ich begleite dich hinaus.«

Und an Inspector Lasalle und seinem Handlanger vorbei, die beide aussahen, als hätten sie zum Tee Toast mit Wagenschmiere statt Marmelade gegessen, verließ Kenny das Befragungszimmer, zusammen mit dem freundlichen Gentleman, der ihm väterlich die Hand auf die Schulter legte, was Moody Joe in all den Jahren nie getan hatte. Durch die schmalen, dunklen Korridore ging es nach draußen, und als Kenny ins Freie trat und die kalte, feuchte Luft atmete, da begriff er erst so richtig, dass er gerettet war.

»Danke, Sir«, sagte er, und indem er alles zusammenkratzte, was ihm jemals über gute Manieren beigebracht worden war, verbeugte er sich tief vor seinem Retter.

»Keine Ursache«, erwiderte dieser mit amüsiertem Lächeln. »Du musst Inspector Lasalle entschuldigen, mein

Junge. Er ist ein guter Polizist, aber bisweilen schießt er in seinem Eifer übers Ziel hinaus, wenn du verstehst, was ich meine.«

Kenny verstand durchaus – schließlich hatte er Lasalles Übereifer am eigenen Leib zu spüren bekommen.

»Was wirst du jetzt tun?«, fragte der fremde Herr.

»Ich weiß nicht, Sir. Nach Hause gehen, schätze ich.«

»Hast du denn ein Zuhause?« Der Blick des Gentlemans war forschend und Kenny schaute beschämt zu Boden. »Verzeih«, sagte der fremde Herr, »ich vergaß. Willst du mit mir kommen? Ich bin sicher, meine Haushälterin hat noch etwas von der Suppe übrig, die es zu Mittag gab.«

»Suppe?«, fragte Kenny. Allein der Gedanke an glänzende Fettaugen, die ihn aus einem gut gefüllten Teller anblickten, ließ ihm das Wasser im Mund zusammenlaufen.

»Ja. Hast du keinen Hunger?«

Kenny biss sich auf die Lippen. Natürlich hatte er Hunger, großen sogar. Aber er musste zurück ins Versteck und den anderen berichten, was geschehen war. Und er musste mit dem indischen Jungen sprechen. Er wollte wissen, was es mit dem Stein auf sich hatte, dessen Besitz Moody Joe ganz offenbar das Leben gekostet hatte …

»Nein«, behauptete Kenny deshalb und gab sich Mühe, möglichst unbeschwert zu klingen (was ihm in Anbetracht der sicher köstlichen Mahlzeit, die er sich entgehen ließ, ziemlich schwer fiel).

»Na schön«, antwortete der Gentleman. »Du bist ein freier Mann und musst tun, was du für richtig hältst. Aber für den Fall, dass du es dir anders überlegst, gebe ich dir das hier.« Er griff in die Innentasche seines Rocks und hielt Kenny ein bedrucktes Stück Papier hin.

»Was ist das?«, fragte Kenny erstaunt.

»Meine Visitenkarte«, erwiderte der Fremde. »Darauf stehen mein Name, mein Beruf und meine Adresse. Wenn du in Schwierigkeiten geraten solltest und Hilfe brauchst, zögere nicht, zu mir zu kommen. Hast du verstanden?«

Kenny nickte und nahm die Karte entgegen – ungeachtet der Tatsache, dass er gar nicht lesen konnte, was er dem Gentleman, der ihm so geholfen hatte, aber nicht sagen wollte. Ein wenig ratlos blickte er auf die Buchstaben, mit denen das Stückchen Papier beschrieben war. Dann steckte er die Karte in die Hosentasche – er wollte sie trotzdem gut hüten.

»Danke, Sir«, sagte er noch einmal. Sein Retter lächelte. Dann verabschiedete er sich, indem er an die Krempe seines Zylinders tippte, und stieg in die Kutsche, die am Straßenrand auf ihn wartete.

Kenny sah dem Gefährt nach, bis es im dichten Nebel verschwunden war. Dann machte er sich auf den Weg zurück zu den Docks. Er merkte nicht, dass er verfolgt wurde.

# Ein dunkles Geheimnis

Es war spät nachts, als Kenny in das Versteck in den Londoner Docklands zurückkehrte, erschöpft und müde und mit traurigen Nachrichten im Gepäck. Auch die übrigen Jungen hatten sich inzwischen wieder auf dem alten Clipper eingefunden – die Flut war zurückgekehrt und der Fluss wieder auf seinen üblichen Pegel angestiegen, sodass die Schmutzfinken bis zur nächsten Ebbe warten mussten.

Als sie Kenny sahen, waren die Mudlarks gespannt, was er zu berichten hatte. Nachdem sowohl er als auch der alte Moody Joe spurlos verschwunden waren, hatten Trevor, Doyle und einige andere schon begonnen sich Sorgen zu machen. Nicht im Traum hätten sie sich jedoch ausgemalt, was Kenny ihnen kurz darauf eröffnete.

Die Jungen, die sich unter Deck des alten Clippers versammelt hatten und Kenny aus großen Augen anblickten, unterbrachen ihn kein einziges Mal, als er ihnen ausführlich von den Ereignissen der letzten Stunden erzählte – nicht einmal als sie vom Tod ihres Patrons erfuhren. Ihre Welt war hart und grausam und in den dunklen Gassen der Docklands war ein Menschenleben nicht viel wert.

Nachdem Kenny seinen Bericht beendet hatte, kehrte Schweigen ein. Die Jungen, die im Laderaum des alten Schiffes in ihren Hängematten kauerten oder auf alten Fässern und Kisten hockten, starrten ihn mit großen Augen an. Das Licht des Kerzenstummels, den sie angezündet hatten, warf unsteten Schein auf ihre blassen Gesichter.

Mouse war der Erste, der seine Sprache wiederfand.

»Mann«, piepste er. »Ich kann einfach nicht glauben, dass der alte Joe tot sein soll.«

»Ich auch nicht«, pflichtete Doyle ihm bei. »Und du bist sicher, dass er es wirklich gewesen ist, Kenny?«

»Du kannst vielleicht dämliche Fragen stellen«, polterte Trevor, noch ehe Kenny etwas erwidern konnte. »Hast du denn nicht zugehört? Kenny hat ihn doch ganz genau gesehen. Außerdem haben die Wiesel ihn deshalb geschnappt, nicht wahr?«

»So war's.« Kenny nickte. »Und sie sagten auch, dass der alte Joe schon das achte Mordopfer in kurzer Zeit ist, das erwürgt und in den Gassen liegen gelassen wurde.«

»Schöner Mist«, war alles, was Trevor dazu einfiel. »Und wer sind die Mörder?«

»Das weiß man nicht. Lasalle sagte irgendetwas von Indern, aber er interessierte sich kein bisschen für den grünen Stein. Der hat mir kein Wort geglaubt.«

»Und der Stein war weg, sagst du?«

Kenny nickte abermals. »Jedenfalls hatte der alte Joe ihn nicht mehr bei sich.«

»Dann haben seine Mörder das Ding gestohlen«, folgerte Trevor mit einem Grinsen. »Sieht so aus, als wäre seine Gier dem guten Joe am Ende zum Verhängnis geworden.«

»Findest du das etwa lustig?«, erkundigte sich Doyle.

»Was erwartest du von mir, Bruderherz?«, fragte Trevor dagegen. »Dass ich anfange zu flennen, weil der alte Joe ins Gras gebissen hat? Glaubst du denn, der hätte deinetwegen auch nur eine Träne vergossen? Weißt du noch, was er getan hat, als der kleine Johnny Baker zu spät gemerkt hat, dass die Flut kommt, und elendig ersoffen ist? Er ist noch am selben Tag losgezogen und hat sich Ersatz geholt.«

»Trotzdem«, wandte Pete ein, ein anderer Mudlark, der

ausgestreckt in seiner Hängematte lag. »Der alte Joe ist immer für uns da gewesen. Er war unser Patron. Er hat uns ein Dach über dem Kopf gegeben und uns beschützt, wenn es Ärger gab.«

»Und?«, fragte Doyle. »Wir können uns auch gegenseitig beschützen. Ich sehe nicht ein, wieso wir nicht hier bleiben sollten und einfach weitermachen wie bisher.«

»Weil das nicht geht, du Trottel«, wies Trevor ihn barsch zurecht. »Wenn Moody Joe tatsächlich schon der Achte war, der gemeuchelt wurde, dann werden die Wiesel den Fall genau untersuchen. Das heißt, sie werden kommen und Fragen stellen, und es wird nicht lange dauern, bis sie unser Versteck hier gefunden haben – und damit auch uns. Weiß ja nicht, wie's euch geht – ich jedenfalls hab keine Lust, zurück ins Work House zu gehen.«

»Ich auch nicht«, piepste Mouse.

»Und ich erst recht nicht«, rief ein anderer.

Kenny nickte – daran hatte er noch gar nicht gedacht. Trevor hatte zweifellos Recht. Die Constables waren verpflichtet, »elternlose und umherstreunende Kinder«, wie sie offiziell hießen, aufzugreifen und in den städtischen Arbeitshäusern unterzubringen. Aber alle Jungs, die Kenny kannte, wären lieber gestorben als in eins dieser finsteren Löcher zu wandern, in denen die Fenster vergittert waren und wo es kaum etwas zu essen gab.

»Und du, Kenny?«, fragte Trevor, während er daran ging, die wenigen Habseligkeiten, die er besaß, auf ein schäbiges Tuch zu legen und es dann zusammenzubinden. Auch die anderen Jungen packten bereits ihre Sachen – in wenigen Minuten würde der alte Clipper verlassen sein. »Was wirst du tun?«

»Ich weiß noch nicht.« Kenny zuckte mit den Schultern.

»Willst du etwa hier bleiben und dich schnappen lassen?«

»Ganz sicher nicht. Aber bevor ich abhaue, will ich wissen, was es mit diesem grünen Stein auf sich hat.«

»Hast du den Verstand verloren?« Trevor schaute ihn völlig fassungslos an. »Der alte Moody hat ins Gras gebissen wegen dieses verdammten Dings, schon vergessen?«

»Natürlich nicht.« Kenny schüttelte den Kopf. »Aber der Stein ist sicher 'n Haufen Geld wert, sonst wären diese Kerle nicht hinter ihm her.«

»Und?«

»Na ja – vielleicht könnte man ihn finden und zur Polizei bringen. Vielleicht gibt es ja eine Belohnung dafür und ...«

»Du *hast* den Verstand verloren«, war Trevor jetzt überzeugt. »Dieser Inspector Lasalle wollte dich einbuchten, weißt du noch? Und jetzt willst du ihm helfen?«

»Das nicht gerade. Ich dachte nur ...«

»Was?«

»Na ja, ich bin mein ganzes Leben lang ein Mudlark gewesen. Ich habe immer nur im Schlamm gewühlt und nach dem gesucht, was andere dort verloren haben.«

»Na und?« Trevor zuckte mit den Schultern. »Ich auch. Worauf willst du hinaus?«

»Ich dachte, jetzt wo Moody Joe tot ist, wird sich alles ändern. Nichts ist mehr, wie es war, und vielleicht ist das unsere Chance.«

»Unsere Chance worauf? Erwürgt zu werden wie der alte Joe?«

»Nein«, widersprach Kenny, »sondern die Chance, etwas aus sich zu machen. Irgendwann etwas anderes zu sein als ein Mudlark. Hast du noch niemals daran gedacht, Trev?«

»Mann«, stöhnte Trevor und schüttelte den Kopf. »Du wirst immer verrückter, Jones. Zuerst schleppst du diesen verwundeten Inder hier an, dann bringst du schlechte Nachrichten und jetzt fängst du auch noch an zu quatschen wie ein Prediger.«

»Aber ich wollte nur ...«

»Schnauze«, sagte Trevor streng und baute sich in seiner ganzen Größe vor Kenny auf. »Was siehst du?«, fragte er dann.

»Ich sehe dich«, erwiderte Kenny, der nicht wusste, worauf sein Freund hinauswollte, ein wenig verwundert.

»Weil du mich kennst«, meinte Trevor grimmig. »Alle anderen sehen in mir nur einen nichtsnutzigen, faulen, stinkenden, widerwärtigen Bengel. Genau wie in Doyle und Mouse und all den anderen. Weißt du, was ich damit sagen will? Die Wiesel brauchen deine Hilfe nicht, Jones. Kannst froh sein, dass du so glimpflich davongekommen bist, das nächste Mal hast du sicher weniger Glück, also pass bloß auf. Du bist ein Mudlark und wirst auch niemals etwas anderes sein als ein Mudlark. Je eher das in deinen Schädel geht und du aufhörst, solch dummes Zeug zu reden, desto besser. Hast du mich verstanden?«

»Verstanden«, erwiderte Kenny ein wenig zögernd.

»Also, was wirst du tun? Doyle und ich werden uns ein Stück flussaufwärts eine neue Bleibe suchen. Für einen guten Finder haben wir immer Arbeit. Kannst mitkommen, wenn du willst.«

»Hm«, machte Kenny und dachte über das Angebot nach.

Die anderen Jungs hatten ihre wenigen Habseligkeiten inzwischen gepackt und verließen nacheinander das Versteck. Große Worte des Abschieds gab es nicht. Die Mudlarks waren auf der Straße aufgewachsen und daran gewöhnt, auf sich gestellt zu sein. Viele von ihnen hatten schon oft ihr Zuhause verloren, waren davongejagt worden oder hatten Hals über Kopf flüchten müssen. Was geschehen war, war geschehen und ließ sich nicht ändern – diese Lektion begriff man rasch, wenn man ein Straßenjunge war. Dass Trevor Kenny dennoch anbot, ihn und seinen Bruder zu begleiten, bedeutete schon etwas. In Kürze würden sich die Mudlarks in alle Windrichtungen zerstreut haben, und was die letzten Jahre ihr Heim gewesen war, würde dann nur noch ein herrenloser alter Kahn sein, der auf dem brackigen Wasser der Lower Docks dümpelte – bis ihn jemand anders übernahm.

»Was ist mit dem indischen Jungen?«, fragte Kenny.

»Was soll mit ihm sein? Er liegt in Moody Joes Kajüte und schläft.«

»Wir können ihn nicht hier lassen«, war Kenny überzeugt.

»Wieso nicht?«

»Weil er sonst den Wieseln in die Hände fällt.«

»Na und?«

»Das können wir nicht zulassen, Trev. Schließlich ist es unsere Schuld, dass er hier ist.«

»Wenn schon, dann ist es deine Schuld, nicht meine«, widersprach Trevor entschieden. »Und überhaupt, was kümmert mich dieser Inder?«

»Na ja – er ist ein Straßenjunge, genau wie wir.«

»Quatsch.« Trevor schüttelte den Kopf. »Du und ich, wir sind Engländer. Der Kerl in Moody Joes Kajüte hingegen ist ein Inder. Da ist ein Unterschied.«

»Inwiefern?«

Trevor verdrehte die Augen. »Sag mal, muss ich dir denn alles erklären? Weißt du nicht, dass diese Inder ein schmutziges Gesindel sind und nur dazu gut, uns die Stiefel zu putzen? Dass sie allesamt stehlen und morden und betrügen?«

»Dieser hat uns nicht bestohlen«, erwiderte Kenny ein wenig kleinlaut. »Es war eher umgekehrt ...«

»Quatsch. Hab bloß kein schlechtes Gewissen deswegen. Weiß doch jeder, dass wir Briten denen haushoch überlegen sind. England hat überall Kolonien, Kenny. Wir sind die Herren der Welt.«

»Ja«, konterte Kenny und schaute sich im schäbigen Laderaum des Clippers um. »Genauso sieht's hier auch aus ...«

Die anderen Mudlarks waren inzwischen alle verschwunden. Nur Kenny, Trevor und Doyle waren noch übrig. Die Brüder schauten Kenny erwartungsvoll an.

»Also, was ist?«, wollte Doyle wissen. »Kommst du nun mit oder nicht?«

»Nur wenn der indische Junge mitkommen darf«, beharrte Kenny.

»Vergiss es«, sagten die Brüder wie aus einem Mund.

»Tja«, Kenny schnitt eine Grimasse, »dann war's das wohl.«

»Sieht ganz so aus.« Trevor nickte.

Noch einen Augenblick standen sich die drei Jungen gegenüber, wobei sich alle bemühten möglichst gleichgültig dreinzuschauen. In Wahrheit hatte jeder eine Heidenangst davor, sich wieder allein und ohne Schutz durchs Leben schlagen zu müssen. Kenny fühlte Panik in sich aufsteigen, und am liebsten hätte er Trevor und Doyle gesagt, er wolle mit ihnen kommen und den indischen Jungen sich selbst überlassen. Aber eine innere Stimme verbot es ihm, und wenn Kenny in seinem noch kurzen Leben etwas gelernt hatte, dann dass man auf diese innere Stimme hören sollte ...

»Pass auf dich auf, Trev«, sagte er steif und streckte dem anderen die Hand entgegen.

»Du auch«, kam es zurück.

Sie gaben sich die Hände wie Gentlemen. Dann trennten sich ihre Wege. Trevor und Doyle schulterten ihre Päckchen, die wenig mehr als eine karge Mahlzeit, ein paar Talgkerzen und einige rostige Nägel enthielten, die sie dem alten Joe abgeluchst hatten. Über die morsche Treppe verließen sie den Laderaum und gingen von Bord. Kenny, der ihnen aufs Deck gefolgt war, blickte ihnen nach, bis der Nebel sie verschlungen hatte. Dann war er allein.

Inzwischen hatte die Dämmerung eingesetzt. Mit grauen Wolken, die von Osten her rosarot schimmerten, kündigte sich der neue Tag jenseits der Schlote und Lagerhäuser an. Vor den Toren der Docks standen jetzt wieder Tausende von Männern, die Arbeit suchten und bereit waren sich für eine warme Mahlzeit und ein paar Pence fast zu Tode zu schuften. Die Dinge in den Docklands nahmen ihren gewohnten Gang; niemand würde merken, dass der alte Joe nicht mehr am Leben war oder seine Bande von Mudlarks aufgehört hatte zu existieren.

Kenny merkte, wie ihm eine Träne übers Gesicht lief. Plötzlich hörte er, wie hinter ihm die alten Decksplanken knarrten. Blitzschnell wischte er sich über die Wange und fuhr herum – um sich dem jungen Inder gegenüber zu sehen, der in seinen schmutzigen Kleidern und am ganzen Körper frierend vor ihm stand.

»D-du bist wach?«, fragte Kenny wenig geistreich.

Der Junge nickte. Er hatte dunkle Ränder um die Augen und sah ziemlich elend aus, aber immerhin schien er das Fieber überstanden zu haben. Als er jedoch einen Schritt auf Kenny zugehen wollte, versagten ihm die Beine den Dienst. Seine Knie knickten ein, und er wäre bäuchlings auf die Planken geschlagen, hätte Kenny ihn nicht aufgefangen.

»Sachte«, raunte er ihm zu.

»Geht schon ...«, keuchte der Inder, der die englische Sprache gut beherrschte. »Habe Schritte gehört und Stimmen ... wollte sehen, was los ist ...«

»Schon gut«, beschwichtigte Kenny, legte sich den unverletzten Arm des Jungen über die Schulter und zog ihn wieder auf die Beine. »Kannst du gehen?«, fragte er.

»Denke schon.«

»Dann zurück in die Kajüte. Ich habe ein paar Fragen an dich.«

»Einverstanden«, erwiderte der Junge, der noch zu schwach zu sein schien, um Widerstand zu leisten oder auch nur anderer Meinung zu sein als Kenny. Oder vielleicht war er auch nur dankbar dafür, dass sich jemand seiner annahm.

Es kostete Kenny einige Mühe, ihn zurück in die Kapitänskajüte zu befördern. Auf der Bettkante der Koje ließ er den jungen Inder nieder. Der Verband an seiner verletzten Schulter war blutdurchtränkt, aber das Blut war dunkel und verkrustet, was bedeutete, dass die Blutung schon vor einiger Zeit aufgehört haben musste.

»Wie geht es dir?«, erkundigte sich Kenny. »Hast du Schmerzen?«

»Ziemlich.« Der Inder nickte. Dennoch huschte ein Lächeln über seine ausgemergelten dunklen Züge. »Aber ich denke, ohne deine Hilfe wäre ich schon nicht mehr am Leben.«

»Ich hab gar nicht viel gemacht.« Kenny schüttelte den Kopf. »Der alte Joe hat deine Wunde versorgt. Er war früher mal Soldat oder so was, deshalb wusste er, wie man eine Schusswunde behandelt.«

»Du weißt es?«, fragte der Junge sichtlich nervös.

»Keine Sorge, ich werde dich nicht verraten. Du bist hier in Sicherheit, vorerst jedenfalls. Ich heiße übrigens Kenny, Kenny Jones. Und wer bist du?«

»Sepoy«, sagte der Junge.

»Sepoy?« Kenny hob die Brauen. »Sonst nichts?«

»Nein. Nur Sepoy.«

»Komischer Name.«

»Ich hab ihn mir nicht ausgesucht. Die indischen Soldaten, die in den Kolonien für England kämpfen, werden so genannt. Und weil ich ebenfalls für das Militär arbeite ...«

»Du bist Soldat?«, fragte Kenny ungläubig. Sepoy war zwar einen Kopf größer, aber nicht viel älter als er, zwei Jahre allenfalls.

»Nein, nur der Diener eines Soldaten«, erwiderte Sepoy, was Kenny wieder ein wenig beruhigte.

»Wie bist du hierher gekommen?«, wollte er wissen.

»Das ist eine lange Geschichte.«

»Und? Willst du sie erzählen?«

»Eigentlich nicht«, antwortete Sepoy, und indem er seine Stimme geheimnisvoll senkte, fügte er hinzu: »Es ist nicht gut für dich, zu viel zu wissen. Glaub mir.«

»Hat es etwas mit dem grünen Stein zu tun?«, fragte Kenny weiter. Er wollte Antworten und war nicht gewillt so einfach aufzugeben.

»Der Stein!«, zischte Sepoy, und als würde er sich erst jetzt an den seltsamen Fund und den Kampf im Schlamm erinnern, nahm sein Gesicht einen wütenden Ausdruck an. »Wo ist er?«, stieß er zwischen zusammengebissenen Zähnen hervor und packte Kenny am Kragen. »Wo hältst du ihn versteckt?«

»Nirgends«, erwiderte Kenny und blieb ganz ruhig.

»Der alte Moody Joe hatte ihn, weißt du nicht mehr? Ich hab es dir schon gesagt.«

»Wann?«

»Vergangene Nacht, als du im Fieber lagst. Du bist kurz aufgewacht und hast mich gewarnt ...«

Sepoy runzelte die Stirn. »Stimmt«, flüsterte er dann und ließ Kenny wieder los. »Ich habe dir von dem Stein erzählt. Und auch davon, dass er nicht in falsche Hände geraten darf.«

»Genau.« Kenny zuckte verlegen mit den Schultern. »Nur fürchte ich, es ist doch passiert.«

»Was?«

»Ich bin sofort losgezogen, um es dem alten Joe zu sagen, der den Stein bei einem Hehler losschlagen wollte. Am Ende fand ich ihn in einer dunklen Gasse. Jemand hat ihn umgebracht.«

»Wie ist er gestorben?«, fragte Sepoy nur – die Tatsache, dass der Patron der Mudlarks ermordet worden war, schien ihn keineswegs zu überraschen.

»Die Polizei sagt, er wurde erwürgt.«

»Und der Stein?«, fragte Sepoy tonlos.

»Er hatte ihn nicht mehr bei sich«, berichtete Kenny wahrheitsgemäß. »Seine Mörder müssen ihn gestohlen haben.«

»Bei allen Göttern!«, rief Sepoy aus, und trotz seiner Erschöpfung und der Schmerzen, die ihn quälten, sprang er auf. »Wir müssen fort von hier! Sofort!«

»Was? Wieso?«

»Weil sie herausfinden werden, woher ihr Opfer gekommen ist, und weil sie das direkt zu uns führen wird. Diese Leute kennen keine Skrupel. Sie haben alles getan, um den Stein in ihren Besitz zu bringen. Sie haben gestohlen und gemordet und sie werden niemanden am Leben lassen, der davon weiß. Ich muss rasch von hier verschwinden – und du auch, wenn dir dein Leben lieb ist.«

»Aber«, wandte Kenny ein, der nicht die Hälfte von dem begriff, was Sepoy sagte. Die Furcht in den Augen des jungen Inders konnte er dafür ganz deutlich erkennen …

»Der Stein war das letzte Pfand in unserer Hand. Jetzt, wo sie ihn haben, ist alles verloren. Nun kann sie nichts mehr aufhalten.«

»Wen?«, fragte Kenny entgeistert. »Wen kann nun nichts mehr aufhalten. Von wem redest du?«

Sepoy starrte ihn an. Auf seiner Stirn hatten sich Schweißperlen gebildet. Argwöhnisch blickte er sich um, und ganz leise, als fürchte er sich davor, den Namen laut auszusprechen, raunte er Kenny die Antwort auf seine Frage zu. »Die Thugs …«

Kenny kam nicht dazu, zu fragen, wer oder was diese Thugs seien, vor denen Sepoy schreckliche Angst zu haben schien – denn in diesem Moment knarrten draußen an Deck die Planken. Die beiden Jungen erstarrten. Atemlos lauschten sie, aber nichts war zu hören außer dem fernen Tuten einiger Nebelhörner, das hohl und unheimlich durch die Dockanlagen drang. Schließlich, nachdem nichts geschah und sie kein weiteres Geräusch vernahmen, entspannten sie sich wieder ein wenig und ein erleichtertes Lächeln huschte über Kennys Gesicht. »Puh«, machte er, »und ich dachte schon …«

Der Vorhang im Eingang der Kapitänskajüte wurde heruntergerissen. Graues Tageslicht und blendend heller Laternenschein stachen herein, in dem Kenny und Sepoy die Silhouetten mehrerer Männer erkennen konnten.

In der Annahme, die Thugs – wer immer sie waren – hätten den alten Clipper ausfindig gemacht und seien nun gekommen, um die beiden Jungen ebenso zu erwürgen wie den alten Joe, stieß Kenny einen gellenden Schrei aus. Schon erwartete er, dass die blutrünstigen Mörder über sie herfallen würden, als eine der schattenhaften Gestalten in die Kajüte trat – und Kenny die vertrauten Züge von Inspector Lasalle erkannte. Der Ermittler von Scotland Yard schaute genauso sauertöpfisch und verbissen drein, wie Kenny ihn in Erinnerung hatte. Dennoch war der Junge froh ihn zu sehen.

»Sieh an«, bemerkte Lasalle mit wölfischem Grinsen. Sein Atem schlug sich in der kalten Luft nieder, was ihn wie einen schnaubenden Drachen wirken ließ. »So sehen wir uns also wieder. Weißt du noch, wer ich bin, Kenny Jones?«

»Natürlich, Sir«, bestätigte Kenny beflissen, dessen Erleichterung schon wieder verflogen war. Lasalle war sicher nicht mit freundlichen Absichten gekommen …

»Natürlich.« Der Inspector nickte. »Dann brauche ich mich also nicht noch einmal vorzustellen. Aber du solltest mich unbedingt mit dem jungen Gentleman bekannt machen, den du da bei dir hast …« Sein bohrender Blick richtete sich auf Sepoy. Natürlich hatte der Inspector sofort erkannt, dass Sepoy kein Engländer war, und der Verband an seiner Schulter schien ihn brennend zu interessieren. »Sieh an, unser indischer Freund ist also verletzt. Wie ist das passiert?«

»E-ein Unfall«, sagte Kenny schnell, bevor Sepoy antworten konnte.

»Ein Unfall, so, so. Nicht eher eine Verletzung, die er sich bei einem Kampf zugezogen hat? Vielleicht weil eines eurer bemitleidenswerten Opfer sich wehrte, als ihr es angegriffen habt?«

»Nein, Sir«, beeilte Sepoy sich zu versichern.

»Du sprichst unsere Sprache, Bursche?«

»Ja, Sir.«

»Wie heißt du?«

»Sepoy.«

»Das soll ein Name sein?«

»Mir genügt er.«

»Willst du frech werden? Du kannst mir glauben, Junge, dass mir die Mittel zur Verfügung stehen, um dir Manieren beizubringen. Ich an deiner Stelle würde den Mund halten und mir große Sorgen bezüglich meiner Zukunft machen.«

»Wieso?«, fragte Kenny. »Was haben Sie mit uns vor, Inspector? Warum sind Sie überhaupt hier?«

»Sehr einfach, mein aufsässiger junger Freund – weil ich dir nicht ein einziges Wort geglaubt habe. Mir war vom ersten Augenblick an klar, dass du ein falsches Spiel treibst. Deshalb habe ich dich von einem meiner Männer beschatten lassen.« Der Inspector schaute sich um. »Richtig gemütlich habt ihr es hier – vorausgesetzt man nimmt keinen Anstoß an den Ratten, die sich in dieser Gegend tummeln. Aber wie heißt es doch so schön? Gleich und gleich gesellt sich gern ...«

»Aber Sir! Wir sind keine Mörder!«

»Was du nicht sagst, Kenny Jones. Jeder weiß, dass diese Inder ein faules, hinterhältiges Pack sind, das ihre Opfer hinterrücks ermordet. Und wer gemeinsame Sache mit ihnen macht, der ist keinen Deut besser als sie.«

»Aber nein, Sir, ich ...«

»Genug!« Mit einer herrischen Geste brachte Lasalle Kenny zum Schweigen. »Ich habe die Nase voll von deinen Lügen. Gentlemen, walten Sie Ihres Amtes.«

Die Uniformierten, die den Inspector begleiteten – große, bärtige Männer, die mit Schlagstöcken bewaffnet waren –, ließen sich das nicht zweimal sagen. Schon hatten sie Kenny und Sepoy ergriffen, die sich zwar nach Kräften wehrten, jedoch keine Chance hatten. Mit metallischem Klicken rasteten zwei Paar Handschellen ein.

»Ihr seid verhaftet«, erklärte Lasalle dazu überflüssigerweise. »Ihr steht in dringendem Tatverdacht, den alten Joseph Moody sowie sieben weitere Menschen ermordet oder Beihilfe zum Mord geleistet zu haben. Was genau es war, wird sich noch zeigen.«

»Aber nein, Sir, wir …«

»Schweig!«, brüllte Lasalle, dass Kenny zusammenzuckte. In den Augen des Inspectors funkelte es gefährlich. »Ich habe dich einmal laufen lassen, mein Junge – ein zweites Mal wirst du mir nicht so billig davonkommen. Sergeant?«

»Ja, Sir?« Der Mann, der Kenny bewachte, nahm Haltung an.

»Bringen Sie die beiden ins Hauptquartier, aber ohne Aufsehen zu erregen – wir wollen schließlich nicht, dass eine gewisse Person sich wieder einmischt.«

»Verstanden, Sir.«

»Dann los. Diesmal wird der Gerechtigkeit Genüge getan, das schwöre ich bei meinem guten Namen …«

# Unter Anklage

Und ihr erwartet, dass ich euch das glaube?« Selbstherrlich zwirbelte Desmond Lasalle seinen Bart, während er die beiden Jungen auf ihren Stühlen wie ein Raubvogel umkreiste. Sie waren wieder in dem Vernehmungsraum, den Kenny bereits kannte. Dass er innerhalb weniger Stunden ein zweites Mal hier sitzen würde, hätte er sich nicht träumen lassen. Aber seit dem gestrigen Morgen war viel passiert, das Kenny nicht für möglich gehalten hätte …

»Also noch einmal«, sagte Lasalle gönnerhaft, »nur um sicher zu gehen, dass ich alles richtig verstanden habe. Du willst mir also allen Ernstes weismachen, es wäre bei diesen Morden um etwas gegangen, das du im Schlamm gefunden hast?«

»Nur beim Mord an Moody Joe, Sir«, schränkte Kenny ein. »Von anderen Morden weiß ich nichts.«

»Natürlich nicht. Ebenso wenig wie davon, dass die Opfer alle stranguliert wurden, richtig? Wusstest du übrigens, dass diese spezielle Art des Tötens in Indien eine lange Tradition hat?«

Kenny schickte Sepoy einen fragenden Blick, aber der sagte nichts und starrte nur geradeaus. Überhaupt hatte er kaum ein Wort gesprochen, seit sie bei Scotland Yard waren, und Kenny die Verteidigung überlassen. Wahrscheinlich war er noch zu geschwächt von der langen Fiebernacht und litt noch immer heftige Schmerzen.

»Nein«, räumte Kenny ein, »das wusste ich nicht.«

»Wie es scheint, weißt du sehr viel nicht, Junge – vielleicht ja deshalb, weil man dich bewusst unwissend gehalten hat. Dein indischer Freund hingegen scheint sehr viel mehr zu wissen als du, dafür ist er weit weniger gesprächig.«

»Er ist verwundet«, ergriff Kenny für Sepoy Partei. »Er hat eine schlimme Nacht hinter sich und braucht Ruhe.«

»Keine Sorge, die wird er bekommen – in seiner Kerkerzelle wird er mehr Zeit haben, sich auszuruhen, als ihm lieb ist. Es seid denn, er entschließt sich zu reden ...« Der Inspector schaute Sepoy erwartungsvoll an, der jedoch nicht reagierte. »Sehr unklug von dir, mein Junge. Je länger du schweigst, desto schlimmer wird es am Ende für dich werden. Dabei bräuchtest du mir nur die Namen deiner Hintermänner zu verraten und ich ...«

»Aber es gibt doch keine Hintermänner«, versuchte Kenny zum hundertsten Mal zu erklären. »Als ich Sepoy fand, war er ganz allein.«

»Natürlich.« Lasalle nickte. »Er lag bewusstlos im Schlamm und hatte einen wertvollen grünen Stein bei sich.«

»Genau.« Kenny nickte erleichtert – endlich schien der Inspector zu begreifen.

»Für wie dämlich hältst du mich?«

»Aber es ist die Wahrheit!«

»Die Wahrheit, natürlich. Und wo ist dein angeblicher Stein?«

»Der alte Joe trug ihn bei sich, als er ermordet wurde«, erläuterte Kenny. »Die Mörder haben ihn mitgenommmen.«

»Woher weißt du das?«

»Als ich ihn fand, hatte er den Stein nicht mehr«, erklärte Kenny. »Ich durchsuchte alle Taschen, aber ich konnte den Stein nirgendwo ...« Er unterbrach sich, als er Lasalles zufriedenen Blick bemerkte.

»Sehr schön«, sagte der Inspector, »wir kommen weiter. Nun hast du immerhin schon zugegeben, dass du zum Zeitpunkt des Mordes anwesend warst.«

»Nein, Sir, das habe ich nicht. Ich habe nur ...«

»Lassen Sie ihn in Ruhe«, sagte Sepoy plötzlich, ehe Kenny sich in seiner Not um Kopf und Kragen reden konnte.

»Was war das?« Lasalles Kopf flog herum.

»Ich sagte, Sie sollen ihn in Ruhe lassen«, wiederholte Sepoy mit fester Stimme. Schweißperlen standen ihm auf der Stirn, er wirkte schwach und zerbrechlich. Aber in seinen dunklen Augen brannte die feurige Glut des Widerstands.

»Sieh an, unser stummer Freund hat also seine Sprache wiedergefunden. Was verschafft mir diese Ehre?«

»Ich will nicht, dass Sie Kenny in die Sache hineinziehen. Er hat nichts damit zu tun.«

»Womit?«

»Mit den Morden.«

»Ach nein? Und wie steht es mit dir?«

»Ich habe ebenfalls nichts damit zu tun«, erwiderte Sepoy ruhig, »aber das glauben Sie mir ohnehin nicht.«

»Allerdings nicht.«

»Ich weiß.« Sepoy rang sich ein Lächeln ab.

»Was soll das nun wieder heißen?«

»Das soll heißen, dass wir uns all das hier sparen können«, antwortete Sepoy mit einer Kaltschnäuzigkeit, die Kenny nur bewundern konnte. Wenn Sepoy sich vor Lasalle fürchtete, so verbarg er es gut. »Warum«, fragte er, »bringen Sie mich nicht gleich zum Richter und lassen mich verurteilen, dann haben wir es hinter uns.«

»Von mir aus nur zu gern, mein Junge«, versicherte Lasalle. »Aber wir sind hier nun einmal nicht in deiner Heimat, sondern in einem zivilisierten Land. Und das bedeutet, dass vor dem Gesetz alle gleich behandelt werden und du dich verteidigen darfst.«

Sepoy antwortete nicht – er lachte nur.

»Was gibt es da zu lachen?«

»Ich lache, weil Sie lügen«, sagte Sepoy.

»Weil – ich – lüge?« Lasalle betonte jedes einzelne Wort.

»Sie brauchen keinen Richter und kein Gesetz, um mich zu verurteilen. Dass ich ein Verbrecher bin, stand für Sie von dem Augenblick an fest, als Sie mich gesehen haben – oder nicht?«

Lasalle lachte spöttisch auf. »Gut beobachtet.«

Sepoy nickte, als hätte er nichts anderes erwartet. »Was an mir ist es, das mich in Ihren Augen zum Verbrecher macht, Inspector? Ist es meine Hautfarbe? Meine Religion?«

»Von beidem etwas«, gestand Lasalle rundheraus. »Jeder weiß, dass ihr Inder ein unterentwickeltes Volk seid. Elend herrscht in euren Städten, Verbrechen sind dort an der Tagesordnung.«

»Und in den Gassen Londons herrscht kein Mangel?«, fragte Sepoy. »Und ist die Existenz von Scotland Yard nicht der Beweis dafür, dass es auch hier Verbrechen gibt?«

»Vielleicht. Aber wir pflegen Kriminelle einzufangen und sie zu bestrafen, in Indien hingegen sieht man ihrem Treiben tatenlos zu. Und wir nehmen uns der Armen und Bedürftigen an.«

»Wir glauben daran, dass das Schicksal jedes einzelnen Menschen vorherbestimmt ist«, gab Sepoy zurück. »Was ist falsch daran?«

»Nichts, solange man es nicht zum Vorwand nimmt,

um sich auf die faule Haut zu legen. Was hat dein Volk zu Stande gebracht in den Jahren, bevor wir kamen? In blutigen Kriegen habt ihr euch bekämpft und wart zerstritten bis ins Mark. Es bedurfte der unermüdlichen Bemühungen von uns Briten, um euch beizubringen, wie man ein Land ordentlich verwaltet und ein zivilisiertes Leben führt. Alles, was ihr seid, habt ihr uns zu verdanken, und ihr tätet gut daran, von uns zu lernen. Vielleicht wird dann auch aus euch irgendwann noch eine große Nation.«

»Wir *sind* eine große Nation«, widersprach Sepoy entschieden, und zum ersten Mal hörte Kenny die Stimme des jungen Inders lauter werden. »Mit welchem Recht glauben Sie, uns überlegen zu sein? Sie wissen doch gar nichts über mich und mein Volk. Oder haben Sie schon einmal etwas von der mächtigen Nation der Sikhs gehört? Von dem Großreich, das Maharadscha Ranjit Singh einst errichtet hat? Von den heiligen Stätten von Chatra?«

»Nein«, konterte Lasalle, »und es interessiert mich auch nicht. Eine neue Zeit ist angebrochen, mein Junge, und was immer dein Volk in der Vergangenheit geleistet hat, zählt nicht mehr. Die Zukunft gehört der Technik und dem Fortschritt – und damit uns. Britische Ingenieure sind weltweit führend. Sie bauen die höchsten Gebäude und die großartigsten Maschinen, und wir haben stolze Streitkräfte, die überall auf der Welt im Einsatz sind, ob im fernen China, in Australien oder in Indien. Auch unsere Kultur ist der euren überlegen, eine moderne Kultur für eine moderne Zeit. Auf keinem der genannten Gebiete könnt ihr mit uns konkurrieren – und du fragst mich, weshalb ich uns für überlegen halte?«

Sepoy hatte aufmerksam zugehört, und mit jedem Wort, mit jeder Beleidigung, die Lasalle ihm an den Kopf warf, hatte sich sein Pulsschlag beschleunigt. Sein Atem ging jetzt stoßweise und seine Brust hob und senkte sich rasch. Seine Hände zitterten, dass die Handschellen leise klirrten, nur mühsam zwang er sich zur Ruhe.

»Wer sagt Ihnen, Inspector, dass wir überhaupt mit Ihnen konkurrieren wollen? Nicht wir sind in Ihr Land eingedrungen, sondern Sie in unseres.«

»Schweig, Junge! Es steht dir nicht zu, die Politik des Empires zu kritisieren. Das britische Weltreich ist das größte, das die Welt je gesehen hat.«

»Groß ist es in der Tat«, räumte Sepoy ein, »aber es brodelt an allen Ecken und Enden. Wie lange, glauben Sie, wird es dauern, bis die Völker in den Kolonien es satt haben, bevormundet und unterdrückt zu werden? Sklaven sind wir für euch, nichts weiter – und irgendwann werden wir das Joch der Sklaverei abschütteln und wieder frei sein. Vielleicht nicht in zwanzig Jahren und vielleicht auch nicht in fünfzig. Aber irgendwann wird es so weit sein.«

»Ha!«, machte Lasalle triumphierend. »Nun hast du dich verraten, Bursche! Noch eindeutiger hättest du deine Schuld nicht eingestehen können. Ich habe mich nicht geirrt in dir. Du bist ein Rebell und ein Unruhestifter, warum also nicht auch ein Mörder? Einem Tunichtgut deines Schlages ist alles zuzutrauen. Ich werde dich vor Gericht bringen, damit du deine gerechte Strafe erhältst, verstanden?«

Sepoy antwortete nicht mehr. Der Wutausbruch hatte ihn seine letzte Kraft gekostet. Erschöpft sank er auf seinem Stuhl zusammen. Lasalle hielt die Sache damit für erledigt und wollte sich abwenden – Sepoy jedoch war noch nicht am Ende.

»Inspector?«, fragte er mit brüchiger Stimme.

»Was willst du denn noch?«

»Nur noch eines«, erwiderte Sepoy leise. Kenny konnte

sehen, dass er dem Zusammenbruch nahe war. »Sagten Sie nicht, dass vor dem Gesetz alle gleich wären?«

»Das stimmt.«

»Und das gilt auch für mich?«

Lasalle nickte. »Sogar für eine Ratte wie dich – schon daran kannst du sehen, wie überlegen unser Rechtssystem dem euren ist.«

»In diesem Fall«, fuhr Sepoy fort, »steht es mir wie jedem Angeklagten zu, einen Leumundszeugen zu benennen. Wird dieser vom Gericht für glaubwürdig befunden, werde ich bis zum Beginn der Verhandlung auf freien Fuß gesetzt.«

»Du und auf freien Fuß gesetzt?« Lasalle lachte bitter auf. »Niemals, und wenn ich dich mit meinen eigenen Händen festhalten muss.«

»Aber so ist das Gesetz!«

»Die Leumundsregelung steht nur gebürtigen Briten zu«, sagte Lasalle kalt. »Als Inder bist du zwar ein Untertan Ihrer Majestät der Königin, verfügst jedoch nicht über die Rechte eines Engländers.«

Sepoy hätte allen Grund gehabt, wütend und verzweifelt zu sein – aber er lächelte nur. »Also ist es wahr. Sklaven sind wir für euch. Nicht mehr und nicht weniger.«

Lasalle murmelte etwas Unverständliches, aber er widersprach nicht. Kenny, der sehen konnte, dass hier ein himmelschreiendes Unrecht seinen Lauf nahm, hatte das Gefühl, etwas unternehmen zu müssen – und plötzlich schoss ihm der rettende Gedanke durch den Kopf.

»Inspector!«, rief er laut, noch ehe er ihn ganz zu Ende denken konnte. »Ich bin gebürtiger Brite!«

»Und?«

»*Ich* möchte an Sepoys Stelle einen Leumundszeugen rufen«, erklärte Kenny kurzerhand.

»Was?«

»Sie sagten doch, dass dies nur ein gebürtiger Engländer könne. Und das bin ich, Sir.«

Lasalle schaute ihn an, als wollte er ihn mit Haut und Haaren fressen. Seine Kieferknochen mahlten, während er angestrengt darüber nachzudenken schien, wie er Kennys Antrag abschmettern konnte. Offenbar ohne Ergebnis.

»Nun gut«, sagte er mit tonloser Stimme. »Wie ihr wollt. Ihr elenden kleinen Ratten sollt euren Spaß haben. Spielen wir das Spiel – aber am Ende werde ich gewinnen, das verspreche ich euch. Wen wollt ihr als Leumundszeugen benennen? Einen Stadtstreicher? Oder ein Blumenmädchen?«

»Weder noch«, entgegnete Sepoy mit fester Stimme. »Ich benenne Miss Alice Kensington zu unserem Leumund.«

»Wen?«

»Alice Kensington«, wiederholte Sepoy, »die Tochter von Colonel Kensington, dem Oberbefehlshaber der königlich-britischen …«

»Schon gut, ich weiß, wer Kensington ist«, wehrte Lasalle ab. »Und du glaubst allen Ernstes, eine junge Dame von unzweifelhaftem Ruf würde ihren guten Namen riskieren, um einen schmutzigen Verbrecher wie dich aus dem Gefängnis zu holen? Das ist eine Zumutung!«

»Lassen Sie es auf einen Versuch ankommen«, schlug Sepoy vor und lächelte schwach.

»Das werde ich, in der Tat – aber wenn du versuchst mich an der Nase herumzuführen, dann sollst du Desmond Lasalles Zorn zu spüren bekommen, das schwöre ich dir …«

# Alice

Das Warten kam Kenny endlos vor.

Immerhin hatte Lasalle sich entfernt, um, wie er sagte, alles Nötige zu veranlassen. Der Inspector hatte noch mehrmals betont, für wie unsinnig und überkommen er die Leumundsregelung hielt und dass es reine Zeitverschwendung sei, eine junge Dame aus gutem Hause damit zu belästigen.

Kenny hatte keine Ahnung, wer diese Alice Kensington war – er konnte nur hoffen, dass Sepoy das Richtige getan hatte. Was geschah, wenn Sepoy sich geirrt hatte und diese Alice Kensington ihnen nicht aus der Patsche half, daran wollte Kenny lieber nicht denken. Der grimmige Blick des Constables, den Lasalle zu ihrer Bewachung zurückgelassen hatte, sprach Bände.

So saßen die beiden Jungen also im Befragungsraum, durch dessen vergittertes Fenster kaum Tageslicht drang. Draußen schien es matt und grau zu sein, und das ständige Rauschen ließ vermuten, dass es in Strömen regnete. Als wären die dunklen Wolken über London auch in seinem Gemüt aufgezogen, versank Kenny in düstere Gedanken. Immer wieder stellte er sich die Frage, wie er in diese aussichtslose Lage geraten war. Eben noch war er ein harmloser Schmutzfink gewesen und nun saß er als Mordverdächtiger in Scotland Yard fest – und das alles nur wegen eines Steins.

Auch wenn er wohl irgendeinen Wert besaß – wieso mordeten Menschen wegen eines Steins? Einerseits war Kenny neugierig auf die Wahrheit – andererseits war er sich nicht sicher, ob er sie wirklich wissen wollte. Denn zumindest in einer Hinsicht schien Sepoy Recht zu haben: Der Stein brachte tatsächlich Tod und Verderben …

Schritte auf dem Korridor rissen Kenny aus seinen Überlegungen. Jemand blieb vor der Tür aus rostigem Metall stehen, der Riegel wurde geräuschvoll zurückgezogen. Mit hässlichem Quietschen schwang die Tür auf, und das Gesicht eines Constables erschien, der beinahe noch grimmiger dreinschaute als Kennys und Sepoys Bewacher.

»Mitkommen«, befahl er barsch, und die Jungen traten in den düsteren, von zahllosen Türen gesäumten Korridor hinaus, auf dem rege Betriebsamkeit herrschte. Männer in schwarzen Gehröcken und mit ernsten Mienen verkehrten zwischen den Zimmern, oft mit dicken Papierstapeln unter dem Arm. Von den beiden Jungen in Handschellen nahmen sie keine Notiz, als wäre es unter ihrer Würde, sich mit ihnen zu befassen. Über eine steile Treppe führte der Constable Kenny und Sepoy vor eine hohe, massive Eichentür, an die er vorsichtig klopfte.

»Herein«, erklang es schneidend von drinnen – es war unverkennbar Inspector Lasalles Stimme.

Der Constable öffnete die Tür und bugsierte die Gefangenen in den dahinter liegenden Raum, der so ganz anders war als das düstere Befragungszimmer. Wände und Decke waren mit Holz getäfelt und es gab ein großes Fenster. Davor stand ein wahres Ungetüm von Schreibtisch, hinter dem Inspector Lasalle auf einem ledernen Sessel thronte. Ein wenig verwirrt stellte Kenny fest, dass der Ermittler von Scotland Yard nicht ganz so streng und sauertöpfisch wirkte wie sonst. Schon im nächsten Moment wurde Kenny klar weshalb.

Lasalle war nicht allein. Vor seinem Schreibtisch, auf einem mit Samt bezogenen Hocker, saß ein Mädchen – oder war es schon eine junge Frau? Kenny schätzte ihr Alter auf sechzehn Jahre, und er fand, dass sie das schönste Wesen sei, das er je gesehen hatte.

Wie es sich für eine Dame gehörte, trug sie ein weites Kleid aus blauer Seide, das sich unterhalb ihrer Hüften wölbte wie eine Glocke. Unter der dazu passenden Haube quoll üppiges kastanienfarbenes Haar hervor, das ein hübsches Gesicht umrahmte. Der bloße Anblick ihrer Wangen, ihrer keck hervorspringenden Nase und der smaragdgrünen Augen genügte, um Kenny erröten zu lassen.

Dies also war Alice Kensington …

»Hier nun«, rief Lasalle, als die beiden Jungen sein Büro betraten. »Das sind die beiden Strolche, die vorgeben, Sie zu kennen, Miss Kensington. Natürlich war das eine freche Lüge, und ich bedaure nichts mehr, als Ihre Zeit in Anspruch genommen zu haben für …«

»S-Sepoy?«, fiel sie dem Inspector ins Wort.

»Zu Ihren Diensten, Miss Alice«, stieß Sepoy hervor und deutete eine Verbeugung an. Zu mehr war er nicht in der Lage.

»Sepoy, bist du es wirklich?« Sie sprang auf und kam näher, was Kenny nur noch mehr erröten ließ. Süßer Lavendelduft begleitete sie. »Es ist so lange her …«

»Ich bin es, Miss Alice«, versicherte der junge Inder und ein mattes Lächeln huschte über seine Züge.

»Aber was tust du hier?«, fragte sie verblüfft. »Wo ist mein Vater? Wie …?«

»Bitte«, flüsterte Sepoy so leise, dass Lasalle ihn nicht hören konnte, »wir dürfen keine Zeit verlieren, Miss Alice. Holen Sie uns von hier fort. Es geht um Leben und Tod …«

Kenny wusste nicht, wovon der Inder sprach, aber er sah die Bestürzung in Alice Kensingtons Zügen. Für einen

Augenblick fürchtete er schon, das Mädchen würde sich an den Inspector wenden und verraten, was Sepoy ihm gerade anvertraut hatte. Aber es schien ebenso klug wie hübsch zu sein, denn es nickte nur knapp und schwieg.

»W-was hat das zu bedeuten?«, erkundigte sich Lasalle mit maßloser Verwunderung. »Kennen Sie diesen Schurken da etwa wirklich?«

Das Mitleid und die Bestürzung verschwanden aus Alices Miene und wichen tiefer Empörung. »Dieser Kriminelle, wie Sie ihn nennen«, fauchte sie und fuhr auf dem Absatz herum, »ist zufällig der persönliche Diener meines Vaters Colonel Kensington.«

»W-was?«

»Wie Sie vielleicht wissen, ist mein Vater der Oberbefehlshaber des achten königlichen Kolonialregiments – und er würde es nicht sehr amüsant finden, dass Sie seinen persönlichen Diener für einen Mörder halten, Inspector.«

»Wie bitte? Aber …«

»Ich weiß nicht, woher Sie Ihre Mutmaßungen nehmen, Mr Lasalle«, fuhr Alice fort, »aber ich bezweifle, dass sie einer genaueren Überprüfung standhalten werden. Sie sollten sich also gut überlegen, was Sie sagen – andernfalls könnte mein Vater dafür sorgen, dass Sie in Zukunft wieder als einfacher Constable Ihren Dienst auf der Straße versehen. Haben Sie verstanden?«

Lasalles Gesicht lief dunkelrot an und wechselte dann zu einem blassen Violett. Für einen Augenblick schien es, als würde er die Fassung verlieren und zu toben beginnen. Aber zur Freude der beiden Jungen schluckte Lasalle nicht nur die Standpauke, sondern er gab auch nach. Und dabei bemühte er sich sogar noch um Liebenswürdigkeit.

»Ich denke, das wird nicht nötig sein, Miss Kensington. Ich habe Sie sehr wohl verstanden. Bitte entschuldigen Sie meinen Eifer in dieser Sache – aber als von Ihrer Majestät beauftragter Ordnungshüter …«

»Mein Vater und ich wissen durchaus zu schätzen, was Sie für unser Land tun«, versicherte Alice, die alles andere als auf den Mund gefallen war, »aber ich bitte Sie inständig, sich bei Ihren Ermittlungen in Zukunft mit den wirklich verdächtigen Personen zu beschäftigen und nicht mit einem treuen Diener des Empires.«

»Natürlich«, schnarrte es zurück. »Keine Sorge, Miss Kensington, das werde ich. Ganz bestimmt sogar.«

»Nun gut. Dann ersuche ich Sie, diese beiden jungen Gentlemen sofort freizulassen. Ihre Anwesenheit hier scheint mir nicht länger vonnöten zu sein, oder?«

»Nein, natürlich nicht«, gab Lasalle zu, und mit einer herrischen Geste wies er den Constable an, Kenny und Sepoy die Handschellen abzunehmen. Als die Eisen klirrend zu Boden fielen, konnte Kenny sein Glück kaum fassen. Zweimal innerhalb eines Tages vor Lasalle gerettet zu werden grenzte an ein Wunder …

Sie hielten sich nur noch so lange wie nötig im Büro des Inspectors auf. Alice musste noch einige Papiere unterschreiben, auf denen sie bestätigte, dass sie für die Unbescholtenheit der Verdächtigen bürgte. Sepoys Leumundszeugnis unterschrieb sie ohne Zögern; in Kennys Fall ließ sie sich einen Augenblick Zeit und sah ihn prüfend an. Erst als Sepoy ihr mit einem Nicken zu verstehen gab, dass Kenny in Ordnung sei, übernahm sie auch für ihn die Bürgschaft, was Kenny ihr hoch anrechnete.

Der Blick, den der Inspector ihnen mit auf den Weg gab, verhieß wenig Gutes, aber bis zum Gerichtstermin waren sie ihm erst mal entkommen. Eilig verließen sie das Gebäude von Scotland Yard. Sepoys Zustand hatte sich weiter verschlechtert, und es war abzusehen, dass er zusammenbrechen würde, wenn er sich nicht bald ausruhen konnte.

Draußen regnete es noch immer in Strömen. Graue Schleier überzogen den Hinterhof, der Regen prasselte so heftig auf das Kopfsteinpflaster, dass man den Eindruck hatte, es würde von oben und unten gleichzeitig regnen. Ein Zweispänner wartete im Hof, dessen Umrisse im Regen nur undeutlich auszumachen waren. Dennoch erkannte Kenny, dass es sich um ein Hansom Cab neuester Bauart handelte – eine jener Kutschen, bei denen der Kutscher hinter den Passagieren saß, sodass diese freie Sicht auf die Straße hatten.

Einmal in einem solch schnittigen Gefährt zu sitzen war der Traum eines jeden Straßenjungen – entsprechend freudig überrascht war Kenny, als der Kutscher mit einem Schirm herantrat und Alice Kensington zum Cab geleitete. Sepoy folgte ihr durch den Regen und sie ließ ihn neben sich auf der Sitzbank Platz nehmen.

»Worauf wartest du?«, forderte sie Kenny auf, der unschlüssig stehen geblieben war.

»Ich darf mit?«, fragte Kenny zweifelnd.

»Würden wir wohl sonst auf dich warten?«

»D-das ist ein Hansom, nicht wahr?« Dass er im strömenden Regen stand, störte Kenny nicht. Nass zu werden war für einen Mudlark nichts Besonderes, ein Hansom Cab hingegen schon.

»Kann sein – ich mache mir nichts aus Kutschen«, erwiderte Alice schulterzuckend.

»Da, wo ich herkomme, hat niemand eine eigene Kutsche.«

»Das glaube ich dir gern, so wie du aussiehst.« Sie beugte sich ein wenig zu ihm herab und rümpfte ihre kecke Nase. »Und wie du riechst«, fügte sie wenig begeistert hinzu.

»Wieso?« Kenny schnupperte an sich selbst.

»Du riechst wie ein ganzer Schweinestall«, stellte Alice fest. »Wenn wir zu Hause sind, werde ich dafür sorgen, dass dir eine gründliche Reinigung in Form eines Bades zuteil wird.«

»Nein«, sagte Kenny entschieden.

»O doch«, beharrte sie. »Oder willst du lieber wieder in deine Zelle zurück?«

Kenny sah ein, dass sie in der besseren Position war – die Aussicht auf ein Bad allerdings behagte ihm ganz und gar nicht. Nur reiche Pinkel pflegten Bäder zu nehmen, und man erzählte sich, dass man krank davon wurde und Schwindsucht bekam. Aber vor die Wahl gestellt zog er ein Bad der Gesellschaft von Inspector Lasalle vor.

Mit grimmiger Miene bestieg er die Kutsche und zwängte sich neben Sepoy auf die Bank. Dass er in einem echten Hansom Cab saß, war nur noch zweitrangig, und insgeheim fragte er sich, ob er sich von Alice Kensingtons engelsgleicher Erscheinung hatte täuschen lassen …

# Die Thugs

Das Haus der Kensingtons lag im Stadtteil Marylebone, einer guten Gegend, die sich nördlich von Westminster und Mayfair befand, wo die Reichen und Mächtigen residierten und auch der Buckingham Palace stand, der Herrschaftssitz von Queen Victoria.

Kenny war noch nie in Marylebone gewesen. Das Viertel gehörte zu jenen, die man als Mudlark besser mied, weil man dort nur Gefahr lief, von einem Constable aufgegriffen und ins Work House gesteckt zu werden; oder man lief Kinderfängern in die Arme, die Straßenjungen entführten und sie als billige Arbeitskräfte in die Kohlebergwerke verkauften. Der Gegensatz zwischen den dunklen Häuserschluchten der Docklands und den breiten, hellen Straßen von Marylebone hätte nicht größer sein können. Hier gab es keine Menschenmassen, die sich auf den Bürgersteigen drängten, keine Obdachlosen und keine Betrunkenen, und die Häuser waren nicht verfallen und grau, sondern hell und prächtig.

Noch während der Kutschfahrt setzte der Regen aus und einzelne Sonnenstrahlen durchbrachen die Wolkendecke, was die Gegend noch freundlicher erscheinen ließ. Grüne Vorgärten und weiß gestrichene Zäune säumten die Straße, und unwillkürlich fragte sich Kenny, wie es sein mochte, hier zu leben, fernab von all dem Elend, das am anderen Ende der Stadt herrschte.

Sie hielten vor einem großen weißen Haus mit einem von Säulen getragenen Eingangsportal. Hier lebte Alice Kensington.

Der Kutscher half der jungen Dame dabei, das Hansom Cab zu verlassen. Es folgten Kenny und Sepoy, die das Haus allerdings nicht durch den Haupteingang betreten durften. Alice bestand darauf, dass sie mit ihrer schmutzigen Kleidung den Dienstboteneingang benutzten, der sich auf der rückwärtigen Seite des Hauses befand. Im Salon, sagte sie, würde sie die Jungen später zum Tee erwarten.

Während Sepoy in eines der Dienstbotenzimmer gebracht wurde, wo ein eilig herbeigerufener Arzt sich um ihn kümmerte, führte man Kenny in den Keller der Villa, wo die Waschküche untergebracht war. Neben einem gusseisernen Ofen stand dort ein großer Zuber aus Holz, den die Hausmädchen mit heißem Wasser füllten. Dann zogen sie sich kichernd zurück. Kenny zögerte zunächst, seine Kleider abzulegen und in den Zuber zu steigen. Als er sich aber an den angewiderten Blick erinnerte, mit dem Alice Kensington ihn bedacht hatte, überwand er sich schließlich doch dazu. Noch während er in der Wanne saß, kam zu seinem Entsetzen die dickliche Haushälterin der Kensingtons herein. Kurzerhand griff sie nach seinen Kleidern, die über den Boden verstreut lagen, öffnete die Ofentür und warf sie ins Feuer.

»He«, protestierte Kenny energisch, »was soll das? Das waren die einzigen Kleider, die ich hatte!«

»Beruhige dich, Jungchen«, erwiderte die Frau mit entwaffnendem Lächeln, »ich hab dir was Besseres mitgebracht. Da drin wirst du aussehen wie ein junger Herr.«

Damit zauberte sie einige säuberlich zusammengelegte Kleidungsstücke hervor, die sie auf einem Hocker bereitlegte, dazu ein Paar nagelneue Schuhe. Dann ging sie wieder und ließ Kenny staunend zurück, dem allmählich zu dämmern begann, dass er es ungleich schlechter hätte treffen können.

Natürlich, der alte Joe war tot und die Bande der Mudlarks gab es nicht mehr. Aber in kürzester Zeit hatte Kenny neue Freunde gefunden, hatte ein Dach über dem Kopf (jedenfalls im Augenblick) und würde zum ersten Mal in seinem Leben Schuhe anhaben. Der Gedanke gefiel ihm, und nachdem er sich gründlich abgeschrubbt hatte, stieg er aus der Wanne und trocknete sich ab. Die Kleidung, die die Haushälterin gebracht hatte, bestand aus einer eng anliegenden Hose und einem weiten Hemd, das weißer war als alles, was Kenny jemals am Leib getragen hatte. Dazu gab es eine Halsschleife, aber da Kenny nicht wusste, wie sie gebunden wurde, ließ er sie kurzerhand offen. Dann stieg er in die braunen Lederschuhe, die ihm wie angegossen passten, und stolzierte damit umher – bis er sich daran erinnerte, dass er eine Verabredung zum Tee hatte.

Schon wollte er die Waschküche verlassen und nach oben gehen, als sein Blick auf etwas fiel, das auf dem Boden lag. Kenny erkannte es sofort wieder – es war die Karte des freundlichen Herrn, der ihm bei seinem ersten Aufenthalt in Scotland Yard aus der Patsche geholfen hatte. Sie musste herausgefallen sein, als Kennys Kleidung im Ofen gelandet war. Kenny bückte sich und steckte die Karte wieder ein. Dann ging er nach oben, wo die Haushälterin ihm die Schleife band und darauf bestand, ihn zu kämmen – wobei Kenny allerdings eher das Gefühl hatte, als wollte sie ihm sämtliche Haare vom Kopf reißen.

Derart ausstaffiert durfte er endlich den Salon betreten, einen großzügigen, mit ledernen Sesseln bestückten Raum, in dessen offenem Kamin ein Feuer prasselte und wohlige Wärme verbreitete. An einem kleinen runden Tisch saßen Sepoy und Miss Alice, die nur auf ihn gewartet zu haben schienen.

»Hallo, Kenneth«, sagte sie lächelnd, »schön, dass du

dich endlich zu uns gesellst. Wie ich sehe, hat sich das Bad gelohnt. Du siehst ja beinahe aus wie ein Mensch.«

Er nickte, errötete wieder und blieb unschlüssig an der Tür stehen.

»Komm, setz dich zu uns«, forderte sie ihn auf. »Mrs Brunswick wird uns Tee bringen und wir können uns in Ruhe unterhalten.«

Kenny kam der Aufforderung nach und nahm Platz. Sepoy, der ebenfalls frische Kleidung trug und seinen verletzten Arm jetzt in einer Schlinge hatte, schickte ihm ein Grinsen. Er wirkte noch immer erschöpft, aber der Arzt der Kensingtons schien ihm etwas gegen die Schmerzen gegeben zu haben, sodass er schon viel besser aussah.

Offenbar hatte Sepoy Alice berichtet, was sich bei Scotland Yard zugetragen hatte, denn kaum hatte Kenny sich gesetzt, sagte sie: »Ich bin dir zu großem Dank verpflichtet, Kenneth.«

»Kenny«, verbesserte er.

»Wie auch immer. Hättest du nicht so mutig und entschlossen gehandelt, hätte Sepoy mich nicht zur Leumundszeugin berufen können und ihr beide würdet jetzt vielleicht schon im Gefängnis von Newgate schmoren, ohne dass ich je davon erfahren hätte.«

»Och, das.« Kenny machte eine wegwerfende Handbewegung. »Das war doch nix Besonderes. Schließlich hatte ich auch keine Lust, im Zuchthaus zu landen. Und Lasalle war einfach zu dämlich um zu begreifen, dass wir unschuldig sind.«

»Offensichtlich«, meinte Alice ein wenig verunsichert – Kennys Art zu sprechen war für sie ungewohnt. Es war die Sprache der einfachen Leute, wie sie in den Gassen des East Ends* gesprochen wurde und die die Tochter eines hochrangigen Offiziers normalerweise nicht zu hören bekam. »Jedenfalls«, fuhr sie fort, »tut es mir Leid, dass du in diese ganze Sache hineingezogen wurdest.«

»Welche Sache?«, fragte Kenny. Aber noch ehe Alice antworten konnte, wurde die Tür zum Salon geöffnet und die dickliche Haushälterin kam herein. Vor sich her trug sie ein riesiges Silbertablett, auf dem eine Teekanne mit den dazugehörigen Tassen stand. Noch viel mehr jedoch interessierte sich Kenny für den großen Teller, auf dem sich herrlich duftende Biskuits häuften.

Er wartete nicht erst ab, bis er dazu aufgefordert wurde – sobald der Teller auf dem Tisch stand, beugte er sich vor und griff beherzt zu. Da er fast einen Tag lang nichts gegessen hatte, war er ganz ausgehungert. Drei, vier Biskuits stopfte er sich auf einmal in den Mund und zur Sicherheit ließ er auch noch ein paar in seinen Hosentaschen verschwinden. Dass Alice und Mrs Brunswick ihm dabei erstaunt zusahen, kümmerte ihn nicht.

»Welche Sache?«, wiederholte er mit vollem Mund, nachdem Mrs Brunswick den Salon wieder verlassen hatte.

»Du meine Güte«, stieß Alice hervor. »Hat man dir denn keine Manieren beigebracht? Weißt du denn nicht, dass man mit vollem Mund nicht spricht?«

»'tschuldigung«, meinte Kenny – und spuckte das Gekaute kurzerhand in seine hohle Hand. »Besser?«

»Nicht unbedingt«, seufzte Alice. »Aber darauf kommt es im Augenblick nicht an. Sepoy, in Lasalles Büro sagtest du, es gehe um Leben und Tod …«

»Das stimmt.« Sepoy nickte. »Es wird nicht leicht für Sie sein, das alles zu erfahren, Miss Alice – aber das Leben, um das es geht, ist das Ihres Vaters.«

»Was?« Alice erschrak so, dass sie die Tasse samt Unterteller fallen ließ. Klirrend landete das Porzellan auf dem Boden und zerbrach, aber niemand kümmerte sich darum.

»Was ist mit meinem Vater? Wo ist er? Es geht ihm doch gut …?«

»Soviel ich weiß, ist er hier in London.«

»Vater soll hier in London sein? Was für ein Unsinn! Er würde niemals nach England kommen, ohne mich darüber zu informieren. Und weshalb bist du nicht bei ihm? Du bist sein Diener oder nicht?«

»Das bin ich, Miss Alice.«

»Und du weißt nicht, wo er ist? Treibst dich stattdessen mit Gassenjungen herum und verschwendest deine Zeit?« Alices Stimme war laut geworden, doch Kenny war klar, dass nur die Sorge um ihren Vater sie so sprechen ließ.

»Verzeihen Sie mir, Miss Alice«, sagte Sepoy und senkte das Haupt. »Ich habe versagt.«

»Inwiefern?«, wollte Kenny wissen. Obwohl ihn die Sache eigentlich nichts anging, fühlte er sich davon betroffen – so sehr, dass er sogar aufgehört hatte zu essen.

Sepoy schaute ihn traurig an. »Es war kein Zufall, dass du mich gestern Morgen im Schlamm gefunden hast, Kenny. Ebenso wenig, wie es ein Zufall war, dass ich den grünen Stein bei mir hatte.«

»Grüner Stein?« Alice horchte auf. »Welcher grüne Stein?«

»Ein Smaragd«, erwiderte Sepoy leise. »Ein unendlich kostbarer Edelstein.«

»Ein Edelstein?« Kenny schnappte nach Luft. Deshalb also war der alte Joe so erfreut gewesen – er musste erkannt haben, was es mit dem Fund auf sich hatte. »Aber woher …?«

»Gestohlen«, gestand Sepoy rundheraus. »Aus dem Britischen Museum.«

»Was?«, fragte Alice entsetzt, und auch Kenny horchte auf. Das war in der Tat eine dramatische Enthüllung …

»Ich erinnere mich«, flüsterte Alice, deren Wangen sich vor Aufregung gerötet hatten, »dass in der gestrigen *Times** etwas von einem Einbruch in die indische Abteilung stand, aber natürlich hätte ich niemals vermutet, du könntest etwas damit zu tun haben. Hat Lasalle euch deshalb verhaften lassen? Ich dachte, es geht um Mord …«

»Geht es auch.« Sepoy lächelte schwach. »Kenny hat Lasalle zwar von dem Smaragd erzählt, aber der Inspector hat ihm nicht geglaubt – dabei hätte er nur einen Blick in die Zeitung zu werfen brauchen, um den Zusammenhang zu erkennen.«

»Was genau ist passiert?«, wollte Alice wissen.

»Vorletzte Nacht«, berichtete Sepoy, »stieg ich ins Britische Museum ein. Es gelang mir, den Smaragd zu stehlen, aber auf dem Weg nach draußen wurde ich entdeckt und musste fliehen. Ich rannte, so schnell ich konnte, während die Wachleute und die Constables mich quer durch die Stadt jagten, bis zum Fluss. In meiner Not sprang ich hinein, um meinen Verfolgern zu entkommen, aber einer von ihnen schoss auf mich und traf mich in die Schulter.«

»Daher die Verletzung.« Alice nickte.

»Was danach passiert ist, weiß ich nicht mehr, denn ich verlor das Bewusstsein. Die Strömung muss mich flussabwärts getragen haben. Dort fand mich Kenny, als er am frühen Morgen den Schlamm durchsuchte.«

»Ich würde eher sagen, du hast mich gefunden«, kommentierte Kenny trocken. »Bin ich erschrocken, als du auf einmal vor mir standst. Zuerst hielt ich dich für ein Ungeheuer.«

»Wir stritten uns um den Smaragd«, setzte Sepoy seinen Bericht fort. »Als Kenny seine Freunde zu Hilfe rief, wurde ich überwältigt und bewusstlos geschlagen. Seltsamerweise nahmen sie mich jedoch mit in ihr Versteck, wo sich ihr Patron, ein Mann namens Moody Joe, um mich kümmerte und meine Wunde behandelte – ohne ihn wäre ich sicher nicht mehr am Leben.«

»Dann bin ich dir ja gleich zweimal zu Dank verpflichtet, Kenneth«, sagte Alice leise.

»Kenny«, verbesserte er wieder.

»Der Rest ist rasch erzählt«, fuhr Sepoy fort. »Moody Joe versuchte den Smaragd in der Stadt zu verkaufen. Dabei wurde er jedoch von Räubern überfallen und getötet – und die Polizei hält Kenny und mich für seine Mörder, während die wahren Täter entkommen konnten.«

»Wer sind die wahren Täter?«, fragte Alice flüsternd, als ahnte sie bereits, dass ihr die Antwort nicht gefallen würde.

»Dieselben Leute, die auch Ihren Vater entführt haben, Miss Alice«, erwiderte Sepoy hart.

»Mein Vater wurde … *entführt*?« Das Wort kam ihr sichtlich schwer über die Lippen, sie wurde leichenblass.

»Ja, Miss Alice. Und hätte ich nicht so schändlich versagt, wäre es nie dazu gekommen …«

»Warum sagst du das, Sepoy? Was ist passiert? Wer hat meinen Vater entführt?«

»Können Sie sich das nicht denken, Miss Alice?«

»Die Thugs«, hauchte sie. Namenloses Entsetzen war in ihren Zügen zu lesen.

»Da ist schon wieder dieses Wort«, stellte Kenny fest. »Wer sind diese Thugs? Ich habe noch nie von ihnen geh…«

Weiter kam er nicht. Die strafenden Blicke der anderen ließen ihn verstummen. Offenbar hatte er etwas laut ausgesprochen, das man besser nur flüsterte.

»Die Thugs«, erklärte Sepoy und sprach dabei tatsächlich so leise, dass Kenny ihn kaum hören konnte, »sind eine verbrecherische Sekte, die in meiner Heimat ihr Unwesen treibt. Sie beten die grausame Göttin Kali an und frönen einem verbotenen Kult.«

»Kali? Verbotener Kult?« Kenny hatte das Gefühl, nur jedes zweite Wort zu verstehen.

»Im Glauben der Hindus«, erklärte Sepoy, »ist Kali die Göttin des Todes und der Zerstörung. Ihr haben sich die Thugs verschrieben und ihr zu Ehren begehen sie fürchterliche Verbrechen.«

»Was für Verbrechen?«, hörte Kenny sich fragen, obwohl er gar nicht sicher war, ob er die Antwort wissen wollte.

»Die Thugs halten sich für eine Sekte, in Wahrheit sind sie jedoch nichts als Diebe und Mörder. Sie pflegen sich arglosen Reisenden anzuschließen und wiegen sie in Sicherheit, indem sie sich als ihre Freunde ausgeben – nur um sie anschließend zu töten und auszurauben. In meiner Heimat werden die Thugs auch ›Phansigar‹ genannt. Sie morden immer auf dieselbe Weise, nämlich indem sie das Tuch ihrer Turbane benutzen, um ihre Opfer zu erwürgen.«

»Sie erwürgen ihre Opfer?« Kenny schluckte – auch Moody Joe war erwürgt worden ...

»Die Thugs«, fuhr Sepoy fort, »glauben daran, dass die Göttin Kali einst auf die Erde kommen und die Welt zerstören wird. Jeder Mord, den sie zu ihren Ehren begehen, zögert die Ankunft Kalis um weitere tausend Jahre hinaus.«

»Ich verstehe«, flüsterte Kenny gebannt. »Aber was hat das alles mit Colonel Kensington zu tun?«

»Im Jahr achtzehnhundertfünfunddreißig«, erklärte Alice mit bebender Stimme, »erließ William Bentinck, der damalige britische Generalgouverneur in Indien, ein Gesetz zur Bekämpfung des Thug-Unwesens. Daraufhin ging das britische Militär mit aller Härte gegen die Thugs vor. Britische Offiziere, die sich als Einheimische tarnten, spionierten die Schlupfwinkel der Sekte aus und eine Mörderbande nach der anderen wurde ausgehoben.«

»Es war eine schlimme Zeit«, fügte Sepoy hinzu. »Innerhalb von sechs Jahren wurden mehr als vierhundert Angehörige der Thug-Bruderschaft gehängt, aber am Ende waren die Straßen in den nördlichen Provinzen sehr viel sicherer als jemals zuvor. Einer der Offiziere, die sich damals unter Einsatz ihres Lebens als Spione betätigten, war ein junger Offizier namens Clifford Kensington – Miss Alices Vater.«

»Er half damals, das Hauptversteck der Thugs ausfindig zu machen«, erklärte Alice, »einen Tempel Kalis, der sich in einer Höhle tief im Inneren eines Berges befand. Feringhar, der grausame Anführer der Sekte, hielt dort Hof. Der Tempel wurde zerstört. Die Mörder wurden gefasst und gehängt, bis auf einen.«

»Feringhar«, riet Kenny.

»Der Anführer der Thugs ist seither verschollen«, bestätigte Sepoy. »Einmal hieß es, er sei in einer der nördlichen Provinzen gesehen worden, dann wieder gab es Gerüchte, dass er seine verbliebenen Anhänger um sich schare und auf die Zeit seiner Rückkehr warte. Colonel Kensington hat das stets nur als Gerede abgetan – bis es zu spät war.«

»Was genau ist passiert?«, wollte Alice wissen.

Sepoys Blick schien in weite Ferne zu gleiten. »Wir waren auf dem Weg zurück zum Stützpunkt. Im Dschungel gerieten wir in einen Hinterhalt. Alles ging blitzschnell. Es wurde geschossen und viele unserer Soldaten fielen oder wurden verwundet. Colonel Kensington gelang mit einigen Männern der Durchbruch, aber der Feind war uns dicht auf den Fersen. Einen Tag und eine Nacht lang jagten sie uns, bis sie uns schließlich eingeholt hatten.« Sepoys Augen wurden glasig, seine Stimme versagte.

»Und dann?«, drängte Alice.

»Es war schrecklich«, erklärte Sepoy düster. »Es waren Thugs. Sie töteten die Soldaten und opferten sie zu Ehren Kalis. Colonel Kensington und ich wurden gefangen genommen.«

»Dennoch bist du hier«, wandte Alice verwundert ein. »Warum?«

»Nur eine Nacht verbrachte ich in der Gefangenschaft der Thugs – eine endlos lange Nacht, in der ich ihren schauerlichen Gesang hörte und den Schlag ihrer Trommeln und nicht wusste, wann sie mich holen würden. Als jedoch der Morgen anbrach, da ließen sie mich frei. Sie sagten, dass Colonel Kensington ihre Geisel sei und sie auch ihn ihrer Göttin opfern würden – es sei denn, sie bekämen, was sie verlangten.«

»Was sie verlangten?«, fragte Alice. »Worum geht es? Um ein Lösegeld? Wie viel? Ich werde sofort den Anwalt meines Vaters verständigen, um …«

»Die Thugs wollen kein Geld.« Sepoy schüttelte den Kopf. »Ihnen geht es um etwas, das sie das Grüne Herz von Kali nennen.«

»Das Grüne Herz von Kali?« Kenny machte große Augen.

»Ein etwa faustgroßer ovaler Smaragd, dessen Oberfläche glatt geschliffen ist.«

»Aber das«, rief Kenny aus, »ist ja der Stein, den du bei dir hattest! Den du aus dem Museum gestohlen hast.«

Sepoy nickte. »Beim Sturm auf den Tempel Feringhars

fiel das Herz von Kali in die Hände der britischen Soldaten, die es mitnahmen und zusammen mit anderen erbeuteten Schätzen nach London schickten. Die Gelehrten der königlichen Wissenschaftsakademie sahen darin lediglich einen wertvollen Edelstein – für die Thugs jedoch ist es viel, viel mehr. Sie glauben, dass das Grüne Herz ein Geschenk der Göttin Kali ist und Feringhar zurückkehren wird, wenn es sich erst wieder in ihrem Besitz befindet. Allen Ungläubigen jedoch, so heißt es, bringt der Stein Tod und Verderben.«

»Ich verstehe«, flüsterte Kenny. »Deshalb hast du mich gewarnt …«

»Zu spät, wie sich gezeigt hat«, erwiderte Sepoy gepresst.

Im Salon kehrte Schweigen ein, nur das Prasseln des Kaminfeuers war noch zu hören. Sepoy hatte niedergeschlagen den Blick gesenkt, Miss Alice starrte vor sich hin, Furcht und Sorge um ihren Vater waren ihr deutlich anzusehen.

Auch Kenny war betroffen. So also fügte sich alles zusammen …

»Armer Sepoy.« Alice reichte dem jungen Inder die Hand. »Verzeih meine unbedachten Worte von vorhin. Was hast du nicht alles auf dich genommen! Unter Einsatz deines Lebens hast du versucht das Grüne Herz aus dem Museum zu stehlen, um das Leben meines Vaters zu retten.«

»Die Thugs haben mir dazu Zeit bis zum nächsten Vollmond gegeben. Als blinder Passagier bin ich an Bord eines Frachtschiffs der East India Company nach London gereist. Danach dauerte es einige Tage, bis ich hatte, was ich für meinen Einbruch im Museum brauchte.«

»Weshalb bist du nicht zu mir gekommen? Ich hätte dir helfen können!«

»Ich wollte nicht, dass Sie sich sorgen, Miss Alice. Außerdem hätten Sie dann von dem Einbruch erfahren und sich mitschuldig gemacht – und das wollte ich ebenfalls nicht.«

»Also hast du auf eigene Faust gehandelt.«

»Und versagt.« Sepoy nickte betreten. »Nur weil ich so ungeschickt war, wurde ich entdeckt. Wäre ich nicht angeschossen worden, hätte Kenny mich nicht im Schlamm der Themse gefunden und das Schicksal hätte einen anderen Lauf genommen. Nun jedoch ...«

»... befindet sich dank meiner und Moody Joes Gier der Smaragd in den Händen der Thugs und Colonel Kensingtons Leben ist in großer Gefahr«, führte Kenny den Satz zu Ende und wäre vor Scham und Reue am liebsten in Grund und Boden versunken. Kein anderer als er selbst trug die Schuld daran, dass Miss Alices Vater sich noch immer in der Gefangenschaft der Verbrecher befand.

»Gräme dich nicht deswegen«, meinte Alice, die seine Gedanken zu erraten schien, und reichte auch ihm die Hand. Tränen rannen dabei über ihre Wangen, ein Anblick, der Kenny fast das Herz zerriss. »Du konntest ja nicht wissen, was es mit dem Stein auf sich hatte, als du ihn an dich genommen hast. Du kannst nichts für das, was geschehen ist.«

»Doch, Miss Alice«, verriet Kenny kleinlaut. »Sepoy hielt den Smaragd ja noch umklammert, als ich ihn fand. Ich habe ihn bestohlen ...«

»... und später hast du ihm das Leben gerettet«, fügte Alice hinzu. Zu den Tränen auf ihren Wangen gesellte sich ein zaghaftes Lächeln. Kenny bewunderte sie für ihre Tapferkeit.

»So ist es«, pflichtete Sepoy ihr bei. »Du hast deinen Fehler mehr als gutgemacht, Kenny. Wenn hier jemand

Schuld auf sich geladen hat, dann bin ich das – und ich habe keine Ahnung, wie es jetzt weitergehen soll.«

»Was wird nun passieren, nachdem die Thugs den Smaragd haben?«, fragte Alice vorsichtig.

»Ich weiß es nicht.« Sepoy schüttelte den Kopf. »Sie haben gedroht, Colonel Kensington in der Nacht des Vollmonds zu opfern, wenn sich der Stein bis dahin nicht in ihrem Besitz befindet. Nun haben sie beides, den Colonel *und* Kalis Herz, und ich fürchte …«

»Was fürchtest du?«

»Im Glauben der Thugs«, erklärte Sepoy zögernd, »besitzt der Vollmond eine besondere Bedeutung. In Vollmondnächten, so heißt es, wendet Kali der Erde ihr Antlitz zu und blickt auf das Tun der Menschen, deshalb muss ihr ein besonders wertvolles Opfer gebracht werden. Colonel Kensington ist solch ein wertvolles Opfer. Die Thugs hassen ihn für das, was er ihnen angetan hat. Sie brennen darauf, sich an ihm zu rächen. Dass sie bereits haben, was sie wollen, spielt dabei keine Rolle. Ich fürchte, er wird den nächsten Vollmond nicht überleben …«

# Der Schwur

Moment mal«, rief Kenny plötzlich, nachdem erneut betretenes Schweigen eingetreten war. »Der nächste Vollmond ist schon in vier Tagen, richtig?«

»Das stimmt«, bestätigte Sepoy.

»Selbst wenn du den Smaragd noch hättest – die Zeit hätte doch nie und nimmer ausgereicht, um mit dem Schiff nach Indien zurückzukehren und ihn den Thugs zu übergeben, oder?«

»Die Thugs sind hier in der Stadt«, brachte Sepoy in Erinnerung. »Sie haben deinen Moody Joe und eine ganze Reihe weiterer Leute umgebracht auf der Jagd nach dem Smaragd.«

»Dann muss auch Miss Alices Vater in der Stadt sein«, folgerte Kenny. »Schließlich wollten sie ihn ja gegen den Smaragd eintauschen, nicht wahr?«

»Das denke ich eben auch.« Sepoy nickte. »Die Thugs sind Mörder und Betrüger, die sich gewöhnlich nicht an Abmachungen halten. Aber in diesem Fall gab es etwas, das sie unbedingt haben wollten. Also …«

»… könnte mein Vater tatsächlich in der Stadt sein«, flüsterte Alice, die kreidebleich war. »Wie schrecklich! Er ist zu Hause in England, vielleicht gar nicht weit von hier, und ich kann ihm nicht helfen.«

»Wieso eigentlich nicht?«, fragte Kenny.

»Was meinst du?«

»Na ja, wenn der Colonel tatsächlich irgendwo in London versteckt gehalten wird, dann müsste er doch zu finden sein.«

»Du vergisst, wie groß diese Stadt ist«, hielt Sepoy dagegen. »Der Schlupfwinkel der Thugs kann praktisch überall sein. Völlig aussichtslos, danach zu suchen.«

»Sepoy hat Recht«, stimmte Alice zu. »Das Einzige, was meinen Vater nun noch retten kann, ist Scotland Yard.«

»Die Wiesel verständigen? Sind Sie noch bei Trost?«, rief Kenny – und begriff sofort, dass er sich im Ton vergriffen hatte. »'tschuldigung«, meinte er, »aber ich denke, das sollten Sie auf gar keinen Fall tun, Miss Alice. Sie haben Lasalle doch erlebt – der würde die Thugs nicht mal erkennen, wenn sie auf seiner Nase 'n Reel* tanzen.«

»Ich fürchte, Kenny hat Recht«, pflichtete Sepoy seinem neuen Freund bei. »Auf Inspector Lasalle ist kein Verlass. Zudem würde er uns nach allem, was gewesen ist, kein Wort glauben und nur denken, dass wir den Verdacht von uns ablenken wollen.«

»Aber was sollen wir dann tun?«, fragte Alice verzweifelt. Tränen liefen ihr wieder übers Gesicht und ließen es aussehen wie gesprungenes Glas. »Ich kann doch nicht tatenlos hier sitzen, während mein Vater von diesen Bestien umgebracht wird.«

»Das werden wir auch nicht tun, Miss Alice«, rief Kenny entschlossen. »Sepoy und ich werden Ihren Vater finden und ihn befreien, das verspreche ich.«

»Nett von dir.« Alice versuchte ein Lächeln, das allerdings ziemlich misslang. »Aber wie wollt ihr das denn bewerkstelligen? Wie soll euch gelingen, was nicht einmal die Polizei schafft?«

»Vergessen Sie nicht, dass ich ein Mudlark bin«, erwiderte Kenny mit verwegenem Grinsen. »Wir sind bekannt dafür, Dinge dort aufzustöbern, wo andere nicht einmal danach suchen würden. Ich kenne 'n Haufen

Jungs, die auf der Straße leben und übern Tag viel rumkommen. Sie könnten wir befragen.«

Alice war immer noch unschlüssig und blickte Sepoy fragend an. »Ehrlich gesagt«, meinte dieser, »habe ich auch keinen besseren Vorschlag. Einen Versuch wäre es immerhin wert.«

»Geben Sie uns zwei Tage, Miss Alice«, schlug Kenny vor. »Wenn wir bis dahin keine Spur von Ihrem Vater gefunden haben, können Sie immer noch zur Polizei gehen.«

»Also gut«, sagte Alice zögernd. »Und wo wollt ihr anfangen zu suchen?«

»Als Übergabeort für den Smaragd war die Batty Street vereinbart«, sagte Sepoy.

»Das ist in Whitechapel«, erklärte Kenny, »ein gutes Stück westlich von den Docks. Eine ziemlich üble Gegend. Gefährliche Banden treiben sich dort herum.«

»Dennoch sollten wir dort anfangen zu suchen«, meinte Sepoy. »Es ist die einzige Spur, die wir haben.«

»Aber ganz unauffällig, damit die Thugs nichts merken«, stimmte Kenny zu.

»Abgemacht«, meinte Alice. »Aber unter einer Bedingung: Ich komme mit euch.«

»Kommt nicht in Frage!«, riefen Kenny und Sepoy wie aus einem Munde. »Das ist viel zu gefährlich«, fügte Kenny hinzu.

»Nanu?«, machte Alice. »Habe ich es gleich mit zwei ehrenwerten Gentlemen zu tun, die mich beschützen wollen?«

»Kenny hat Recht, Miss Alice«, sagte Sepoy. »In den Gassen des East Ends kann es manchmal ziemlich rau zugehen, von den Thugs ganz abgesehen. Ihr Vater würde nie erlauben, dass …«

»Mein Vater ist aber nicht hier«, widersprach sie bestimmt. »Ich weiß eure Sorge durchaus zu schätzen, ihr beiden, aber ich fürchte, ihr vergesst dabei eine Kleinigkeit.«

»Nämlich?«, wollte Kenny wissen.

»Dass ich eure Leumundszeugin bin und euch nicht aus den Augen lassen werde – schließlich habe ich mit meinem guten Namen für euch gebürgt.« – »Aber …«, wollte Kenny einwenden – Alice ließ ihn jedoch nicht zu Wort kommen. »Und solltet ihr beide euch etwa unterstehen, die Suche ohne mich zu beginnen, so werde ich unverzüglich Inspector Lasalle verständigen und ihm sagen, dass ich meine Bürgschaft zurückziehen will.«

Kenny und Sepoy blieb vor Staunen der Mund offen. »Meine Güte«, stieß Kenny halblaut hervor, »mit der ist wirklich nicht zu spaßen.«

»Hab ich auch gerade gemerkt.« Sepoy nickte.

»Also, meine Herren, wie steht es? Sind wir nun Partner oder nicht?«

Kenny und Sepoy tauschten einen betroffenen Blick – was blieb ihnen anderes übrig als einzuwilligen?

»Partner«, bestätigte Kenny und streckte die rechte Hand aus, worauf Alice ihn ein wenig verunsichert anschaute und nicht recht wusste, was sie tun sollte.

»Partner«, wiederholte Sepoy und legte die Hand auf Kennys. »Schlagen Sie ein, Miss Alice.«

»Partner«, sagte daraufhin auch Alice, und indem sie ihre Hand auf die der Jungen legte, besiegelte sie das Bündnis.

»Wir wollen einen feierlichen Eid leisten«, sagte Kenny mit Verschwörerstimme. »Wir wollen zusammenstehen und uns gegenseitig helfen, egal was kommt. Wir wollen furchtlos sein und wir wollen alles daransetzen, Colonel Kensington aus den Händen der Thugs zu befreien. Das schwören wir.«

»Das schwören wir«, wiederholten Alice und Sepoy feierlich.

»Haben Sie keine Sorge, Miss Alice«, meinte Kenny. »Wenn Ihr Vater wirklich noch in der Stadt ist, dann finden wir ihn.«

»Danke, Kenneth.«

»Kenny heiß ich.«

»Und ich heiße Alice«, erklärte sie schlicht. »Nachdem wir nun schon zusammengeschworen haben, können wir uns auch die Formalitäten sparen, findet ihr nicht?«

»Ich weiß nicht recht, Miss Alice.« Sepoy schürzte die Lippen. »Was würde Ihr Vater dazu sagen?«

»Er wäre froh, dass ich in dieser schlimmen Stunde Freunde habe, die mir beistehen. Wollt ihr meine Freunde sein?«

»Natürlich«, sagte Kenny schnell.

»Dann nennt mich beim Vornamen und lasst um Himmels willen die ›Miss‹ weg. Einverstanden?«

»Einverstanden«, bestätigte Sepoy zögernd.

»Dann wollen wir jetzt meinen Vater suchen.«

»Worauf warten wir noch?«, stimmte Kenny zu. »An die Arbeit …«

# Alte Freunde, neue Feinde

Kenny hatte nicht übertrieben – er kannte in der Tat viele Kinder, die wie er keine Eltern hatten und gezwungen waren, auf den Straßen Londons ihren Lebensunterhalt zu verdienen: die Jungen, indem sie sich als Gepäckträger, Taschendiebe, Schuhputzer, Akrobaten, Bettler oder eben als Mudlarks betätigten; die Mädchen, indem sie Blumen oder Orangen verkauften, Kleider färbten oder hier und dort bei schwerer Hausarbeit halfen. Sie alle wurden von Kenny, Alice und Sepoy befragt.

Wenn, so hatten die drei sich überlegt, die Thugs tatsächlich in der Nähe ihren Schlupfwinkel hatten, waren sie vielleicht jemandem aufgefallen. Oder aber, und das hoffte Alice am allermeisten, irgendjemand hatte ihren Vater gesehen. Eine Porträtzeichnung von ihm, die Alice von zu Hause mitgenommen hatte, sollte den Befragten helfen sich zu erinnern.

Ausgehend von der Batty Street zogen sie bei ihrer Befragung immer weitere Kreise. Aber keines der Straßenkinder, die in Whitechapel oder den angrenzenden Bezirken Spitalfields und Bethnal Green lebten, hatte etwas Verdächtiges bemerkt oder konnte sich an jemanden erinnern, auf den Colonel Kensingtons Beschreibung passte. Nachdem sie der Cannon Street einen Tag lang Richtung Norden gefolgt waren und alle Nebengassen abgeklappert hatten, gaben die Gefährten niedergeschlagen ihre Suche auf. Die Nacht verbrachte Kenny in einem Gästezimmer der Kensington-Villa. Zum ersten Mal in seinem Leben schlief er in einem richtigen Bett. Doch am nächsten Morgen kehrten sie zurück und wandten sich diesmal von Whitechapel aus nach Süden, in der Hoffnung, dort auf eine Spur zu stoßen – aber auch hier wusste niemand etwas zu berichten.

Je weiter sie sich dem Fluss näherten, desto schlimmer wurde die Gegend. Triste, eng aneinander gebaute Backsteinhäuser mit glaslosen Fenstern umrahmten von Unrat übersäte Straßen, in denen der Gestank kaum auszuhalten war. Kenny und Sepoy baten Alice eindringlich, in der Kutsche zu bleiben, was diese schließlich auch tat. Die Viertel jenseits von Charing Cross* hatte sie noch nie zuvor betreten, und sie war erschüttert von all dem Elend, der Armut und dem Schmutz, den sie sah.

Auf der Suche nach Hinweisen passierten sie in ihrem Hansom Cab die Tabakdocks, in denen Frachtschiffe aus Übersee ihre Ladung löschten. Burschen, die zur Arbeit nicht zugelassen worden waren, weil sie zu jung oder zu schwach waren, lungerten vor dem vergitterten Tor herum. Auch ihnen stellte Kenny einige Fragen, aber auch hier bekam er keine nützliche Auskunft.

So gelangten die drei Gefährten zum Fluss. Da gerade Ebbe herrschte, führte die Themse nur wenig Wasser, und in den breiten Schlammkrägen, die sich zu beiden Seiten des Flusses hinzogen, wateten überall Mudlarks. Vom Ufer aus hielt Kenny Ausschau nach dem einen oder anderen bekannten Gesicht. Vielleicht gab es ja noch jemanden, den er fragen konnte, ein Mitglied aus Moody Joes alter Bande oder …

»Kenny Jones? Bist du's wirklich?«

Als sein Name gerufen wurde, sah Kenny auf. Zwei Jungen kamen durch die Schlammbank herangewatet, der eine groß und kräftig, der andere etwas schmächtiger. Beide hatten jedoch dieselben kantigen Gesichtszüge, die sie sofort als Brüder erkennbar machten.

»Trev! Doyle!«, rief Kenny winkend, als er die Kameraden erkannte. Er freute sich ehrlich, sie zu sehen – sicher würden sie ihm bei seiner Suche helfen, wenn er sie darum bat.

Unterhalb der Kaimauer blieben die Brüder stehen und blickten zu ihm herauf. »Hast du es dir anders überlegt, Kenny?«, fragte Doyle hoffnungsvoll. »Willst du doch bei uns mitmachen?«

»Nee, sicher nicht«, sagte Trevor, noch bevor Kenny antworten konnte. »Sieh dir doch nur mal an, wie der angezogen ist, Bruderherz. Sag mal, Jones, wer hat dich denn so fein gemacht?«

»Was?« Kenny zog die Stirn kraus.

»Na ja, deine Klamotten. Ehrlich, wir hätten dich beinah nicht wiedererkannt.«

»Ach, das.« Kenny sah an sich hinab – er hatte schon fast vergessen, dass er von Kopf bis Fuß neu eingekleidet worden war.

»Wie ein feiner Pinkel siehst du aus, Jones«, spöttelte Trevor weiter. »Wie hast du das denn geschafft? Bist du jetzt unter die Taschendiebe gegangen?«

»Blödsinn«, wehrte Kenny ab und schaute sich verstohlen um – die Polizeistation von Wapping war nicht weit und er wollte nicht wegen Trevors Gerede schon wieder Schwierigkeiten bekommen. »Ich bin hier, weil ich auf der Suche bin.«

»Stell dir vor, das sind wir auch.« Trevor grinste. »Komm runter, dann suchen wir gemeinsam.«

»So meine ich es nicht. Diesmal suche ich nicht nach rostigen Nägeln und Kohlestücken, Trev – ich suche nach einem Mann, der spurlos verschwunden ist.«

»Was du nicht sagst. Und wer soll das sein?«

»Ein Offizier der königlich-britischen Armee. Ich nehme an, dass er irgendwo hier in der Gegend festgehalten wird.«

»So? Was bringt dich darauf?«

»Na ja – die Jungs in den anderen Vierteln des East Ends haben nichts Verdächtiges bemerkt. Und um sich zu verstecken, sind die Docklands immer noch die beste Gegend.«

»Jetzt nicht mehr.« Trevor schüttelte den Kopf. »Stell dir vor, ich kannte mal 'nen alten Gauner namens Moody Joe, der lebte mit 'nem Haufen Mudlarks auf 'nem alten Clipper – bis ein paar üble Burschen ihm eines Tages den Hals umdrehten. Und schon kurz darauf wurde der Clipper von den Wieseln gestürmt. Schon komisch, was?«

»Was willst du damit sagen?«, fragte Kenny.

»Gar nichts. Ich finde es nur seltsam, dass du nur wenige Tage, nachdem all das passiert ist, in Samt und Seide in der Gegend rumläufst. Ist doch komisch, oder?«

»Du glaubst doch nicht, dass ich den alten Joe verpfiffen habe?« Kenny war entsetzt.

»Natürlich nicht, wie käme ich denn dazu?«, erwiderte Trevor boshaft. »Trotzdem scheint sich die Sache für dich gelohnt zu haben.«

»Du redest Blödsinn, Trev. Ich hab niemanden verpfiffen und ich würde auch nie jemanden verpfeifen. Der einzige Grund, warum ich hier bin, ist, dass ich diesen Mann finden will. Wollt ihr mir dabei helfen oder nicht?«

»Was hat er denn ausgefressen?«

»Nichts. Er wurde entführt.«

»Von wem?«

»Von denselben Kerlen, die auch den alten Joe umgebracht haben«, erwiderte Kenny barsch. Er ärgerte sich über Trevors Unterstellungen.

»Du … du hast immer noch mit der Sache zu tun?«, fragte Doyle ungläubig.

»Ja. Daran könnt ihr sehen, dass ich Moody Joe nicht verpfiffen habe. Im Gegenteil – die Polizei verdächtigt mich, ihn umgebracht zu haben.«

»Warum läufst du dann noch frei rum?«, wollte Trevor wissen. »Mordverdächtige buchten die Wiesel ohne viel Federlesens ein, das weiß jeder.«

»Weil ich einen Leumundszeugen gefunden habe«, erklärte Kenny wahrheitsgemäß.

»Klar – und dieser Leumundszeuge hat dir auch gleich noch neue Klamotten spendiert, richtig?«

»Genau.« Kenny nickte – endlich schienen die beiden zu verstehen.

»Sag mal, Jones, für wie dämlich hältst du uns eigentlich? Glaubst du, wir könnten nicht zwei und zwei zusammenzählen? Zuerst dein seltsames Gerede auf dem Clipper, von wegen dass du was anderes sein willst als ein Mudlark und etwas aus dir machen willst. Und dann kreuzt du hier auf im feinsten Zwirn und tischst uns haarsträubende Lügen auf. Erwartest du wirklich, dass wir dir diesen Unsinn glauben? Warum verschwindest du nicht einfach und lässt uns in Ruhe?«

»Aber das sind doch keine Lügen, es ist die Wahrheit!«, versicherte Kenny – wieso nur wollte ihm eigentlich niemand mehr glauben? »Ich suche diesen Mann und dafür brauche ich eure Hilfe.«

»Die kriegst du aber nicht, Jones«, entgegnete Trevor feindselig. »Meine nicht und die von meinem Bruder auch nicht. Uns kann man nämlich nicht kaufen so wie dich. Wir sind Mudlarks und das bleiben wir auch, Schluss, aus.«

»Schwierigkeiten?« Sepoy war zu Kenny getreten, und zu allem Überfluss war auch noch Alice bei ihm, obwohl sie versprochen hatte, in der Kutsche zu bleiben.

»Sieh an, der India-Boy«, rief Trevor herauf. »Ganz ohne Schlamm erkennt man dich kaum. Und eine junge Lady ist auch noch mit von der Partie. Alle Achtung, Jones, da hast du dir ja einen hübschen Vogel eingefangen ...«

»Halt die Klappe, Trevor«, befahl Kenny derb.

»Wieso? Die Kleine ist wirklich niedlich, das muss man dir lassen. Allerdings frage ich mich, was so ein blitzsauberes Mädel bei einem miesen Verräter wie dir zu suchen hat.«

»Du sollst die Klappe halten«, fauchte Kenny. »Und lass sie verdammt noch mal in Ruhe.«

»Jones, was ist los mit dir? Verstehst du jetzt keinen Spaß mehr, wo du so noble Freunde gefunden hast?«

»Was geht hier vor?«, wollte Alice wissen. »Wer ist dieser Junge?«

»Ein Freund von mir«, gestand Kenny halblaut. »Jedenfalls dachte ich das immer ...«

»Das dachte ich auch, Jones«, konterte Trevor. »Allerdings müsstest du wissen, dass Freunde einander nicht verraten.«

»Ich habe euch nicht verraten«, versicherte Kenny noch einmal.

»Doch, hast du«, war der andere überzeugt. »Du weißt es nur noch nicht. Sieh dir deine Begleiter nur mal an – so sehen ganz bestimmt keine Mudlarks aus. Du hast deine Herkunft verraten, um diesem Hirngespinst zu folgen, von dem du uns erzählt hast.«

»Welches Hirngespinst?«, fragte Alice.

Kenny murmelte etwas Unverständliches und wollte das Gespräch damit beenden, aber Trevor dachte nicht daran aufzuhören.

»Das Hirngespinst, etwas aus sich zu machen«, rief er

von unten herauf. »Der sinnlose Traum, eines Tages kein Mudlark mehr zu sein, sondern ein geachtetes Mitglied der Gesellschaft.«

»Und?«, verlangte Alice zu wissen. »Was soll daran falsch sein?«

»Einfach alles, Missy«, erklärte Trevor mit breitem Grinsen. »Ich weiß nicht, warum Sie sich mit dem guten Kenny abgeben, aber Sie haben bestimmt Ihre Gründe dafür. Aber eins ist sicher: Sobald er getan hat, wofür Sie ihn brauchen, werden Sie ihn wegwerfen wie einen alten Schuh. Dann wird er wieder im Schlamm landen und alles wird sein wie zuvor. Einmal ein Mudlark, immer ein Mudlark.«

»Unsinn«, widersprach Alice. »Jeder Mensch kann etwas aus sich machen, und wenn Kenny es wirklich will, dann wird es ihm auch ganz gewiss gelingen.«

»Klar, Sie müssen es ja wissen«, tönte Trevor. »Als ob es am Wollen liegen würde. Wissen Sie was, Missy? An jeder Straßenecke lungert irgendein armer Kerl herum, der sich nichts sehnlicher wünscht als aus all dem Elend hier rauszukommen. Aber er schafft es einfach nicht. Und wissen Sie warum?«

»Warum?«

»Weil es den reichen Säcken völlig egal ist, wenn wir hier vor die Hunde gehen – und Sie sind auch nicht besser!«

Alice sog scharf den Atem ein, tiefe Empörung stand ihr ins Gesicht geschrieben. »Wie kannst du es wagen? Wie kannst du dir ein Urteil über mich erlauben? Du kennst mich doch gar nicht!«

»Ich kenne Ihre Sorte«, erwiderte Trevor achselzuckend. »Das reicht.«

»Aber du irrst dich«, widersprach Alice entschieden.

»Ich bin kein verwöhntes reiches Gör, das die Augen vor der Wirklichkeit verschließt. Ich verlange, dass …«

»Lass gut sein, Alice«, raunte Kenny ihr zu, dem die Situation immer unerträglicher wurde. Plötzlich hatte er das Gefühl, zwischen den Fronten zu stehen. Auf der einen Seite waren Trevor und Doyle, seine ehemaligen Kameraden, mit denen zusammen er die letzten Jahre verbracht und eine Menge durchgemacht hatte; auf der anderen Seite Alice und Sepoy, seine neuen Freunde, die einer völlig anderen Welt angehörten. Kenny wusste beim besten Willen nicht, was er tun konnte, also nahm er Alice sanft am Arm und wollte sie in Richtung Kutsche bugsieren.

»Geht nur!«, rief Trevor ihnen von unten herauf nach. »Aber nehmt das hier mit …«

Kenny hörte ein schmatzendes Geräusch und fuhr herum – gerade rechtzeitig, um einen Batzen Schlamm zu sehen, der von jenseits der Kaimauer angeflogen kam und so gut gezielt war, dass er Alice geradewegs ins Genick treffen würde. Sepoy bemerkte das Geschoss zu spät, als dass er es hätte abwehren können – also tat Kenny das Einzige, was er noch tun konnte, und trat selbst in die Schusslinie. Es gab ein klatschendes Geräusch, als der Schlammklumpen mitten in seinem Gesicht explodierte. Dreck und Wasser spritzten nach allen Seiten. Von Kennys Stirn und Wangen troff der Schlamm, sein eben noch blütend weißes Hemd sah aus wie das eines Mudlarks.

»Ha!«, lachten Trevor und Doyle triumphierend. »Da hat es ja den Richtigen erwischt! Nimm das als Gruß aus deiner alten Heimat, Kenny Jones. Und vergiss uns nicht, in Ordnung?«

Die beiden bogen sich vor Lachen, konnten kaum an sich halten. Zähneknirschend wischte sich Kenny den Schlamm aus dem Gesicht. Er bebte am ganzen Körper und ballte die Fäuste, wollte zum Ufer hinab, um sich bei Trevor mit einer Tracht Prügel für diese Schmach zu revanchieren, die ihm noch dazu vor einem Mädchen angetan worden war.

Aber Alice ließ es nicht dazu kommen.

»Einen Augenblick«, sagte sie nur, und bevor jemand sie zurückhalten konnte, trat sie noch mal ans Geländer und schaute zu den beiden Brüdern hinab, die sich noch immer ausschütteten vor Lachen.

»Nanu, Bruderherz«, prustete Trevor, »braucht Jones jetzt schon ein Mädchen, das auf ihn aufpasst?«

»Wisst ihr was?«, rief Alice entrüstet. »Es ist kein Wunder, dass ihr euren Lebensunterhalt damit verdienen müsst, im Schlamm zu wühlen. Ihr denkt immer nur an euch, aber mit eurem Neid und eurem Hass steht ihr euch selbst im Weg. Deshalb werdet ihr auch dann noch im Schlamm graben, wenn Kenny längst etwas aus sich gemacht und all das hier vergessen hat. Guten Tag, Gentlemen.«

Damit wandte sie sich ab und ging zur Kutsche zurück, die unweit der Kaimauer wartete – die verblüfften Mienen der beiden Mudlarks sah sie nicht mehr.

»Seltsame Freunde hast du«, beschied sie Kenny spitz.

»Ich weiß«, erwiderte dieser nur – und erkannte, dass er Colonel Kensingtons Tochter schon wieder unterschätzt hatte.

Schweigend stiegen sie in das Hansom Cab und die Fahrt ging weiter. Mit Hilfe eines Lappens, den der Kutscher normalerweise zum Polieren der Karosse benutzte, gelang es Kenny, sein Gesicht einigermaßen zu säubern. Der Geruch von Fisch und Fäulnis allerdings blieb, ebenso wie das schlechte Gefühl, das Kenny plagte …

# Die Costermonger

Es dauerte eine Weile, bis Kennys Aufregung sich wieder legte. Nicht nur der Fischgestank störte ihn, sondern auch das, was Trevor und Doyle gesagt hatten.

Hatten die Brüder am Ende Recht? Hatte er sie wirklich auf die eine oder andere Art verraten? Schließlich war er es gewesen, der den Smaragd gefunden und darauf bestanden hatte, Sepoy mit ins Versteck zu nehmen. Damit hatte das ganze Unglück angefangen. Alles hatte sich seitdem verändert und irgendwie war das auch Kennys Schuld. Waren Trevor und Doyle also zu Recht böse auf ihn? Oder waren sie nur neidisch, weil er es besser getroffen hatte als sie und neue Freunde gefunden hatte? Aber vielleicht würde Alice Kensington seine Gesellschaft tatsächlich meiden, sobald er ihren Vater gefunden hatte.

Kenny wischte all diese Fragen schließlich beiseite. Im Augenblick zählte nur, dass Colonel Kensington gerettet wurde. Wenn Alices Vater noch am Leben war – und das hoffte Kenny inständig –, musste er gefunden und befreit werden, nur das war wichtig.

»Wir werden uns die Viertel nördlich der Docks noch einmal vornehmen«, kündigte er deshalb an, als wäre nichts geschehen.

»Noch einmal?«, fragte Alice. »Aber wir haben dort bis jetzt rein gar nichts herausgefunden.«

»Wir dürfen die Hoffnung nicht aufgeben«, war Kenny überzeugt. »Außer den Straßenjungen gibt es noch viele andere, die wir fragen können: Kohlenträger, Rattenfänger, Staubmänner und noch einige mehr. Vor allem aber die Costermonger.«

»Coster-*was*?«, fragte Alice.

»Costermonger«, wiederholte Kenny. »So werden die Männer genannt, die am Straßenrand Essen verkaufen – du weißt schon, Äpfel und Rüben, Bratwürste und Kuchen und meistens auch Fisch. Sie stehen den ganzen Tag hinter ihren Karren, oft bis spät in die Nacht. Dabei kriegen sie eine Menge mit. Gut möglich, dass sie etwas Verdächtiges beobachtet haben.«

»Und du glaubst, dass sie uns so ohne Weiteres helfen werden?«

»Das wohl nicht.« Kenny lächelte verlegen. »Wir werden ihnen schon ein paar Kuchen abkaufen müssen, wenn sie uns Auskunft geben sollen.«

»Ich verstehe. Und wer soll das ganze Zeug essen?«

»Darüber mach dir mal keine Gedanken«, meinte Kenny und rieb sich den Bauch. »Darum werden Sepoy und ich uns kümmern. Stimmt's?«

»Stimmt«, bestätigte Sepoy und grinste übers ganze Gesicht.

Der Commercial Road folgend fragten (und fraßen) sie sich Richtung Osten. Wie Kenny vermutet hatte, waren die Costermonger tatsächlich nicht bereit, ihr Wissen einfach so preiszugeben; erst wenn Alice ihre Geldbörse zückte und Kuchen, Würste oder was auch immer kaufte, wurden sie gesprächiger. Das bedeutete allerdings nicht, dass sie auch viel zu sagen hatten. Von den Verkäufern, die ihre Stände in Whitechapel und im angrenzenden Stepney aufgeschlagen hatten, bekamen die drei Gefährten nicht einen einzigen brauchbaren Hinweis. Dafür stellte sich bei Kenny und Sepoy irgendwann ein natürliches Sättigungsgefühl ein …

»Also«, stieß Kenny erschöpft hervor, »ich weiß ja

nicht, wie's dir geht, Sepoy, aber wenn ich noch ein Stück Kuchen esse, platze ich.«

»Mir geht's genauso«, stimmte Sepoy zu. »Ich bring beim besten Willen nichts mehr runter.«

»Was denn, ihr beiden?« Alice hob eine Braue. »Wollt ihr etwa schon aufgeben?«

»Schon?«, stöhnte Sepoy. »Ich habe acht Muffins gegessen und sieben Stück Kuchen, dazu sechs Bratwürste und drei Äpfel. Ich kann nicht mehr.«

»Außerdem wird es langsam dunkel«, stellte Kenny mit Blick auf den Himmel fest, der sich über den Häusern bereits rötlich färbte, »und nach Einbruch der Dämmerung ist diese Gegend hier ziemlich gefährlich, besonders für ein Mädchen.«

»Ich kann ganz gut auf mich aufpassen«, stellte Alice klar.

»Das dachte Moody Joe auch und jetzt ist er tot«, konterte Kenny trocken. »In den dunklen Gassen wimmelt es von üblen Gestalten, die für ein paar Pence einen Mord begehen würden, von den Thugs ganz zu schweigen.«

»Erwartest du, dass ich nach Hause gehe?«, fragte Alice trotzig. »Schon fast zwei Tage sind um, ohne dass wir auch nur eine einzige Spur gefunden hätten. Siehst du den Mond da oben, Kenny? Er ist fast voll! Nur noch zwei weitere Tage und mein Vater stirbt, wenn wir ihn nicht vorher finden.«

»Ich weiß«, sagte Kenny leise.

»Ich habe auf euch beide gehört und darauf verzichtet, die Polizei hinzuzuziehen, und jetzt wollt ihr aufgeben? Das will ich einfach nicht glauben.«

»Von aufgeben war nicht die Rede«, stellte Kenny klar. »Aber dein Vater hat ganz gewiss nichts davon, wenn wir alle mit durchschnittenen Kehlen enden.«

»Du bist ein Hasenfuß, Kenneth Jones«, zischte Alice.

»Und du bist ein verwöhntes Mädchen, das vom richtigen Leben keine Ahnung hat«, konterte er. Und obwohl er seine Worte schon im nächsten Moment bereute, fügte er noch grimmig hinzu: »Und ich heiße Kenny, merk dir das endlich.«

Wütend blitzten sie sich an.

Sepoy, der ein wenig hilflos zwischen ihnen stand, blickte von einem zum anderen. »He«, meinte er, »das ist weder der richtige Zeitpunkt noch der richtige Ort, um sich zu streiten. Hebt euch das für später auf, in Ordnung? Solange es hell ist, können wir noch ein paar Zeugen befragen. Danach wird es zu gefährlich.«

»Gut«, knurrte Kenny, »dann nehmen wir uns jetzt die Verkäufer in der Old Church Street vor. Einverstanden?«

»Einverstanden«, sagte Alice nur.

Ohne ein weiteres Wort miteinander zu wechseln oder sich auch nur anzusehen, gingen sie die Commercial Road hinunter bis zur Abzweigung der alten Kirchstraße. Das Hansom Cab folgte ihnen in einigem Abstand. Man konnte deutlich sehen, dass die Bürgersteige weniger dicht bevölkert waren als noch vor einer halben Stunde; je dunkler es wurde, desto weniger Leute waren in den Straßen unterwegs, und als die Lampenwärter kamen, um die Gaslaternen zu entzünden, war die Old Church Street schon fast menschenleer.

Dennoch hielt Kenny sein Versprechen und sie klapperten die verbliebenen Händler ab, von denen die meisten bereits dabei waren, ihre Stände abzubauen. Eine brauchbare Auskunft bekamen die drei selbsternannten Detektive jedoch auch von ihnen nicht, und schließlich blieb nur noch ein einziger Costermonger übrig: ein buckliger

Mann in schäbiger Kleidung, der düster zu ihnen herüberblickte.

»Hu«, flüsterte Alice schaudernd. »Der ist mir aber nicht geheuer. Sollen wir ihn wirklich fragen?«

»Was denn, bist du etwa ein Hasenfuß?«, bemerkte Kenny säuerlich und marschierte entschlossen auf den Costermonger zu. Die anderen blieben dicht hinter ihm.

»'n Abend, Sir«, grüßte Kenny und tippte sich an den Schirm seiner Mütze. »Herrliche Äpfel haben Sie da.« Er deutete auf die drei verschrumpelten Früchte, die auf der Pritsche des Karrens lagen.

»Haut bloß ab, ihr Gören«, fuhr der Bucklige ihn an. »Wenn ihr glaubt, ihr kriegt von mir was geschenkt, habt ihr euch geschnitten.«

»Sir«, schaltete sich Alice in das Gespräch ein, »Sie überschätzen sowohl sich als auch die Qualität Ihrer Waren, wenn Sie glauben, dass wir etwas von Ihnen geschenkt haben möchten.«

»Ach so?« Die Augen des Verkäufers verengten sich zu schmalen Schlitzen. »Was wollt ihr dann von mir?«

»Eine Auskunft«, sagte Alice und legte eine Krone* auf den Wagen, was vermutlich mehr war, als der Karren mitsamt den Äpfeln wert war.

»W-was wollt ihr wissen?«, fragte der Costermonger verblüfft, und ehe die drei Freunde sichs versahen, war das Geld auch schon in seiner Rocktasche verschwunden.

»Wir wollten Sie fragen, Sir, ob Ihnen in den letzten Tagen in dieser Gegend etwas Ungewöhnliches aufgefallen ist.«

»Etwas Ungewöhnliches?« Der Verkäufer schürzte die Lippen. »Wie meinst du das?«

»Haben Sie besonders viele Ausländer aus den Kolonien gesehen? Vor allem Inder suchen wir …«

»Nicht dass ich wüsste. Hier laufen nicht mehr und nicht weniger Inder rum als sonst, deinen Freund da eingerechnet.«

»Wir sprechen nicht von gewöhnlichen Indern«, erklärte Sepoy, »sondern von solchen, die rote Kutten und schwarze Turbane tragen.«

»Rote Kutten und schwarze Turbane?« Der Bucklige dachte einen Augenblick nach, dann schüttelte er den Kopf. »Nein, tut mir Leid. An eine solche Maskerade würde ich mich bestimmt erinnern.«

»Aber haben Sie vielleicht diesen Mann gesehen?«, fragte Alice hoffnungsvoll und hielt ihm das Porträt ihres Vaters hin.

Der Costermonger nahm die Zeichnung in Augenschein, schüttelte dann aber wiederum den Kopf.

»Bitte, Sir, denken Sie genau nach«, sagte Alice beschwörend. »Es ist sehr, sehr wichtig. Dieser Mann ist mein Vater. Er ist Colonel bei der britischen Armee und spurlos verschwunden und wir nehmen an, dass er ...«

»Wisst ihr«, entgegnete der Verkäufer barsch, während er seinen Karren packte und kurzerhand davonschob, »ihr regt mich auf mit eurer Fragerei. Hat euch eure Mutter nicht beigebracht, dass zu viel Neugier ungesund ist?«

»A-aber Sir«, stammelte Alice verblüfft, »wir wollten doch nur ...«

»Gute Nacht«, rief der Costermonger über die Schulter zurück. Im nächsten Moment löste sich seine Gestalt auch schon zwischen den Nebelschwaden auf, die sich mit Einbruch der Dunkelheit über das Viertel gesenkt hatten und die dunklen Gassen noch viel unheimlicher erscheinen ließen.

»Aber Sir ...?«

Alice verstummte. Mit hängenden Schultern stand sie da, fühlte sich elend und verzweifelt. Zwei Tage lang hatten sie nach Hinweisen gesucht und nicht eine Spur von ihrem Vater gefunden. Zwei Tage, die sie verschwendet hatten … Sie vermied es, zum Himmel hinaufzuschauen, wo der Mond gelb und verschwommen durch den Nebel schien. Sie wusste auch so, dass er fast voll war und die Aussichten, ihren Vater noch rechtzeitig zu finden, von Stunde zu Stunde geringer wurden.

Aus einer der angrenzenden Gassen drangen lautes Geschrei und das Gegröle von Betrunkenen. »Wir müssen gehen«, raunte Sepoy Alice zu. »Es ist zu gefährlich, noch länger zu bleiben.«

Für einen Augenblick wollte Alice widersprechen; schließlich gehorchte sie der Stimme der Vernunft und nickte traurig. Es gab niemanden mehr, den sie noch hätten fragen können, und auch wenn sie Kenny deshalb einen Hasenfuß genannt hatte, so wusste sie doch ganz genau, dass er Recht hatte. Wenn sie Straßenräubern in die Hände fielen, würden sie ihrem Vater erst recht nicht mehr helfen können …

»Einverstanden«, sagte sie leise. »Gehen wir nach Hause. Gleich morgen Früh werde ich zu Inspector Lasalle gehen und ihm die Sache erklären. Vielleicht kann er noch helfen.«

Kenny biss sich auf die Lippen, seine Fäuste ballten sich vor Wut – nicht auf Alice oder sonst jemanden, sondern auf sich selbst. War nicht er es gewesen, der Alice versprochen hatte, dass er ihren Vater finden würde? Hatte er nicht großspurig behauptet, dafür nur zwei Tage zu brauchen? Und dass er genügend Leute kennen würde, die sicher etwas gesehen hätten? Nun waren die zwei Tage vorbei und sie waren in keinster Weise weitergekommen. Vor

Scham wäre Kenny am liebsten im Boden versunken. Hätte er Alice nicht darum gebeten, die Polizei aus dem Spiel zu lassen, hätten die Constables schon vor zwei Tagen die Ermittlungen aufgenommen. Und was immer sie herausgefunden haben würden, es hätte kaum weniger sein können als das, was Kenny in Erfahrung gebracht hatte.

Niedergeschlagen und mit hängenden Köpfen schlichen die drei zur Kutsche zurück. Unterwegs konnten sie sehen, wie das nächtliche London zum Leben erwachte und die Kreaturen der Dunkelheit aus ihren Löchern krochen: Betrüger und Halsabschneider, Räuber und Diebe, die nur darauf warteten, dass jemand sich in ihre Nähe verirrte, lauerten in Nischen und Hauseingängen. Aus dunklen Fensterhöhlen und Gassen starrten blitzende Augenpaare auf die Freunde und machten ihnen klar, dass es höchste Zeit war, zu verschwinden.

Aus einer schmalen Gasse, die direkt auf die alte Kirchstraße mündete, blickte ein einzelnes, besonders neugieriges Auge. Sein Besitzer lauerte darauf, dass die beiden Jungen und das Mädchen in seine Reichweite kamen. Sprungbereit stand er da, keuchend vom Schnaps, den er getrunken hatte, und erbärmlich frierend in seinen schäbigen Kleidern.

Kenny, Sepoy und Alice ahnten davon freilich nichts. Eilig hasteten sie den Bürgersteig hinab, wollten zurück zur Kutsche, die an der Kreuzung auf sie wartete – als plötzlich eine knochige Hand aus dem Dunkel schoss, Alice am rechten Oberarm packte und sie mit einem Ruck in die Gasse zerrte.

»Alice!«, riefen Kenny und Sepoy und setzten ihrer Freundin ohne Zögern hinterher.

»Keinen Schritt weiter«, krächzte es ihnen aus der

Schwärze entgegen, »oder das hübsche Vögelchen hat zum letzten Mal gesungen, verstanden?«

»Lass sie los«, verlangte Kenny. »Sie hat dir nichts getan.«

»Das stimmt«, räumte die Stimme ein, »aber sie ist die beste Garantie dafür, dass ihr mich nicht aufs Kreuz legen werdet.«

»Dich aufs Kreuz legen?«, fragte Sepoy, während er angestrengt die Finsternis zu durchdringen suchte. Mehr als die schemenhaften Umrisse Alices und ihres Häschers konnte er jedoch nicht erkennen. »Was meinst du damit?«

»Ich meine damit, dass ich verdammt vorsichtig sein muss. Schließlich kommt es nicht alle Tage vor, dass drei Rotznasen durch die Gegend laufen und unangenehme Fragen stellen.«

»Unangenehm für wen?«, wollte Kenny wissen.

»Dich kenne ich«, stellte der andere fest. »Du bist schon öfter in der Gegend gewesen. Hast den alten Moody Joe aus dem *Broken Leg* geschleppt, wenn er mal wieder besoffen war.«

»D-das stimmt«, bejahte Kenny verblüfft.

»Aber damit ist es jetzt vorbei, nich wahr? Sie haben dem alten Joe den Hals umgedreht. Und ich hab gesehen, wie's passiert ist.«

»Du – du hast es gesehen?« Kenny traute seinen Ohren nicht.

»So wahr ich hier vor euch stehe und meine Hände um den Hals des hübschen Täubchens habe.«

»Was genau hast du gesehen?«, verlangte Sepoy zu wissen. »Kannst du die Täter beschreiben? Woher sind sie gekommen? Und wohin haben sie sich geflüchtet?«

»Langsam, mein Junge.« Die krächzende Stimme kicherte. »Ich kann mir denken, dass ihr das alles gerne erfahren würdet. Aber das kostet euch eine Kleinigkeit.«

»Wie viel?«, wollte Kenny wissen.

»Drei Kronen. Nich mehr und nich weniger.«

»Das ist viel Geld.«

»Rotznasen. Ihr könnt es auch lassen, wenn ihr nich zahlen wollt. Dann werdet ihr eben nie erfahren, was ich weiß.«

»Schon gut«, versicherte Kenny schnell, »wir kommen ins Geschäft. Du kriegst eine Krone jetzt und den Rest, wenn du uns verraten hast, was du weißt.«

»Ich hab gewusst, dass du so was sagen würdest, Rotznase. Deshalb habe ich mir auch das Täubchen gekrallt. Entweder ihr gebt mir das Geld gleich oder ich drehe eurer Freundin den Hals um.«

Ein angstvolles Wimmern drang aus Alices Kehle.

»Nein!«, rief Kenny entsetzt.

»Schon gut«, beschwichtigte Sepoy den Mann, »du kriegst das Geld jetzt gleich, in Ordnung? Aber dann lässt du sie sofort los.«

»Das werden wir sehen, wenn ich die Moneten habe. Also rück schon rüber damit, Jungchen.«

Kenny und Sepoy wechselten einen Blick. Ihnen war klar, dass sie ihr einziges Druckmittel aus der Hand gaben, wenn sie den Mann bezahlten. Wer garantierte ihnen, dass er Alice freiließ und sie nicht noch tiefer in die finstere Gasse schleppte? Dennoch sahen die beiden keine andere Möglichkeit, zumal es immer dunkler wurde …

Widerwillig griff Sepoy in seine Tasche und förderte drei Kronen zutage, die er vor sich auf den schmutzigen Boden legte.

»Zurück, los zurück!«, zischte der Mann.

Die Jungen machten einige Schritte rückwärts. Dem

Schlurfen und Stöhnen nach folgte ihnen der Kidnapper. Dann schien er sich zu bücken und das Geld vom Boden aufzuheben.

»Na gut, das Geld hab ich jetzt«, ertönte seine Stimme. »Und echt scheint es auch zu sein …«

»Es *ist* echt«, versicherte Sepoy. »Lassen Sie Alice jetzt frei und sagen Sie uns, was Sie wissen.«

In der Gasse blieb es still. »He?«, fragte Kenny ängstlich. »Bist du noch da …?«

Plötzlich stürzte etwas aus der Finsternis auf die beiden zu. Ein schwarzer Schatten, eine schlanke Gestalt. Kennys Herzschlag wollte für einen Augenblick aussetzen vor Schreck – dann erkannte er, dass es Alice war. Haltlos taumelte Colonel Kensingtons Tochter ihnen entgegen und wäre gestürzt, hätten sie sie nicht aufgefangen.

»Alles in Ordnung?«, fragte Sepoy besorgt.

»I-ich denke schon«, erwiderte sie flüsternd.

»Also«, fragte Kenny forsch in die Gasse. »Was weißt du?«

Er bekam keine Antwort und seufzte. Der elende Kerl hatte also tatsächlich nie vorgehabt, ihnen etwas zu erzählen. Ihm war es nur um das Geld gegangen und …

»Vor ein paar Tagen«, krächzte es plötzlich zu aller Überraschung aus der Dunkelheit, »war ich noch spät unterwegs. Dachte, ich könnte mir beim *Broken Leg* ’n Schluck Gin erbetteln. Manchmal, wenn der Wirt selbst betrunken ist und seine Frau schon im Bett liegt, rückt er was raus.«

»Und?«, drängte Kenny.

»Ich war auf dem Weg zum Pub, als ich Stimmen hörte. Sie unterhielten sich in einer seltsamen Sprache, also wurde ich neugierig. War lange genug im Krieg, um zu wissen, dass Informationen was wert sein können, wenn sie an den Richtigen verkauft werden.« Er lachte.

»Was war es für eine Sprache, die Sie hörten?«, wollte Sepoy wissen.

»Verdammt, du Grünschnabel, woher soll ich das wissen? Denkst du, ich hätte gefragt? Ich war froh, dass diese vermummten Kerle mich nicht gesehen haben.«

»Sie waren vermummt?« Sepoys Stimme bebte.

»Sie trugen rote Kutten und schwarze Tücher um die Köpfe.«

»Turbane«, rief Sepoy.

»Ja, genau. Sie hatten sie so vors Gesicht geschlagen, dass man nur die Augen erkennen konnte. Sahen verdammt gefährlich aus, diese Burschen, das kann ich euch sagen.«

»Was ist dann passiert?«, fragte Kenny.

»Die Kerle gefielen mir nicht, also bin ich ihnen hinterher. Kenne die Gegend hier wie meine Westentasche, da war es nicht weiter schwer, ihnen zu folgen.«

»Und dann?«

»Eine Weile lang lungerten sie in den Gassen rum und schienen auf irgendwas zu warten. Dann kam noch ein Vermummter dazu und sie unterhielten sich wieder in ihrer komischen Sprache. Schließlich huschten sie lautlos wie Schatten davon. Ich ging ihnen hinterher bis zu einer schmalen Gasse, wo sie sich auf die Lauer legten. Mir wurde klar, dass sie auf jemanden warteten, und kurz darauf kam der alte Moody Joe die Gasse herab.«

»Bist du sicher?«, fragte Kenny.

»Na hör mal, ich kannte den alten Joe schließlich gut. Wir sind zusammen im Krieg gewesen. An diesem Tag schien er bester Laune zu sein. Hatte ’n fröhliches Liedchen auf den Lippen und trällerte vor sich hin – bis sie ihn sich schnappten.«

»Was genau ist passiert?«, wollte Sepoy wissen.

»Sie waren zu viert. Von allen Seiten stürzten sie sich auf ihn. Zwei von ihnen hielten ihn fest, während der Dritte ihn mit seinem schwarzen Tuch von hinten erwürgte.«

»Und der Vierte?«

»Der hat abgewartet, bis der alte Joe auf dem Boden lag. Dann hat er seine Taschen durchwühlt und irgendwas an sich genommen. Ich konnte nicht sehen was. War in ein Stück Stoff gewickelt. Dann haben die Kerle sich verdrückt.«

»Und was haben Sie getan?«, wollte Alice wissen, die sich von ihrem Schreck wieder ein wenig erholt hatte.

»Na, was wohl? Ich bin ihnen gefolgt.«

»Wohin?«, fragte Kenny.

»Zum Hafen.«

»Und dann?«

»Hab ich sie verloren. Plötzlich waren sie verschwunden, waren wie vom Erdboden verschluckt.«

»Wo genau ist das gewesen?«

»Oberhalb der East India Docks, auf der verdammten Hundeinsel. Genau kann ich's dir nicht sagen. Kenn mich in den Docklands nich so gut aus wie hier.«

»Verstehe.« Kenny nickte. »Und was hast du dann getan?«

»Dann bin ich wieder zurück in mein Viertel, wo ich erfahren hab, dass irgend so 'ne kleine dreckige Rotznase verdächtigt wurde, den alten Moody Joe umgebracht zu haben.«

»Sie wussten genau, dass das nicht der Wahrheit entsprach«, wandte Alice ein. »Warum sind Sie nicht sofort zur Polizei gegangen, um die Sache richtig zu stellen?«

»Ich und zu den Wieseln gehen? Die hätten mir doch kein Wort geglaubt und mich gleich dabehalten. Tat mir ja

Leid, dass es einen Unschuldigen erwischt hatte, aber lieber ihn als mich, nich wahr?«

»Schon gut«, wehrte Kenny ab, der den Übereifer, den die Polizei an den Tag legen konnte, am eigenen Leib erfahren hatte. Wenn Lasalle und seine Leute so vorgingen, war es nicht verwunderlich, wenn das einfache Volk ihnen misstraute.

»Nun, ihr Rotznasen? Habt ihr mich genug ausgefragt? Hab ich euch geholfen mit dem, was ich wusste?«

»Das wird sich zeigen«, erwiderte Kenny. Die drei Gefährten wandten sich zum Gehen, aufs Ende der Gasse zu, von wo schummriger Laternenschein drang.

»Moment, Jungchen. Noch was …«

Kenny blieb stehen und drehte sich um – und wie zuvor stürzte ein Schatten auf ihn zu. Diesmal allerdings war er nicht schlank und grazil und roch auch nicht nach Lavendel, sondern groß und bullig und stank nach Schnaps und kaltem Schweiß. Noch mehr erschrak Kenny jedoch über das Gesicht, das der Laternenschein für einen Moment aus der Schwärze riss. Es war bleichhäutig und bärtig und grässlich entstellt. Eine Narbe verlief senkrecht über das rechte Auge, an dessen Stelle nur eine leere Höhle klaffte, während das verbliebene Sehorgan ihn in wahnsinnigem Glanz anstarrte. Abwehrend riss Kenny die Hände empor und Alice stieß einen spitzen Schrei aus, woraufhin sich das bärtige Gesicht zu einem breiten Grinsen verzog.

»Hat man dir nie gesagt, Grünschnabel, dass dies keine Gegend für eine Dame ist? Ihr solltet sie rasch nach Hause bringen, damit ihr nicht doch noch jemand den Hals umdreht.«

Der Einäugige verfiel in heiseres Gekicher, und so schnell sein Gesicht vor ihnen aufgetaucht war, so schnell war es auch wieder verschwunden. Man konnte das

Schlurfen seiner Schritte hören und das Klimpern des Geldes in seiner Hand, während er sich rasch entfernte.

»Was für ein grauenhafter Mensch«, meinte Alice schaudernd.

»Er ist völlig verrückt«, stellte Sepoy fest.

»Ja«, stimmte Kenny zu. »Die Frage ist nur warum. Ich denke, er hat schreckliche Dinge gesehen, immerhin war er im Krieg. Und er hat uns unseren ersten Hinweis gegeben.«

»Worauf warten wir dann noch?«, fragte Alice. »Warum fahren wir nicht gleich rüber zu den East India Docks und ...?«

Sie verstummte, als aus einer der benachbarten Gassen ein durchdringender Schrei drang, der nur wenig Menschliches an sich hatte, gefolgt von unheimlichem Gelächter.

»Morgen«, hauchte sie mit entschuldigendem Lächeln, und so schnell sie konnten, kehrten die drei Freunde zur Kutsche zurück.

# Zamindar

Man nannte sie die »Isle of Dogs« – Hundeinsel. Eigentlich war es keine richtige Insel, sondern nur eine Landzunge, die von dem großen »U« umflossen wurde, das die Themse an dieser Stelle bildete.

Auf dem einstigen Sumpfland waren Werften und Docks errichtet worden, und unter den großen Handelsgesellschaften, die hier ihre Lagerhäuser unterhielten, war auch die East India Company – jene Gesellschaft, die sich auf den Handel mit Waren aus den indischen Kolonien verlegt hatte.

Die halbe Nacht lang hatten Kenny, Sepoy und Alice noch darüber beraten, ob dem Kriegsveteranen zu trauen war. Während Sepoy Bedenken anmeldete, waren Kenny und Alice dafür, der Fährte zu folgen. Nicht weil sie dem Einäugigen, der offenbar den Verstand verloren hatte, wirklich geglaubt hätten; sondern ganz einfach deswegen, weil seine Aussage der *einzige* Hinweis war, den sie in den vergangenen Tagen bekommen hatten, und sie es sich nicht leisten konnten, wählerisch zu sein. Schon die übernächste Nacht würde dem Vollmond gehören, und was das für Alices Vater bedeutete, war allen dreien nur zu klar.

Alles passte zusammen: Was der Einäugige über den Mord an Moody Joe berichtet hatte, deckte sich mit dem, was Kenny wusste; seine Beschreibung der Thugs mit ihren roten Kutten und schwarzen Turbanen schien ebenfalls zuzutreffen, und dass ihre Spur zu den East India Docks führte, ergab ebenfalls Sinn. Dort und nirgendwo sonst wollten die drei Gefährten ihre Suche fortsetzen in der Hoffnung, doch noch herauszufinden, wo Colonel Kensington gefangen gehalten wurde ...

»Wie heißt dieses Viertel?«, fragte Alice, als ihr Hansom Cab am frühen Morgen die East India Road hinunterfuhr, die zu beiden Seiten von windschiefen Häusern und Baracken aus fauligem Holz gesäumt wurde. Ein düstergrauer Himmel spannte sich über den Dächern, als wollte es jeden Augenblick zu regnen beginnen.

»Poplar«, antwortete Kenny. »Hier geht es fast noch schlimmer zu als drüben in Stepney, wir werden also auf der Hut sein müssen.«

»In der Tat«, sagte Alice nur, als sie eine Ansammlung junger Männer passierten, die sich am helllichten Tag und auf offener Straße prügelten. »Gibt es hier denn keine Polizei?«

»Doch«, erwiderte Kenny, »aber die Constables sind vor allem dazu da, die Lagerhäuser der East India Company zu bewachen, die bis zum Rand voll mit Tee, Gewürzen und anderem teuren Zeug sind. Nur darauf kommt es an.«

»Hm«, machte Alice und zog die Nase kraus. »Allmählich verstehe ich, weshalb die Leute hier so schlecht auf die Wohlhabenden zu sprechen sind ...«

Das Hansom Cab passierte eine Reihe schäbiger Gebäude, in deren unteren Etagen allerlei Geschäfte untergebracht waren: Gebrauchtwarenläden, von denen es in den Armenvierteln zahllose gab, dazu schäbige Spelunken, aus denen auch am Tag das Gegröle der Betrunkenen drang; Pfandleihen, in denen man die ohnehin spärliche Habe versetzen konnte, und Geldverleiher, die zu halsabschneiderischen Zinsen Kredite vergaben.

»Seht ihr die Seitenstraße dort vorn?«, fragte Kenny.

»Die führt direkt zu den Docks. Dort hat der Einäugige die Thugs verloren.«

»Wenn sie es waren«, gab Sepoy zu bedenken.

»Sie sind es gewesen«, war Kenny überzeugt. »Sagtest du nicht, die Beschreibung träfe genau auf sie zu?«

»Das schon, aber er könnte die Information auch irgendwo aufgeschnappt haben oder …«

Kenny hörte gar nicht hin. Er gab dem Fahrer des Cabs, der hinter ihnen oberhalb der Sitzbank und des Verdecks thronte, ein Zeichen, worauf dieser die Kutsche nach links an den Straßenrand lenkte und seine jungen Passagiere aussteigen ließ.

»Warten Sie hier, Webster«, wies Alice den Kutscher an und gemeinsam überquerten sie die Straße und betraten die Zufahrt zu den East India Docks.

Vor den aus rotem Backstein errichteten Lagerhäusern und den Hafenbecken, in denen große Segel- und Dampfschiffe vor Anker lagen, erhoben sich auch hier schäbige Baracken. Von außen unterschieden sich die Läden und Spelunken nicht von denen drüben in Poplar, aber Kenny wusste, dass dieser Eindruck täuschte …

»Was ist das für ein seltsamer Geruch?«, fragte Alice, als sie eines der Lokale passierten, dessen Fensterläden geschlossen waren.

»Opium«, sagte Kenny nur.

»Was ist das?«

»Ein Rauschgift, das die Seeleute aus Indien mitbringen.«

»Eigentlich stammt es aus dem Land der Afghanen«, verbesserte Sepoy. »Es wird aus der Mohnpflanze gewonnen, die dort in den Gebirgsregionen angebaut wird.«

»Und was bewirkt es?«, wollte Alice wissen.

»Süße Träume, sagen die, die es verkaufen«, erwiderte

Sepoy, und düster fügte er hinzu: »Aber das ist nicht wahr. Ich habe Männer gesehen, die zu lange davon gekostet hatten. Ihr Blick war glasig und entrückt und sie haben nie wieder in die wirkliche Welt zurückgefunden. Sie fristen ein Dasein in ewiger Dunkelheit und durchleben einen Albtraum, aus dem sie niemals wieder erwachen.«

»Wie schrecklich.« Alice schauderte.

»Es gibt auch Thugs, die mit Opium handeln«, fuhr Sepoy fort. »Wie es heißt, hat auch Feringhar sich daran berauscht und darüber den Verstand verloren.«

»Na, dann sind wir hier ja richtig«, knurrte Kenny grimmig. »Vielleicht sollten wir uns diese Läden nacheinander ansehen.«

»Du willst hineingehen?« Alice schaute ihn zweifelnd an. »Ist das klug?«

Kenny blieb stehen und schaute an ihr hinunter. Obwohl sie ein graues Kleid trug, das nicht weiter auffiel, war es doch unübersehbar, dass es sich bei ihr um ein Mädchen aus gutem Hause handelte. Und wie gefährdet sie dadurch war, hatte die Sache mit dem Einäugigen gezeigt.

»Wahrscheinlich nicht«, gab Kenny deshalb zu. »Am besten wir trennen uns. Sepoy bleibt bei dir und passt auf dich auf, während ich mich in diesen Läden ein wenig umhöre. Vielleicht hat man dort ja etwas Verdächtiges bemerkt.«

»Kommt nicht in Frage.« Alice schüttelte den Kopf. »Wir haben abgemacht, das wir zusammenbleiben, und das werden wir auch.«

»Willst du nun deinen Vater befreien oder nicht?«, fragte Kenny. »Wenn wir hier rumstehen und uns streiten, helfen wir ihm jedenfalls nicht.«

»Alice hat aber Recht«, wandte Sepoy ein. »In diese Lokale zu marschieren und Erkundigungen einzuholen könnte verdammt gefährlich werden. Was, wenn einer dieser Läden ihr Versteck ist? Erinnerst du dich? Der Einäugige sagte, sie seien ganz plötzlich verschwunden …«

»Schon«, räumte Kenny grinsend ein, »aber davon dass sie in ein Lokal gegangen sind, um Opium zu rauchen, hat er nichts gesagt.«

»Wie auch immer – ich werde nicht erlauben, dass du alleine gehst«, verkündete Alice entschieden. »Entweder wir gehen alle zusammen oder …«

»Hast du mal in den Spiegel geschaut?«, fragte Kenny barsch. »Du fällst viel zu sehr auf. Ein hübsches Mädchen wie du und dann noch in diesen Kleidern …«

»Du findest mich hübsch?«

»Was?« Kenny errötete. »Das ist doch unwichtig. Ich meine nur …«

»Offenbar ist es schon wichtig. Wenn ich ein Junge wäre, gäbe es keine Probleme, oder?«

»Nein«, räumte Kenny ein.

»Na schön.« Sie nickte entschlossen und blickte sich um. Auf der anderen Seite der Straße, im Eingang einer schmalen Gasse, kauerte ein Junge, der etwa in Kennys Alter sein mochte. Seine Kleidung war zerschlissen, seine Mütze ein schmutzstarrendes Monstrum und seine Schuhe verdienten den Namen nicht mehr. »Wartet einen Augenblick«, wies Alice ihre Begleiter an und ging auf den Jungen zu.

Was die beiden sprachen, konnten Kenny und Sepoy nicht verstehen, aber kurz darauf verschwanden Alice und der fremde Junge zusammen in der dunklen Gasse. Kenny und Sepoy sahen sich beunruhigt an. Es gefiel ihnen nicht, dass Alice außer Sichtweite war, aber Colonel Kensingtons Tochter hatte nun mal ihren eigenen Kopf, und es war schwer, dagegen anzukommen.

Es dauerte nicht lange, da kehrte der Straßenjunge zurück. Die Hände in den Hosentaschen, den Kragen seiner schäbigen Jacke hochgeschlagen und die Mütze tief ins schmutzige Gesicht gezogen, kam er auf Kenny und Sepoy zu.

»Du«, sprach Kenny ihn sofort an. »Wo hast du das Mädchen gelassen? Was hast du mit Alice gemacht?« Der Junge antwortete nicht. Unbeirrt kam er weiter auf sie zu. »He, ich rede mit dir!«, rief Kenny wütend und auch Sepoy ballte die Fäuste. »Wirst du uns wohl sagen, wo sie geblieben ist? Red schon oder wir werden dir …!«

»Was werdet ihr?«, kam es forsch zurück – und Kenny traute seinen Augen nicht, als er die dreckbeschmierten Gesichtszüge unter der Mütze erkannte.

»A-Alice?«, stammelte er.

»Ganz recht«, gab sie grinsend zurück. »Nun, wie findet ihr meine Verkleidung? Ich sehe aus wie ein richtiger Schmutzfink, oder nicht?«

»A-allerdings. W-wo hast du dein Kleid gelassen? Und wo kommt der ganze Schmutz plötzlich her?«

»Mein Kleid habe ich dem Jungen gegeben. Beim Gebrauchtwarenhändler wird er dafür so viel Geld bekommen, dass er sich neu einkleiden kann. Und was den Schmutz betrifft, den gab's kostenlos in den Schlammpfützen dort drüben. Also, was sagt ihr?«

»Bin platt wie 'ne Flunder«, meinte Kenny bewundernd. »Ehrlich, in dem Aufzug hätte ich dich fast nicht erkannt.«

»So war es ja auch gedacht. Und wenn meine Freunde auf die Verkleidung hereinfallen, werden es sicher auch andere tun, oder?«

»Anzunehmen.« Sepoy nickte.

»Also, Gentlemen, worauf warten wir? Es gibt Arbeit

zu tun, schon vergessen?« Mit einem entwaffnenden Lächeln ließ sie ihre beiden Begleiter stehen, die ihr verblüfft hinterherblickten.

Kenny konnte es nicht fassen. Alice Kensington war anders als alle Mädchen, die ihm je begegnet waren. Sie war entschlossen und mutig und schreckte nicht einmal davor zurück, sich Dreck ins Gesicht zu schmieren.

»War sie eigentlich schon immer so?«, wollte Kenny von Sepoy wissen.

»Weiß nicht.« Der junge Inder rieb sich nachdenklich das Kinn. »Ich habe sie viele Jahre nicht gesehen.«

»Und wie war sie früher?«

»Ich kann mich erinnern, dass sie ihrem Vater einmal die Stiefel gestohlen und behauptet hat, ich sei es gewesen. Aber als der Colonel mich dafür bestrafen wollte, da beichtete sie ihm alles und bestand auf dieselbe Bestrafung.«

»Ehrlich? Warum hat sie das getan?«

»Wer weiß?« Sepoy zuckte mit den Schultern. »Ich schätze, sie wollte nicht besser behandelt werden als ich.«

»Verstehe.« Kenny nickte. »Sie ist wirklich schwer in Ordnung.«

»Allerdings.«

Die Jungen nickten sich zu, dann folgten sie Alice, die bereits dabei war, die Geschäfte und Lokale näher in Augenschein zu nehmen. Da es früher Morgen war, gab es noch nicht viel Kundschaft. Nur vereinzelt drangen Stimmen aus den Schankräumen nach draußen, der bittere Geruch von Bier und der süßliche Gestank von Rauschgift tränkten die kühle Luft. Eine Spelunke reihte sich an die andere, dazwischen gab es Läden, die gebrauchte Schuhe und Kleider verkauften, und einen Tabakstand, der billige Zigarren anbot, die aus Stummeln gemacht waren, die wohlhabende Herren weggeworfen hatten. Und hier und dort waren auch wieder einige Costermonger dabei, ihre Karren aufzubauen. Kenny entging nicht, dass einer von ihnen argwöhnisch herüberblickte – wahrscheinlich hatte er von einem Kollegen gehört, dass jemand in der Gegend unterwegs war und Fragen stellte.

Über einem Kellerlokal, das man über eine schmale Steintreppe erreichte, befand sich ein Laden mit einem großen Schaufenster. Die Auslage nahm Kennys Aufmerksamkeit sofort gefangen, denn noch nie zuvor hatte er so viel Verrücktes auf einem Haufen gesehen: Kunstvoll geschnitzte hölzerne Pfeifen lagen neben Steinfiguren; aus Fischgräten und Federn gefertigte Talismane häuften sich neben rostigen Messern und allerlei Werkzeug. Daneben stapelten sich ein paar uralte Bücher mit gewellten Seiten; und über allem hing eine riesige ausgestopfte Schlange, die die drei Freunde aus toten Augen anstarrte.

»Ekelhaft«, kommentierte Alice angewidert.

»Interessant«, befand Kenny.

»Das Geschäft gehört einem Mann namens Zamindar«, stellte Sepoy fest. »Sein Name steht auf dem Schild über dem Eingang. Vielleicht sollten wir bei ihm mit unserer Suche anfangen.«

»Einverstanden«, erklärte Kenny sich sofort bereit.

»Ich weiß nicht recht«, meinte Alice, die vergeblich versuchte, durch das trübe Schaufensterglas einen Blick ins Innere zu werfen. »Der Laden ist mir unheimlich.«

»Um so besser«, war Kenny überzeugt. »Vielleicht finden wir dort die Antworten, nach denen wir suchen.«

»Aber …«

Doch die Jungen hatten schon die Ladentür geöffnet – ein dunkles, mit verschnörkelten Schnitzereien versehenes

Monstrum, das früher einmal eine Kajütentür gewesen sein mochte – und traten jetzt in das schummrige Halbdunkel, das dahinter herrschte.

Der Gestank, der ihnen entgegenschlug, war buchstäblich atemberaubend. Der Geruch von Fisch und altem Holz, der Duft von Gewürzen und Tabak, dazu Unmengen von Staub – all das lag gleichzeitig in der Luft und benebelte ihre Sinne. Kenny und Alice kam es vor, als hätten sie eine andere Welt betreten, so fremdartig war das, was sie sahen. Sepoys Erstaunen hielt sich in Grenzen, denn aus seiner Heimat kannte er vieles von dem, was in Zamindars Laden zum Verkauf angeboten wurde.

Gleich rechts vom Eingang stand die steinerne Figur eines Naga, eines Geistes aus der Hindu-Religion, der den Oberkörper eines Mannes und den Unterleib einer Schlange besaß. Direkt gegenüber lauerte ein riesiger ausgestopfter Tiger, der die Zähne fletschte und so aussah, als wollte er sich auf jeden stürzen, der den Laden betrat. Erschrocken prallten sie zurück und stießen gegen ein Regal, das mit kleinen Gegenständen vollgestopft war – Schmuckstücke aus Bronze und Figürchen aus Jade waren darunter, aber auch Stofffetzen und Lederstücke, die mit fremdartigen Schriftzeichen beschrieben waren.

»Das ist Sanskrit«, erklärte Sepoy flüsternd, »die alte Sprache und Schrift meines Landes …«

Vorbei an dem Stoßzahn eines Elefanten und einem Stapel Perserteppiche drangen sie noch weiter in den Laden vor, der sich in ungeahnte Tiefen erstreckte. Alles und nichts schien es hier zu geben: hölzerne Statuen und Bildnisse, Felle und noch mehr ausgestopfte Tiere, Vasen und Werkzeuge, Schmuck und anderen Tand, aber auch Kerzen und Rauchwerk aller Art. In einer großen gläsernen Vitrine lagen Waffen, die Kenny besonders interessierten.

Neben einigen reich verzierten Schrotflinten, deren Lauf wie ein Trichter aussah, ruhten auch gefährlich aussehende Klingen auf dem schäbigen Samt. Den Scharten nach zu urteilen waren sie häufig benutzt worden.

»Sieh mal, die Schwerter«, raunte Kenny Sepoy zu.

»Das sind keine Schwerter, sondern Macheten. Die Soldaten meines Volkes benutzen sie im Nahkampf. Ich habe Wunden gesehen, die von so einer Klinge geschlagen wurden. Grässlich, kann ich dir sagen ...«

Daran zweifelte Kenny nicht. Plötzlich sah er die Waffen mit anderen Augen, und er schauderte bei dem Gedanken, wie sie durch Fleisch und Knochen schnitten ...

»Kann ich helfen?«

Die Stimme kam so unerwartet, dass Kenny zusammenzuckte. Den anderen erging es nicht besser – Sepoy sog scharf den Atem ein, und Alice hatte Mühe, einen spitzen Schrei zu unterdrücken, der sie sofort verraten hätte.

»Was denn, ihr werdet doch keine Angst vor mir haben?«, sagte die Stimme, und aus dem Halbdunkel trat ein Mann, der etwa in Moody Joes Alter sein mochte.

Er war Inder, ohne Zweifel. Sein Gewand bestand aus einer weiten Kutte, auf dem Kopf trug er einen kunstvoll gewickelten Turban. Sein Gesicht war von Falten durchzogen, sodass seine Haut wie altes Leder wirkte. Der spitze Kinnbart war schlohweiß, und um seine dunklen Augen lagen noch dunklere Ränder, die darauf schließen ließen, dass dieser Mann lange kein Sonnenlicht mehr gesehen hatte.

»Mein Name ist Zamindar«, stellte er sich vor, und um seine schmalen Lippen spielte ein Lächeln, das die drei Freunde ein wenig beruhigte. »Sucht ihr etwas Bestimmtes?«

»Eigentlich nicht«, erwiderte Alice und verstellte dabei

ihre Stimme, sodass sie tiefer klang als sonst. »Wir gingen nur gerade draußen vorbei und sahen Ihr Schaufenster, also kamen wir herein, um uns ein wenig umzusehen.«

»Habt ihr denn Geld?«, erkundigte sich Zamindar mit unüberhörbar indischem Akzent.

»Natürlich«, versicherte Kenny gewitzt, »sonst wären wir wohl kaum hier, oder?«

»Komm mir bloß nicht frech«, konterte Zamindar gereizt. »Dauernd stürmt ihr Bengel meinen Laden, und wenn ihr wieder geht, ist immer irgendetwas verschwunden.«

»Keine Sorge, *Bhai Saheb**«, beschwichtigte Sepoy, »wir sind keine Diebe. Alles, was wir wollen, sind ein paar Informationen.«

»Informationen?« Die Brauen über den dunklen Augen hoben sich. »Und du nennst mich deinen Bruder? Bist du denn Inder wie ich?«

»Ja, *Bhai Saheb.*«

»Warum trägst du dann keinen Turban, mein Junge? Bist du denn nicht stolz auf das Land deiner Ahnen?«

»Doch, *Bhai Saheb*«, erklärte Sepoy ein wenig verlegen. »Aber ich habe gelernt, dass es klug sein kann, sich zu tarnen.«

»Sich zu tarnen? Warum so geheimnisvoll? Du sprichst in Rätseln, mein junger Freund.« Zamindar lachte leise. »Aber warum kommt ihr nicht mit mir? Ich habe frischen Tee zubereitet. Wir trinken eine Tasse und reden. Vielleicht kann ich euch ja helfen.«

»Nein dan…«, sagte Alice, die sich in dem düsteren Laden alles andere als wohl fühlte. Sie verstummte jedoch, als Kenny sie hart mit dem Ellbogen in die Seite stieß.

»Klar«, versicherte er mit eifrigem Nicken – wenn sich so unverhofft die Gelegenheit ergab, mit einem Inder zu sprechen, durften sie sie nicht ungenützt verstreichen lassen. »Eine Tasse Tee wäre fein, Sir ... *Bhai Saheb*.«

»Also schön.« Zamindar lachte wieder. »Dann kommt mit, ihr drei.«

Er wandte sich um und sie folgten ihm noch tiefer in sein Reich der Kuriositäten und fremdartigen Gerüche. Bei jedem Schritt entdeckten sie dabei neue Dinge, von denen einige ganz gewöhnlich, andere hässlich, wieder andere komisch und manche einfach nur seltsam waren: eine Sammlung flacher Steine, eine große Glaskugel mit Goldfischen, ein Stapel getrockneter Schlangenhäute, ein ausgestopfter Pavian, einige Säcke Tee und ein altes Klavier. Als Alice den gläsernen Behälter sah, der auf dem Klavier stand, entfuhr ihr schließlich doch noch ein gellender Schrei – denn in dem Behälter befand sich eine handtellergroße, lebende Spinne mit haarigen Beinen.

Alarmiert fuhr Zamindar herum – um nachsichtig zu lächeln, als er sah, was Alice so erschreckt hatte. »Aber, aber, das ist doch nur Khan, mein liebstes Haustier.«

»S-sie haben eine Spinne als Haustier?«, fragte Alice und hätte dabei fast vergessen, ihre Stimme zu verstellen.

»Natürlich, warum auch nicht? Spinnen sind sehr nützliche Tiere, wusstest du das nicht? Ehrlich, für einen Jungen scheinst du ziemlich empfindlich zu sein. Wenn man es nicht besser wüsste, könnte man dich glatt für ein Mädchen halten. Wie heißt du?«

»Alic... Alister«, kam es kleinlaut zurück.

»Alister, hm.« Zamindar nickte. »Wenn du so schreckhaft bist, solltest du dich lieber ein wenig vorsehen, Junge. In meinem Laden gibt es viele Sachen, die dich ängstigen könnten. Und manche«, fügte er mit unheimlichem Flüstern hinzu, »könnten dich sogar zu Tode erschrecken.« Damit brach er in dröhnendes Gelächter aus und setzte seinen Weg durch die eng stehenden Regale und Vitrinen fort.

Kenny, Sepoy und Alice tauschten bedeutsame Blicke. Durch einen Vorhang gelangten sie in das Hinterzimmer des Ladens, einen kleinen Raum mit niedriger Decke, dessen Boden und Wände mit Teppichen ausgeschlagen waren. Ziemlich abgewetzte seidene Kissen waren um einen kleinen Teekocher gruppiert, der in der Mitte des Zimmers auf dem Boden stand.

»Bitte«, sagte Zamindar und machte eine einladende Handbewegung, »setzt euch.«

Die drei Freunde ließen sich auf den großen Kissen nieder, in denen sie fast versanken. Dann schauten sie zu, wie Zamindar drei kleine Tongefäße mit Tee füllte und sie ihnen reichte. »Bitte trinkt.«

Sie bedankten sich höflich und nahmen die Becher entgegen. Der Inhalt war von rötlich-brauner Farbe und roch stark nach Zimt und anderen Gewürzen. Kenny und Sepoy kosteten ohne Zögern, nur Alice rümpfte die Nase, ehe auch sie sich überwand, einen kleinen Schluck zu trinken. Der Tee war heiß und schmeckte süßlich, der Zimt brannte auf der Zunge.

»Schmeckt es euch?«, erkundigte sich Zamindar. »In Indien wird dieses Getränk Chai genannt.«

»So ist es«, pflichtete Sepoy bei, für den der Geruch von Zimt und Koriander ein kleines Stück Zuhause bedeutete, »und wir trinken es meist mit etwas Milch.«

»Nanu«, machte Zamindar. »Du scheinst deine Heimat ja doch nicht ganz vergessen zu haben. Auch wenn du in deinen Kleidern fast wie ein englischer Junge aussiehst. Milch habe ich leider nicht, aber ich hoffe, der Tee schmeckt euch trotzdem.« Der alte Inder sah von einem zum anderen. »Ihr sagtet, ihr wollt Informationen. Verzeiht mein Erstaunen, aber es kommt nicht oft vor, dass drei so junge Herrschaften in meinen Laden spazieren, die auf der Suche nach dieser Ware sind. Worum geht es dabei genau?«

»Um einen Mord, der vor einigen Tagen oben in Stepney begangen wurde«, erklärte Kenny rundheraus, »und dessen Täter sich noch immer auf freiem Fuß befindet ...«

»... und um diesen Mann, der seit einigen Tagen spurlos verschwunden ist«, fügte Alice hinzu, zog das Porträt ihres Vaters hervor und zeigte es her. Zamindar nahm die Zeichnung entgegen und betrachtete sie sorgfältig. Sein ohnehin schon von Falten durchzogenes Gesicht zerknitterte sich noch mehr dabei, aber in seinen Augen flackerte kein Wiedererkennen.

»Tut mir Leid«, sagte er nach einer Weile, »aber diesen Mann habe ich noch nie gesehen. Wer soll das sein?«

»Ein guter Freund«, sagte Sepoy schnell, bevor Alice etwas erwidern und sich womöglich verraten konnte. »Er dient als Soldat in der königlich-britischen Kolonialarmee, und wir haben allen Grund zu der Annahme, dass er entführt wurde.«

»Dass er – entführt wurde?« Zum ersten Mal wirkte Zamindar neugierig.

»Ganz recht.«

»Ich verstehe. Und ihr vermutet diesen Mann hier in der Gegend?«

»Wir vermuten einen Zusammenhang mit dem Mord, der vor einigen Tagen begangen wurde«, verbesserte Sepoy. »Und die Mörder wurden dabei beobachtet, wie sie sich in dieses Viertel flüchteten. Also ...«

»... habt ihr eure Suche auf diese Gegend konzentriert«, brachte der alte Inder den Satz zu Ende. »Ich verstehe.«

»Wie sieht es aus, Sir?«, fragte Alice hoffnungsvoll.

»Denken Sie, Sie können uns helfen? Vielleicht haben Sie ja doch etwas bemerkt, dem sie bislang nur keine Bedeutung beigemessen haben. Bitte, Sir, versuchen Sie sich zu erinnern, es ist sehr wichtig. Das Leben des Mannes auf dem Bild könnte davon abhängen ...« Ihre Stimme bebte leicht, als sie die letzten Worte sprach, aber sie brachte es fertig, sich zu beherrschen und dabei sogar noch ihre Stimme zu verstellen. Einmal mehr bewunderte Kenny sie für ihre Tapferkeit.

Zamindar sagte nichts, sondern genehmigte sich einen weiteren Schluck Tee. Dabei schloss er die Augen und schien in sich selbst zu versinken. Wenn er seine Umgebung noch wahrnahm, so war sie ihm plötzlich gleichgültig geworden.

»Was tut er da?«, flüsterte Kenny.

»Er meditiert«, hauchte Sepoy. »In Indien beherrschen viele weise Männer diese Kunst. Sie erschließt ihnen Wissen, das anderen Menschen verschlossen bleibt ...«

Kenny und Alice staunten. Gebannt starrten sie auf den alten Inder, der reglos vor ihnen saß. Seine Hände, an denen er, wie Kenny erst jetzt bemerkte, unzählige Ringe trug, hatte er dabei auf die Knie gelegt, sein Brustkorb hob und senkte sich ruhig und gleichmäßig.

Eine endlos scheinende Weile saß Zamindar so, bis Kenny es nicht mehr aushielt. »S-Sir?«, fragte er – und jäh riss der Inder die Augen auf. Für einen Augenblick schien orangerotes Feuer darin zu glimmen, aber schon im nächsten Moment verschwand dieser Eindruck und die Züge des Inders entspannten sich.

»Verzeiht, meine jungen Freunde«, sagte er sanft. »Ich war kurz abwesend.«

»Sie haben meditiert, nicht wahr?«, fragte Sepoy.

»Ganz recht, mein Junge. Die Erfahrung hat mich gelehrt, dass es hilfreich sein kann, den Blick nach innen zu richten, wenn der Blick nach außen nichts zu erkennen vermag.«

»Und?«, drängte Kenny ungeduldig. »Haben Sie in Ihrem Inneren etwas gesehen?«

Zamindar lächelte freudlos. »Törichter kleiner Engländer. Bist du wie jene, die nichts über mein Volk und mein Land wissen und dennoch auf uns herabsehen?«

»Kenny ist in Ordnung«, versicherte Sepoy schnell. »Er hat mir geholfen, als ich in Not war, unabhängig von meiner Hautfarbe und meinem Glauben. Er ist mein Freund.«

»In diesem Fall bitte ich um Verzeihung.« Zamindar nickte Kenny zu. »Es ist nur die Aufregung, die mich gereizt erscheinen lässt – denn beim Blick in mein Innerstes habe ich tatsächlich etwas gesehen.«

»Was?«, fragte Alice.

»Etwas, das so schrecklich ist, dass ich zögere, euch davon zu erzählen«, erwiderte er tonlos.

»Was ist es, Sir? Bitte sagen Sie es uns, wenn es uns helfen kann, meinen Va… ich meine, diesen Mann zu finden.«

»Nun gut. So will ich euch von meinem Verdacht berichten. Aber zuerst müsst ihr mir eine Frage beantworten. Jener Mord, von dem ihr gesprochen habt …«

»Was ist damit?«, fragte Kenny.

»Wer wurde ermordet? Und wie ist es geschehen?«

Kenny sah Sepoy fragend an und erntete ein unmerkliches Nicken. »Sein Name war Moody Joe. Er war Patron einer Bande Mudlarks drüben in den Westdocks. Und er wurde erwürgt.«

»Genau wie ich dachte!«, rief Zamindar laut, dass alle drei zusammenzuckten. »Er wurde erwürgt. Mit einem Schal, nicht wahr? Einem Schal, mit dem normalerweise ein Turban gebunden wird.«

»D-das ist richtig«, sagte Sepoy verblüfft. »W-woher wissen Sie das alles, *Bhai Saheb*?«

»Thugs«, sagte Zamindar nur, ohne auf die Frage einzugehen. »Es sind die Thugs …« Seine Augen wurden groß und größer, Entsetzen stand in seinem Gesicht. »Meine jungen Freunde, ich fürchte, ihr wisst nicht, mit wem ihr euch da eingelassen habt …«

»Doch, *Bhai Saheb*«, widersprach Sepoy. »Wir wissen es sehr wohl.«

»Was soll das heißen, ihr wisst es sehr wohl? Nichts wisst ihr, gar nichts! Habt keine Ahnung von den grässlichen Thugs, von der Macht ihrer dunklen Göttin Kali und vor dem, was sie anzurichten vermag.«

»Was sie anzurichten vermag?« Kennys Nackenhaare sträubten sich. Das Gerede des alten Inders gefiel ihm ganz und gar nicht. »Was wollen Sie damit sagen, Sir?«

»Ich will damit sagen, dass ihr an Dingen gerührt habt, die besser unangetastet geblieben wären. Einen schlafenden Tiger weckt man nicht, sondern lässt ihn weiterschlafen.«

»Wir haben den Tiger nicht geweckt, *Bhai Saheb*«, versicherte Sepoy. »Er war bereits wach und er hat den Mann auf der Zeichnung in seine Gewalt gebracht. Und wenn es uns nicht gelingt, ihn innerhalb der nächsten zwei Tage ausfindig zu machen und zu befreien, so wird er sterben …«

Kenny merkte, wie Alice neben ihm zusammenzuckte. Er versuchte sich vorzustellen, wie es ihr bei diesem Gespräch gehen musste, aber im Grunde konnte er das gar nicht, denn er hatte ja nie einen Vater gehabt, um den er sich hätte sorgen können …

»Die Thugs«, sagte Zamindar noch einmal und aus seinem Mund klang der Name wie ein Fluch. »Abscheuliche

Mörder und Verbrecher sind sie, deren Religion schreckliche Irrwege geht. Sie glauben, töten zu müssen, um die Ankunft Kalis auf Erden zu verhindern.«

»Das wissen wir, *Bhai Saheb.*«

»Die Briten haben versucht, den Kult der Thugs zu zerschlagen, und fast wäre es ihnen gelungen. Aber Faringhar, ihr oberster Anführer, ist während der entscheidenden Schlacht entkommen.«

»Sie wissen von Faringhar?«, erkundigte sich Kenny mit vor Aufregung heiserer Stimme.

»Natürlich weiß ich von ihm.«

»Wissen Sie auch, ob er noch am Leben ist?«

»Schhh«, machte Zamindar mit einer unwirschen Handbewegung. »Wirst du wohl still sein, törichter Junge? In deinem Leichtsinn sprichst du Dinge aus, die niemals laut gesagt werden sollten.«

»Aber es ist wichtig, dass wir diese Dinge erfahren, *Bhai Saheb*«, wandte Sepoy ein. »Nicht aus Leichtfertigkeit folgen wir der Fährte der Thugs, sondern um unserem Freund zu helfen.«

»Das ist ein nobles Ziel. Aber ich fürchte, dass euer Edelmut weder euren Freund noch euch selbst vor einem grässlichen Schicksal bewahren wird – es sei denn, ihr hört auf, solange noch Zeit dazu ist. Brecht die Suche ab und flieht, so weit ihr könnt.«

»Kommt nicht in Frage.« Alice schüttelte den Kopf.

»So sicher bist du dir?« Ein dünnes Lächeln lag auf Zamindars faltigen Zügen. »Wenn ihr noch am Leben seid, dann nur weil die Thugs noch nichts von euch wissen. Haben sie erst erfahren, dass ihr ihnen nachspioniert, werden sie nicht zögern, euch zu töten. Dann werdet ihr alle enden wie dieser … wie war gleich sein Name?«

»Moody Joe«, ergänzte Kenny leise.

»Genau. Also überlegt euch gut, was ihr tut.«

»Wir wissen, dass die Thugs Mörder und Verbrecher sind, *Bhai Saheb*«, versicherte Sepoy. »Aber es geht um das Leben unseres Freundes und wir haben geschworen, ihn zu finden und zu retten.«

»Hm«, machte Zamindar nur und sein prüfender Blick glitt von einem zum anderen. »Vielleicht habe ich mich geirrt. Vielleicht ist es doch nicht Unbesonnenheit, die euch antreibt, sondern Mut. In diesem Fall hätte ich wohl keine andere Wahl als euch zu helfen, nicht wahr?«

Noch einmal musterte er sie, wobei seine Stirn sich in so tiefe Falten legte, als würde sie Risse bekommen. »Hm«, murmelte er dabei immer wieder, bis er endlich zu einer Entscheidung kam. »Also gut, ich werde euch bei eurer Suche behilflich sein, meine jungen Freunde.«

»Wie, *Bhai Saheb*?«, wollte Sepoy wissen.

»Sehr einfach – indem ich euch alles erzähle, was ich über die Thugs in Erfahrung gebracht habe.«

»Was Sie über die Thugs in Erfahrung gebracht haben?«

Zamindar lächelte hintergründig. »Ihr müsst wissen, dass ich nicht mein Leben lang Händler gewesen bin. Es gab eine Zeit, da habe ich für das britische Militär gearbeitet. Nicht hier, sondern in meiner Heimat, als ich noch ein junger Mann war.«

»Sie waren ein britischer Agent«, stellte Kenny mit einer Mischung aus Bewunderung und Erstaunen fest.

»So ist es, Sohn. Und als solcher war ich mit der Verfolgung einer verbrecherischen Sekte betraut, die im Norden der Zentralprovinzen arglose Reisende überfiel und ermordete – und das alles angeblich zu Ehren der Göttin Kali.«

»Die Thugs«, folgerte Alice.

»In der Tat. Ich spionierte sie aus und gab Informationen an die Briten weiter, die mich gut dafür bezahlten. Eines Tages wurde ich jedoch entdeckt und musste fliehen – dies ist der Grund, warum ich hier gestrandet bin. Würde ich zurückkehren in meine Heimat, wäre nicht nur mein eigenes Leben in Gefahr, sondern auch das der Menschen, die mir nahe stehen. Denn die Thugs kennen keine Vergebung, und selbst nach all den Jahren sinnen sie noch auf Rache. Die britische Regierung denkt, sie hätte ihren Kult zerschlagen, aber das ist ein Irrtum. Noch immer treiben die Thugs ihr Unwesen, selbst in dieser Stadt. An einem verborgenen Ort, der ihrer dunklen Göttin geweiht ist, kommen sie zusammen und frönen ihrem frevlerischen Kult.«

»Was bedeutet das, Sir?«, fragte Kenny, der aus den blumigen Worten des Inders nicht recht schlau wurde.

»Das bedeutet, dass die Thugs in der Stadt einen Schlupfwinkel haben. Einen geheimen Ort, an dem sie sich treffen – und ich gehe jede Wette ein, dass jener Freund, nach dem ihr sucht, dort festgehalten wird.«

»Wo befindet sich dieser Ort, Sir?«, erkundigte sich Alice hastig. »Bitte sagen Sie es uns.«

Zamindar hob die Hand in einer beschwichtigenden Geste. »Glaubt mir, wenn ich es wüsste, hätte ich es längst der Polizei gemeldet. Nur Thugs können sagen, wo sich ihr Schlupfwinkel befindet. Keiner, der nicht zu ihnen gehört, hat ihr Versteck jemals wieder lebend verlassen.«

»Woher wissen Sie dann, dass dieser Schlupfwinkel existiert?«

Wieder zeigte der Inder ein Lächeln, aber es lag keine Heiterkeit darin. »Wenn man Geschäftsmann ist und einen Laden besitzt, in dem die Menschen ein und aus gehen, bekommt man einiges mit. Natürlich sind es nur Gerüchte, die man hört, aber wenn die Hinweise sich verdichten und alle Spuren in dieselbe Richtung deuten, so lässt sich dahinter durchaus die Wahrheit erahnen, versteht ihr?«

»Ich denke schon, *Bhai Saheb*.« Sepoy nickte. »Und was ist die Wahrheit?«

»Dass etwas Großes, etwas Ungeheures bevorsteht«, erwiderte Zamindar mit geheimnisvollem Flüstern. »Mehr Thugs als sonst sind in der Stadt gesehen worden und ihre Übergriffe werden immer dreister. Wie man hört, sollen sie ein seltenes Artefakt in ihren Besitz gebracht haben …«

»Was für ein Artefakt?«, fragte Kenny, obwohl er die Antwort bereits kannte.

»Einen Smaragd, genannt das Grüne Herz von Kali«, erwiderte Zamindar. »Die Thugs haben lange danach gesucht, und es heißt, sie haben es gefunden.«

»Woher wissen Sie das alles, Sir?«, fragte Alice.

»Wie ich schon sagte, man bekommt so einiges mit. Vor ein paar Tagen ist ein Schiff der East India Company im Hafen eingelaufen. An Bord sollen einige Thugs sein, getarnt als einfache Matrosen. Und wie man weiter hört, sollen sie eine wertvolle Fracht nach England gebracht haben …«

»Eine wertvolle Fracht?« Kenny horchte auf. »Was denn für eine Fracht?«

Obwohl sie sich in seinem eigenen Laden befanden und alle Fenster und Türen geschlossen waren, blickte sich Zamindar vorsichtig um, bevor er antwortete. »Versprecht mir, dass ihr niemandem erzählt, woher ihr die Information habt«, verlangte er dann. »Ihr müsst es schwören, bei allem, was euch heilig ist.«

Kenny, Sepoy und Alice tauschten einen kurzen Blick. »Wir schwören es«, sagten sie dann wie aus einem Munde.

»Dann will ich es euch verraten, meine jungen Freunde, denn ich habe in der Tat den Eindruck, dass ich euch vertrauen kann. Die wertvolle Fracht, die von Indien nach England geschmuggelt wurde, war keine Sache, sondern ein Mensch. Wie es heißt« – Zamindar senkte die Stimme, dass man ihn kaum noch verstehen konnte –, »soll Feringhar selbst in die Stadt gekommen sein, der grausame Anführer der Thugs.«

»Feringhar«, echote Sepoy schaudernd. Für einen Augenblick kehrte entsetztes Schweigen ein.

»Er ist also noch am Leben«, stellte Alice schließlich fest.

»Die Briten hielten ihn für tot, aber das war ein Fehler«, bestätigte Zamindar. »Feringhar ist so lebendig wie ihr und ich. Er ist kein Geist, sondern ein Wesen aus Fleisch und Blut, und er ist gekommen, um eine Herrschaft des Schreckens zu errichten. Diesmal geht es den Thugs nicht nur darum, zu rauben und ihrer dunklen Göttin zu opfern – sie wollen Rache. Blut wird fließen, Blut in Strömen und die dunkle Göttin wird triumphieren.«

»Dazu darf es nicht kommen«, verkündete Alice entschieden. »Wir müssen den Schlupfwinkel dieser Barbaren ausfindig machen und ihnen das Handwerk legen.«

»Mutige Worte«, erwiderte der alte Inder. »Aber könnt ihr ihnen auch Taten folgen lassen?«

»Das werden wir sehen«, meinte Kenny. »Dieses Schiff, auf dem sich die als Matrosen getarnten Thugs befinden – wie heißt es?«

»Sein Name ist *Star of India* und es liegt an den East India Docks vor Anker. Warum fragst du, mein Sohn?«

»Weil wir dort vielleicht eine Spur finden, die zum Schlupfwinkel dieser Strolche führt«, erwiderte Kenny. »Wir sollten den Einbruch der Dunkelheit abwarten und uns dann an Bord schleichen.«

»Sich in das Revier des Tigers zu begeben ist ein tollkühnes Unterfangen«, meinte der Inder, »zu dem es großen Mutes bedarf. Bist du sicher, dass du diesen Mut besitzt?«

»Ich glaube nicht, dass wir eine andere Wahl haben«, stellte sich Sepoy an Kennys Seite. »Wenn die Gerüchte wahr sind, die Sie gehört haben, dann geht es inzwischen nicht mehr nur um das Leben eines Einzelnen, sondern um das vieler unschuldiger Menschen. Ich möchte nicht erleben, dass die Thugs mordend und plündernd durch die Straßen Londons ziehen.«

»Aber genau das wird geschehen, wenn Feringhar erst wieder an der Macht ist«, prophezeite Zamindar. »Ein entsetzliches Massaker wird die Folge sein.«

»Das müssen wir verhindern«, rief Alice.

»Wie, meine jungen Freunde?«

»Zuerst müssen wir herausfinden, wo sich der Schlupfwinkel der Thugs befindet, danach sehen wir weiter«, antwortete Sepoy, während er bereits aufstand und sich zum Gehen wandte. »Haben Sie vielen Dank für alles, *Bhai Saheb*.«

»Wollt ihr nicht wenigstens noch euren Tee austrinken?«

»Verzeihen Sie, *Bhai Saheb*, aber wir haben keine Zeit zu verlieren. Wenn wir diesem Frachter heute Nacht einen Besuch abstatten wollen, müssen wir die Gegend vorher erkunden. Vorbereitungen sind zu treffen. Und wir brauchen schwarze Kleidung, die uns vor neugierigen Blicken schützt.«

»Sieh an, du scheinst dich in diesen Dingen sehr gut auszukennen ...«

»Ein wenig«, gab Sepoy zu. »Leben Sie wohl, *Bhai Saheb* – und nochmals vielen Dank.«

»Es war mir ein Vergnügen, meine Freunde«, erwiderte Zamindar und lächelte. »Lebt wohl und gebt gut auf euch

Acht. Der Gegner, mit dem ihr euch eingelassen habt, ist ebenso verschlagen wie gefährlich.«

»Darf ich Sie noch etwas fragen, Sir?«, erkundigte sich Alice, als sie bereits auf dem Weg nach draußen waren. »Etwas Persönliches, meine ich …«

»Natürlich. Frag nur, mein Junge.«

»Warum helfen Sie uns? Ich meine, eigentlich kennen Sie uns kaum und wir könnten ebenso gut auch Spione der Thugs sein, oder?«

»Ihr? Spione der Thugs?« Zamindar lachte. »Bei allem Respekt – so seht ihr nicht aus. Interessiert es euch, wieso ich euch all das erzählt habe? Wieso ich will, dass die Verschwörung der Thugs aufgedeckt wird und diese Verbrecher einer wie der andere am Galgen enden?«

»Warum?«, wollte jetzt auch Kenny wissen.

»Weil die Thugs unzählige Menschenleben auf dem Gewissen haben – und weil einer jener arglosen Reisenden, die kaltblütig von ihnen ermordet wurden, mein leiblicher Bruder war.«

»Ihr Bruder wurde von den Thugs getötet, *Bhai Saheb*?«, meinte Sepoy betroffen. Diese Enthüllung war so schrecklich wie unerwartet.

»Allerdings, und deshalb habe ich ihnen ewige Rache geschworen. Inzwischen mag ich zu alt sein, um noch gegen die Thugs zu kämpfen. Aber indem ich euch verrate, was ich über sie weiß, schade ich ihnen dennoch. Schleicht euch auf das Schiff dieser Schurken. Macht ihr Versteck ausfindig und sorgt dafür, dass es ausgehoben wird wie ein Schlangennest. Dann habt ihr nicht nur eurem Freund, der von den Thugs entführt wurde, sondern auch mir einen wertvollen Dienst erwiesen. Ich wünsche euch für eure Mission viel Glück.«

*»Dhanyabad**«*, sagte Sepoy und verbeugte sich tief.

Kenny und Alice taten es ihm gleich (wobei Letztere sich hüten musste, nicht die Mütze zu verlieren, unter die sie ihr langes Haar gestopft hatte). Dann verließen sie den Laden des Inders, innerlich aufgewühlt von dem, was sie erfahren hatten. Plötzlich ging es nicht mehr nur um Colonel Kensingtons Leben, sondern noch um viel mehr. Niemand in London ahnte etwas von der schrecklichen Bedrohung, die im Verborgenen lauerte. Nur drei Freunde, wie sie unterschiedlicher nicht sein konnten, waren in der Lage, die Katastrophe zu verhindern. Und die Zeit drohte ihnen davonzulaufen …

# Der Stern von Indien

Der »Stern von Indien« verdiente seinen Namen nicht. Anders als die großen Dampfschiffe und schnellen Teeclipper der East India Company, die zwischen den Küsten Englands und den indischen Seehäfen verkehrten, war die *Star of India* ein alter Dreimaster, der schon bessere Zeiten gesehen hatte. Der Rumpf des Seglers war an zahllosen Stellen ausgebessert und kalfatert* worden. Die Aufbauten auf Vor- und Achterdeck wirkten schäbig und verfallen. Und die Masten, an deren Rahen die schmutzig braunen Segel gerefft waren, wirkten wie knochige Finger, die sich in den Himmel bohrten.

Es gab kaum Wolken in dieser Nacht und das war nicht gut. Denn der schon fast volle Mond tauchte den Hafen und die Docks in fahlen Schein, der es schwierig machte, sich ungesehen zu bewegen. Nur der Nebel, der sich wie in jeder Nacht auf der Themse bildete, um dann zäh und klamm landeinwärts zu kriechen, bewahrte die beiden Gestalten, die in gebückter Haltung die Kaimauer entlanghuschten, davor, sofort entdeckt zu werden.

Mit katzenhafter Gewandtheit bewegte sich Sepoy vorwärts, so rasch, dass Kenny Mühe hatte, mit ihm Schritt zu halten. Auf dem schmalen Vorsprung, der am Fuß der Mauer verlief und gegen den plätschernd das Wasser des Hafenbeckens schlug, huschten die beiden Jungen auf die schwarzen Umrisse des Schiffes zu, die sich unheimlich und riesig vor ihnen erhoben. Plötzlich, nur noch einen Steinwurf von ihrem Ziel entfernt, blieb Sepoy stehen. Auch Kenny verharrte.

»Was ist?«, erkundigte er sich flüsternd.

»Weiß nicht«, kam es ebenso leise zurück. »Ich dachte, ich hätte Stimmen vernommen …«

Kenny spitzte die Ohren und lauschte angestrengt, konnte jedoch nichts Verdächtiges hören. Noch einen Augenblick warteten die Jungen ab. Als sich jedoch nichts regte, schlichen sie vorsichtig weiter, zwei dunkle Schatten in nebliger Nacht.

Auf die Schnelle schwarze Kleidung aufzutreiben, mit der sie sich tarnen konnten, war nicht ganz einfach gewesen – in einem Laden für Gebrauchtwaren hatten sie schließlich zwei schwarze Hosen und zwei Hemden aufgetrieben, die früher einem Kohlengräber gehört haben mochten. Ihre Gesichter hatten sie mit Kaminruß geschwärzt, damit sie nicht verräterisch leuchteten, wenn das Mondlicht auf sie fiel. Bewaffnet waren sie nicht. Ihre wirkungsvollste Waffe im Kampf gegen die Thugs war die Unsichtbarkeit; wenn sie entdeckt und geschnappt wurden, war ohnehin alles zu spät.

Daran, was ihnen in diesem Fall blühte, hatte Kenny erst gar keinen Gedanken verschwendet. Was er bislang über die Thugs erfahren hatte, war schrecklich genug – was sie Spionen antun würden, die sie auf frischer Tat ertappten, wollte er lieber gar nicht wissen. Sein Herz schlug auch so schon bis zum Hals, und sein Atem wurde kürzer und flacher, je näher sie dem Schiff kamen. Sepoy hingegen schien die Ruhe selbst zu sein. Vielleicht weil er ein wenig älter war als Kenny; oder weil er schon einmal auf einer Mission wie dieser gewesen war. Vielleicht hatte er in Wirklichkeit auch genauso viel Angst wie Kenny, verstand es aber besser, sie zu verbergen.

Sepoy hielt erneut inne. Mit einer raschen Handbewegung bedeutete er Kenny, sich im Schatten der Kaimauer zu halten. Erneut lauschten sie, und jetzt nahm auch Kenny die gedämpften Stimmen wahr, die aus Richtung des Schiffes kamen.

»Hörst du das?«, fragte Sepoy.

»Ja, aber ich verstehe kein einziges Wort.«

»Niemand versteht dieses Kauderwelsch«, erwiderte Sepoy leise. »Niemand, der nicht Thug ist. Das ist Ramasi, ihre geheime Sprache.«

»Diese Verbrecher haben sogar eine eigene Sprache?«

»Das ist nicht weiter ungewöhnlich – in meiner Heimat gibt es über vierhundert verschiedene Sprachen. Aber die Thugs haben sogar ihre eigenen geheimen Zeichen und Symbole, mit denen sie sich verständigen und deren Bedeutung kein Außenstehender erfahren darf.«

»Immerhin wissen wir jetzt, dass Mr Zamindar Recht hatte«, flüsterte Kenny. »Es befinden sich tatsächlich Thugs an Bord.«

»Allerdings – und noch etwas wissen wir.«

»Nämlich?«

»Dass es nicht einfach werden wird, sich auf das Schiff zu schleichen. Sieh nur ...«

Sepoy deutete durch die Nebelschwaden. Über der Heckgalerie des Segelschiffs waren die Köpfe zweier Männer zu sehen – das mussten die Thugs sein, die sie gehört hatten. Aber auch mittschiffs waren durch den Nebel schemenhafte Gestalten zu erkennen, ebenso wie auf dem Deckhaus und in den Wanten.

»Wachen«, flüsterte Kenny, »ein Dutzend mindestens.«

»Über den Landesteg kommen wir jedenfalls nicht an Bord.«

»Dann klettern wir eben an den Tauen empor.«

»Bist du verrückt? Da sehen sie uns sofort.«

»Was willst du dann tun?«, zischte Kenny. »Einfach

umkehren? Dann kehr um, wenn du willst. Ich möchte Alice nicht noch einmal unter die Augen treten und ihr sagen müssen, dass ich versagt habe.«

»Ich auch nicht«, versicherte Sepoy. »Aber wenn wir von der Kaiseite aus versuchen an Bord zu kommen, werden sie uns schnappen, und davon hat weder Alice noch ihr Vater etwas.«

»Hm«, machte Kenny nachdenklich und spähte über die Kaimauer zu den Lagerhäusern, deren Umrisse im Nebel nur undeutlich auszumachen waren. Jenseits dieser Häuser hielt sich Alice versteckt.

Eigentlich hatten Kenny und Sepoy ihr nicht erlauben wollen, sie zu begleiten, weil sie der Ansicht gewesen waren, die Sache sei zu gefährlich für ein Mädchen. Aber einmal mehr hatte sich Colonel Kensingtons Tochter nicht von ihrem Vorhaben abbringen lassen. Im Gegenteil – Kenny und Sepoy hatten Mühe gehabt, ihr auszureden, mit aufs Schiff zu kommen. Nur widerwillig hatte Alice sich einverstanden erklärt, die Wache zu übernehmen: Als Junge verkleidet hielt sie sich bei den Lagerhäusern auf und wartete auf die Rückkehr ihrer Freunde. Erfolgte diese nicht bis zum Morgengrauen, würde Alice zur Polizei gehen und Lasalle alles erzählen, was sie herausgefunden hatten. Zwar bezweifelte Kenny, dass der Inspector ihr die Sache mit den Thugs und der indischen Verschwörung glauben würde, aber es bestand immerhin die Hoffnung, dass er eine Durchsuchung des Schiffes anordnen würde. Wenn sie dann noch am Leben waren …

»Weißt du, Alice ist wirklich ein verdammt mutiges Mädchen«, flüsterte Kenny Sepoy zu. »Sie riskiert viel für ihren Vater, und ich glaube, dass sie das alles auch für jeden von uns tun würde. Es muss einen Weg geben, aufs Schiff zu kommen, hörst du?«

»Ich wünschte, es wäre so«, stimmte Sepoy zu, »aber ich fürchte, wir ...« Er sprach nicht weiter. Im Halbdunkel konnte Kenny sehen, wie ein verwegenes Grinsen über die geschwärzten Züge seines Freundes huschte. »Ich glaube, ich hab eine Lösung gefunden.«

»Welche?«

»Kannst du schwimmen?«, wollte Sepoy wissen.

»Machst du Witze?«, fragte Kenny dagegen. »Ich bin ein Mudlark, hast du das vergessen? Schwimmen gehört zum Geschäft.«

»Gut. Dann ab mit dir ins Wasser, aber ganz leise, damit die Wachen uns nicht hören.«

»Wieso? Was hast du vor?«

»Die Ankerkette«, sagte Sepoy nur – und Kenny begriff sofort.

Auf der dem Ufer abgewandten Seite hatte das Segelschiff Anker geworfen; von der Winde führte die mächtige Kette durch ein Loch im Schanzkleid hinab ins Wasser. Wenn sie daran emporkletterten, hatten sie vielleicht eine Chance, ungesehen an Bord zu gelangen.

Kenny überlegte nicht lange. Rasch zog er die Schuhe aus, die ihm beim Schwimmen nur hinderlich gewesen wären, setzte sich auf den Vorsprung und steckte die Füße ins dunkle Wasser. Er unterdrückte einen Fluch – es war eisig kalt. Er biss die Zähne zusammen und ließ sich lautlos hineingleiten. Dabei merkte er, wie sich seine Kleidung vollsog und eng um seine Glieder legte.

Am liebsten hätte Kenny heftig im Wasser gestrampelt, um ein wenig wärmer zu werden, aber das durfte er natürlich nicht – die Wachen an Bord der *Star of India* wären sofort auf ihn aufmerksam geworden. Also verhielt er sich still, fror dabei erbärmlich und wartete, bis sich auch Sepoy zu ihm ins kalte Nass gesellt hatte. Gemeinsam schwammen die beiden los, auf die riesigen Umrisse des Schiffes zu, die Kenny jetzt noch drohender und unheilvoller vorkamen. Dabei achteten sie darauf, kein unnötiges Geräusch zu verursachen. Jedes Blubbern, jedes Plätschern, jeder hastige Atemzug konnte sie verraten.

Zuerst schwamm Kenny schnell und hastig, bis er erkannte, dass er sich weit schneller und auch leiser voranbewegte, wenn er mit bedächtigen Zügen dahinglitt. Das Wasser im Hafenbecken stank erbärmlich und kurz darauf wurde ihnen auch klar weshalb. Sie waren bis an das Heck des Seglers herangekommen, das sich senkrecht und trutzig wie eine Mauer vor ihnen erhob – als plötzlich eine der kleinen Luken geöffnet wurde, die ein Stück oberhalb der Wasserlinie in den hölzernen Rumpf eingelassen waren. Schon fürchteten Kenny und Sepoy, sie seien entdeckt worden – als zwei Hände erschienen und den Inhalt einer Pütz* über Bord kippten, der herabregnete und die Jungen nur um Haaresbreite verfehlte. Als er an ihnen vorbeischwamm, erkannten sie, dass es sich um die Notdurft eines Menschen handelte. Sepoy verzog vor Abscheu das Gesicht. Kenny, der als Mudlark noch Schlimmeres gewohnt war, trug es mit Fassung. Hauptsache, sie waren nicht entdeckt worden!

Sich eng am Schiffsrumpf haltend, damit die Wachen auf Deck sie nicht sehen konnten, schwammen sie weiter. Je länger sie sich im Wasser aufhielten, desto kälter schien es zu werden und desto zäher ging es voran. Mit quälender Langsamkeit arbeiteten sich die beiden Jungen am endlos scheinenden Rumpf entlang. Sie spürten kaum noch ihre Arme und Beine, als sie endlich den Bug erreichten – und damit die Ankerkette, die aus den dunklen Fluten ragte. Jedes einzelne Kettenglied war so groß, dass Kennys Kopf fast hindurchgepasst hätte. Die Kette war rostig und voller Algen, sodass es alles andere als einfach werden würde, sich daran festzuhalten. Dennoch waren Kenny und Sepoy wild entschlossen, es zu versuchen.

Sepoy war der Erste, der sich aus dem Wasser zog. Die Hände in die mächtigen Kettenglieder gekrallt, die Beine darum geschlungen, arbeitete er sich Stück für Stück nach oben. Seine schwarze Kleidung und der Nebel tarnten ihn dabei, dennoch konnte Kenny nur hoffen, dass keine der Wachen einen Blick auf die Ankerkette warf. Denn durch das Wasser war der Ruß abgewaschen worden, den sie sich auf Gesicht und Hände geschmiert hatten, und ihre Gesichter leuchteten im fahlen Mondschein, als wären sie selbst kleine Monde.

Kenny wartete, bis Sepoy die Hälfte des Weges hinter sich gebracht hatte, dann versuchte auch er sein Glück. Sepoy war wirklich ein verdammt guter Kletterer, wie Kenny sich bald eingestehen musste. Bislang hatte Kenny stets geglaubt, selbst einiges Geschick im Klettern zu besitzen; sich an der glitschigen Kette hochzuhangeln erwies sich jedoch als sehr viel schwieriger als über Mauern oder in Kellerschächte zu steigen. Noch dazu musste man möglichst leise dabei vorgehen, um nicht die Wachen zu alarmieren …

Plötzlich rutschte Kenny ab. Seine rechte Hand griff ins Leere, und um ein Haar wäre er ins Wasser gefallen, hätten ihn seine Beine, mit denen er sich verzweifelt an der Kette festklammerte, nicht vor dem Absturz bewahrt. So blieb er kopfüber an der Ankerkette hängen, und nachdem er seine Sinne wieder ein wenig geordnet hatte, gelang es ihm, sich weiter emporzuziehen und auch noch den Rest des Weges zurückzulegen. Es war ein anstrengendes Stück Arbeit, und Kenny war nicht nur froh, sondern auch ziemlich außer Atem, als er endlich die Ankerklüse erreichte, die gerade groß genug war, um einen Jungen seines Alters hindurchschlüpfen zu lassen. Sepoys Hände reckten sich ihm helfend entgegen und Kenny ergriff sie dankbar. Im nächsten Moment hatten sein indischer Freund und er das Vordeck des Seglers erklommen. Hinter der mächtigen Ankerwinde kauernd verschafften sie sich einen Überblick.

Aus der Nähe betrachtet wirkte die *Star of India* trotz ihres heruntergekommenen Zustands ein wenig eindrucksvoller als von der Kaimauer aus. Zwei große Aufbauten erhoben sich auf dem Deck, dazwischen stapelten sich unzählige Fässer und Kisten. Die hohen Masten, von denen nur die unteren Rahen zu sehen waren, weil der Nebel den Rest verschlungen hatte, ragten wie kahle Bäume in die Höhe.

Einige Laternen verbreiteten entlang der Reling ein mattes Licht, in dessen Schein Kenny und Sepoy auch die Wachen sahen – die meisten waren britische Matrosen, aber es waren auch einige Inder darunter, die weiße Arbeitskleidung und Turbane trugen.

»Am besten wir gehen unter Deck«, schlug Sepoy flüsternd vor. »Hier oben können wir uns kaum bewegen ohne gesehen zu werden.«

»Einverstanden«, gab Kenny zurück. Der einzige Anhaltspunkt, den sie hatten, waren die beiden Wachen am Heck des Schiffs, die sich in der Sprache der Thugs unterhalten hatten. Über das Deck an sie heranzukommen war so gut wie unmöglich, also mussten sie es unter Deck versuchen.

Die beiden Jungen lösten sich aus ihrem Versteck. Rasch huschten sie in den Schutz einiger Fässer, wo sie kurz verharrten und lauschten. Es wurde kein Alarm gegeben, alles blieb ruhig – man hatte sie also nicht gesehen …

»Weiter«, zischte Sepoy und übernahm die Führung. An den Fässern und einigen Kisten vorbei ging es in gebückter Haltung zum Niedergang, einer überdachten Treppe, die unter Deck führte. Die letzten Schritte mussten die Jungen dabei ohne Deckung zurücklegen. Nacheinander liefen sie aus ihrem Versteck und in den Schutz des Niedergangs. Kenny hätte sich dabei um ein Haar in einem Seil verhedderte, das auf den Planken lag und das er im Halbdunkel nicht gesehen hatte. Er stolperte und geriet ins Taumeln, schaffte es aber irgendwie, sich auf den Beinen zu halten und die Treppe zu erreichen. Sepoy fing ihn auf und wieder erstarrten die beiden Jungen für einen Augenblick.

Alles blieb still. Mit einem Blick verständigten sie sich, und es ging weiter, die Treppe hinab und durch die Tür, die beim Öffnen leise knarrte. Unter Deck war es zunächst stockdunkel. Erst nachdem ihre Augen sich an die Dunkelheit gewöhnt hatten, konnten die Jungen zumindest einige schemenhafte Umrisse ausmachen. Ein schmaler Gang lag vor ihnen, der zu beiden Seiten von weiß gestrichenen Holzwänden begrenzt wurde. Das spärliche Licht drang vom Ende des Korridors herauf, wo eine Laterne zu brennen schien.

»Vorwärts«, raunte Kenny Sepoy zu, und diesmal ging er voraus – schließlich wollte er nicht als Angsthase gelten. Vorsichtig schlich er den Gang hinab, dicht gefolgt von Sepoy. Die alten Planken ächzten unter jedem ihrer Schritte, was jedoch nicht weiter auffiel, da es im Inneren des alten Schiffes unentwegt irgendwo knackte und knirschte. Ein strenger Geruch nach Tabak und Curry, Teer und Brackwasser lag in der abgestandenen Luft. Die Jungen erreichten das Ende des Gangs, wo tatsächlich eine Laterne unter der niedrigen Decke hing und schmutzig gelben Schein verbreitete. Der Gang endete hier, dafür führte eine schmale Treppe noch tiefer in den dunklen Bauch des Schiffes.

Für einen Moment war Kenny unschlüssig. Der Gedanke, sich noch weiter in die Höhle des Löwen zu wagen, behagte ihm nicht besonders. Etwas Düsteres, Unheimliches ging von diesem Ort aus, das ihm Angst machte, auch wenn er das niemals zugegeben hätte. Er versuchte sich mit dem Gedanken an Alice Mut zu machen, an ihre Freude und das Lächeln auf ihrem Gesicht, wenn sie ihren Vater wiedersah. Ob es aber das war, was ihn die Treppe hinuntersteigen ließ, oder der harte Rippenstoß, den Sepoy ihm versetzte, war schwer zu sagen.

Erneut gelangten die beiden Jungen in einen spärlich beleuchteten Gang. Der Geruch war hier noch stärker und das Holz nicht mehr weiß gestrichen, sondern braun und fleckig. Nach einigen Yards gabelte sich der Gang und plötzlich waren laute Stimmen zu hören, die genau auf sie zukamen.

»Dort hinein«, zischte Sepoy und deutete auf eine schmale Nische in der hölzernen Täfelung der Wand, gerade breit genug, um sie beide aufzunehmen.

Kenny zögerte. Wenn sie dort hineinkrochen und entdeckt wurden, saßen sie in der Falle. Aber was sonst konnten sie tun? Fieberhaft blickte sich Kenny um, während die Stimmen immer näher kamen. Sie unterhielten sich auf Englisch und machten derbe Scherze, über die anschließend dröhnend gelacht wurde. Da er keinen anderen Ausweg sah, zwängte sich Kenny ebenfalls in die Nische, in der Sepoy bereits verschwunden war. Keine Sekunde zu früh. Schon hörte man im Halbdunkel stampfende Schritte, und eine Gruppe von Männern kam den schmalen Gang herauf, die alle vom Alkohol schwere Zungen hatten und so nach Rum stanken, dass Kenny davon fast übel wurde.

»Hab ich euch nich gesagt, dass ich 'n Plätzchen kenne, wo 's or'ntlich was zu schlucken gibt?«, lallte der eine.

»Ja, Jack, hasse gesagt. Un hattes verdammt Recht damit.«

»Nich wahr? Ja, der alte Jack weiß, was er sein'n Freunden schuldig is ...«

Es waren vier Männer; grobschlächtige Hünen, die graue Arbeitshosen und gestreifte Hemden trugen – Matrosen, die auf Landgang gewesen waren und in einer der Hafenkneipen ausgiebig gezecht hatten. Kenny atmete innerlich auf, weil es keine Thugs waren. Andererseits wusste er aus Erfahrung, dass betrunkene Seeleute bisweilen ziemlich rabiat wurden. Alles, was er und Sepoy tun konnten, war jedoch, den Atem anzuhalten und zu hoffen, dass sie nicht entdeckt wurden. Aber die vier Matrosen waren zu betrunken und zu müde, um in dunkle Nischen zu spähen; stieren Blickes stampften sie den Korridor hinab zu den Mannschaftsquartieren. Noch eine Weile lang hörte man ihr Gepolter und Gegröle. Dann wurde es still und Kenny und Sepoy wagten sich aus ihrem Versteck.

»Puh«, machte Kenny, »das war ganz schön knapp. Wenn die uns gesehen hätten, hätten sie so laut gebrüllt, dass das ganze Schiff davon aufgewacht wäre.«

»Was meinst du mit *hätten*?« Sepoy schnitt eine Grimasse. »Diese betrunkenen Idioten *haben* so laut geschrien, dass inzwischen sicherlich jeder an Bord auf den Beinen ist. Das ist nicht gut.«

»Trotzdem, noch hat man uns nicht bemerkt. Komm, lass uns weitersuchen ...«

Vorsichtig folgten sie dem Gang bis ans Ende, wo eine weitere Treppe in die Tiefe führte. Die Stiegen knarrten beim Hinabsteigen, und man konnte spüren, wie das Schiff leicht schwankte. Für Kenny hatte das etwas Vertrautes, weil es ihn an den alten Clipper erinnerte, auf dem er sein halbes Leben lang gewohnt hatte.

Vor den Jungen erstreckte sich ein enger Gang, der erneut von schwachem Laternenschein beleuchtet wurde und an die dreißig Schritte lang sein mochte. Zu beiden Seiten gab es schmale Türen, am anderen Ende eine Treppe, die wieder nach oben führte.

»Das ist der Weg zur Heckgalerie«, war Sepoy überzeugt. »Irgendwo dort oben müssen die Thugs sein, die wir belauscht haben.«

»Na, dann los.«

Sie hatten gerade die Laterne in der Mitte des Ganges passiert, sodass ihre Schatten sie überholten und ihnen nun vorauseilten – als auf dem Deck über ihnen plötzlich Schritte erklangen. Die Treppe vor ihnen verdunkelte sich. Jemand war dabei, herabzusteigen … Wie angewurzelt blieben Kenny und Sepoy stehen. Instinktiv wandten sie sich um, wollten zu der Treppe zurück, über die sie gekommen waren. In diesem Moment jedoch waren auch aus dieser Richtung polternde Schritte zu hören. Die in schweren Bootsstiefeln steckenden Füße eines Matrosen wurden sichtbar – und Kenny und Sepoy wussten, dass sie verschwinden mussten, weil sie sonst unweigerlich geschnappt würden.

Während Kenny noch in heller Panik war, handelte Sepoy. Kurz entschlossen öffnete er eine der Türen, die auf den Korridor mündeten, packte Kenny und schob ihn in das dahinter liegende Dunkel, ehe er selbst darin verschwand und die Tür hinter sich schloss. Kennys Herz raste. Aufgeregt legte er sein Ohr an das morsche Holz der Tür um zu hören, was draußen vor sich ging.

Die Schritte kamen näher. Die beiden Seeleute, die von ihrer Wachschicht auf Deck zurückkehrten, begegneten sich auf dem Gang und tauschten einen knappen Gruß, dann klappten zwei Türen. Wahrscheinlich suchten die Männer ihre Kojen auf. Beruhigende Stille kehrte wieder ein und Kenny gönnte sich ein erleichtertes Aufatmen.

»Mann«, flüsterte er. »Das war wirklich knapp. Gute Idee von dir, sich hinter eine der Türen zu verziehen, Sepoy … *Sepoy*?«

Als Kenny keine Antwort erhielt, schaute er sich nach dem Freund um. Sepoy stand in dem spärlichen Mondlicht, das durch ein schmutziges Bullauge in die Kajüte fiel. Er hielt einen Gegenstand in Händen, den er offenbar aus der großen Seemannskiste genommen hatte, die unterhalb des Bullauges auf dem Boden stand. Es war eine aus dunklem Holz geschnitzte Figur, die ein Wesen mit acht Armen darstellte, das aufrecht auf zwei Beinen ging. In jeder seiner vielen Hände hielt es einen Dolch. Das Haupt der Figur war eine grässliche Fratze, die den Betrachter feindselig anzustarren schien.

»Was ist das?«, fragte Kenny mit einem Schaudern.

»Kali«, antwortete Sepoy mit gepresster Stimme. »Die Göttin des Todes und der Zerstörung.«

»Kali?« Kenny hob die Brauen. »Die Göttin, die von den Thugs angebetet wird!«

»Ja«, erwiderte Sepoy knapp. Er legte die Figur zurück in die Truhe und griff ein weiteres Mal hinein, förderte eine rote Kutte und einen schwarzen Schal zutage. Im einfallenden Mondlicht wandte sich Sepoy um und warf Kenny einen bedeutsamen Blick zu. Ohne es eigentlich zu wollen, hatten sie in der Kajüte gefunden, wonach sie suchten.

Kenny fühlte, wie leises Grauen ihn packte. Obwohl

ein Teil von ihm diesen Ort am liebsten sofort verlassen hätte, zwang er sich vorzutreten und seinerseits in die Kiste zu schauen. Kurzerhand griff er hinein, ertastete allerlei merkwürdige Gegenstände – und schließlich ein Stück Papier. Es raschelte, als er es hervorzog und entfaltete, um es zu betrachten.

Es war eine Zeichnung. Eine Skizze Londons um genau zu sein – der Verlauf der Themse war deutlich zu erkennen. Und eine bestimmte Stelle nördlich des Flusses war mit einem Kreuz markiert …

»Das könnte etwas sein«, stellte Kenny aufgeregt fest. »Sieht wie ein Plan aus oder …«

»Was? Lass sehen!«

Sepoy wollte nach dem Papier greifen – als aus dem Halbdunkel der Kajüte ein leises Knurren drang. »Kenny?«, hauchte er leise.

»Ich war das nicht«, kam es kleinlaut zurück – und den beiden Jungen kam die jähe Erkenntnis, dass sie sich nicht allein in der Kajüte aufhielten. In diesem Augenblick flammte ein Streichholz auf und eine Öllampe wurde entzündet. Ihr Schein fiel auf das Gesicht eines riesenhaften Inders, der sie grimmig anstarrte. Es war der Thug, dem die Kleider und die Figur gehörten. Schlafend hatte er in seiner Koje gelegen, sodass die Jungen ihn nicht bemerkt hatten – aber nun war er aufgewacht …

Kenny und Sepoy konnten nicht anders als vor Schreck laut zu schreien. Die Karte ließen sie dabei fallen. Der Inder fletschte die Zähne, dann sprang er mit einem Satz aus seiner Koje, griff an seine Schärpe und hatte plötzlich einen gekrümmten Dolch in der Hand.

Kenny reagierte mit den Reflexen eines Jungen, der es gewohnt war, täglich um sein Überleben zu kämpfen. Im flackernden Licht der Flamme sah er den Dolch heranfliegen und wich aus, indem er sich blitzschnell duckte. Die Klinge fegte haarscharf über ihn hinweg und der Thug gab etwas von sich, was sich wie ein derber Fluch anhörte. Dann fuhr er herum, um sich mit Sepoy zu befassen. Der war inzwischen vorbereitet und versetzte dem Angreifer einen eisenharten Fausthieb, der diesen zurücktaumeln und gegen die Wand prallen ließ. Es rumpelte mächtig, und für kurze Zeit war der Riese benommen – ein Moment, den Kenny nutzte, um nach der Öllampe zu greifen. Ohne lange nachzudenken, schleuderte er sie zu Boden, sodass der tönerne Behälter zerbrach und sich sein Inhalt über die Planken ergoss. Sofort breitete sich die eben noch so kleine Flamme aus und innerhalb kurzer Zeit brannte die Kajüte lichterloh.

»Raus hier!«, rief Kenny Sepoy zu, der sich das nicht zweimal sagen ließ. Mit dem Fuß trat er die Tür auf und stürmte nach draußen, Kenny riss er dabei mit, während der Inder fluchend hinter ihnen zurückblieb. Sepoy wollte schon weiterlaufen, als Kenny stehen blieb.

»Was ist?«, fragte Sepoy.

»Die Karte! Wir brauchen sie!«

Trotz des tosenden Feuers, das jetzt bereits auf den Gang züngelte, wollte Kenny zurück – als aus den Flammen der hünenhafte Thug stürzte. Seine Kleider brannten, sein Haar war angesengt und rauchte. Mit weit aufgerissenen Augen und lautem Gebrüll wollte er sich auf die Jungen stürzen, die herumfuhren und Hals über Kopf die Flucht ergriffen. Verfolgt von dem Riesen setzten sie den schmalen Gang hinab, der Treppe entgegen. Kenny spürte den Atem des Thugs in seinem Nacken, erwartete jeden Augenblick, dass seine Pranke ihn packen und niederschmettern würde. Sie hatten die Treppe fast erreicht, als vor ihnen eine Tür geöffnet wurde und ein britischer Matrose erschien, den der Lärm aus dem Schlaf gerissen hatte.

»Was zum …?«, hob er an – weiter kam er jedoch nicht. Kenny und Sepoy überrannten ihn kurzerhand und stürmten im nächsten Moment keuchend die Stufen hinauf, während der Thug hinter ihnen mit dem Briten aneinander geriet. Ein wildes Handgemenge setzte ein und der Thug rief den Flüchtlingen etwas auf Hindi hinterher.

»Was hat er gesagt?«, wollte Kenny von Sepoy wissen, während sie weiterrannten.

»Dass er uns die Gedärme herausreißen und sie an die Fische verfüttern will«, antwortete Sepoy atemlos – und Kenny beschloss in Zukunft nicht mehr zu fragen.

Sie erreichten die Gabelung, wo der Korridor sich teilte. Anders als zuvor bogen sie nicht ab, sondern liefen geradeaus weiter. Das war ihr Glück, denn aus der Abzweigung zum Vordeck waren plötzlich aufgeregte Stimmen und stampfende Schritte zu hören, und aus dem Augenwinkel erheischte Kenny einen Blick auf mehrere Inder, die mit wutverzerrten Gesichtern auf sie zustürmten.

»Sie haben uns entdeckt«, stieß Kenny hervor. »Nichts wie raus!«

Etwas wischte dicht an ihm vorbei und bohrte sich mit dumpfem Schlag in die hölzerne Wandung. Es war ein Wurfmesser, das ihn nur knapp verfehlt hatte.

»Eins ist jedenfalls sicher«, bemerkte Sepoy trocken. »Die verstehen keinen Spaß …«

Die Jungen rannten, so schnell ihre Beine sie trugen. Die lärmende Meute, die ständig größer wurde, blieb ihnen dicht auf den Fersen. Die Jagd wäre schnell zu Ende gewesen, wenn die Thugs ihre Wurfmesser hätten einsetzen können, aber das war ihnen in dem Korridor mit seinen Abzweigungen, Hindernissen und Ecken nicht möglich. Die meiste Zeit hatte Kenny die Augen geschlossen und murmelte leise Gebete, während er inständig hoffte, dass die Häscher sie nicht erwischten. Bislang waren die Thugs ein Schreckgespenst gewesen, das Kenny nur aus Sepoys Erzählungen gekannt hatte – aber in diesem Augenblick, in dem er um sein Leben lief, verfolgt von fanatischen Sektierern mit Mordlust in den Augen, begriff er zum ersten Mal wirklich, mit wem er sich da eingelassen hatte.

»Dort hinab!«, rief Sepoy und zog Kenny in einen Seitengang, den die beiden in halsbrecherischem Tempo hinunterstolperten. Längst wussten sie nicht mehr, in welchem Teil des Schiffes sie sich befanden – der Zufall kam ihnen zu Hilfe. Unvermittelt tauchte vor ihnen eine Treppe auf, die zum Oberdeck führte. Sepoy ließ Kenny an sich vorbei, der die Stufen hochstürmte. Er selbst blieb zurück – um die Verfolger gebührend zu empfangen.

Mit den Händen stützte er sich auf dem Geländer zu beiden Seiten der Treppe ab und ließ die Beine frei schwingen. Als der erste Thug heran war, trat er ihn vor die Brust. Der Mann, der damit nicht gerechnet hatte, verlor das Gleichgewicht und taumelte zurück, und da der Gang schmal war, riss er gleich noch einige seiner Kumpane mit. Ein Grinsen breitete sich über Sepoys Züge, als er das wimmelnde und schimpfende Menschenknäuel betrachtete. Dann fuhr er herum und flitzte die Treppe hinauf.

»Verdammt, wo bleibst du?«, fuhr Kenny ihn an, der oben auf ihn wartete. »Ich dachte, die hätten dich geschnappt.«

»Wir hatten noch was zu klären«, antwortete Sepoy nur. Gemeinsam verschlossen sie die Tür zum Unterdeck und schoben den Riegel vor, damit die Thugs ihnen nicht folgen konnten.

Auf dem Oberdeck war inzwischen ein völliges Chaos

ausgebrochen. Das Feuer hatte sich rasch ausgebreitet. Schon quollen an einigen Stellen dünne Rauchfahnen zwischen den Planken empor, hier und dort glomm züngelndes Feuer auf. Die Alarmglocke auf dem Vordeck wurde geläutet, und aus den Niedergängen stürmten die aufgebrachten Matrosen, viele von ihnen noch benommen vom Schlaf.

»Feuer! Feuer!«, war von allen Seiten zu hören.

Lauthals schreiend rannten die Männer durcheinander. Briten wie Inder waren damit beschäftigt, eine Löschkette zu bilden und den Brand zu bekämpfen, bevor er auf das ganze Schiff übergriff. Zuerst fürchteten Kenny und Sepoy, man würde sie ergreifen und gefangen nehmen. Aber dann stellten sie fest, dass die Seeleute gar keine Notiz von ihnen nahmen – die Sorge der Matrosen galt allein dem Feuer.

»Lass uns rasch verschwinden!«, rief Kenny Sepoy inmitten des Durcheinanders zu und Sepoy konnte ihm nur beipflichten. Im selben Moment gelang es jedoch den Thugs, die Tür zum Oberdeck aufzubrechen. Knirschend barst das Türblatt und die tobenden Fanatiker erschienen, die Augen funkelnd vor Zorn.

»Dort sind die Brandstifter! Haltet sie!«, riefen sie in gebrochenem Englisch – aber die Worte verfehlten nicht ihre Wirkung. Sofort eilten einige der britischen Matrosen herbei, um Kenny und Sepoy zu fassen. Nun blieb den beiden nur noch wilde Flucht.

»Lauf!«, schrie Sepoy verzweifelt und rannte geradewegs auf die Reling zu.

Kenny folgte ihm, so schnell er konnte – den schwieligen Pranken eines Matrosen entkam er nur mit Mühe. Ein anderer Seemann stellte sich ihm breitbeinig in den Weg. Kenny reagierte blitzartig, indem er sich bäuchlings zu Boden warf und zwischen den Beinen des Mannes hindurchrutschte. Während der Matrose noch zu begreifen versuchte, was geschehen war, und dabei heisere Flüche ausstieß, war Kenny schon wieder auf den Beinen und rannte weiter, der Reling entgegen. Sepoy hatte das Geländer bereits erklommen, sprang aber nicht, sondern wartete auf seinen Freund.

»Komm schon«, rief er Kenny zu und streckte ihm die Hand hin. Kenny nahm die Hilfe dankbar an. Die Thugs hatten wieder ihre Dolche gezückt. Jeden Augenblick würden sie die Jungen eingeholt haben …

»Spring!«, schrie Sepoy und ohne Zögern setzten Kenny und er über die Reling. Noch im Sprung merkte Kenny, wie ihn eine Hand streifte – dann stürzte er zappelnd und mit den Armen rudernd in die Dunkelheit.

Einen Herzschlag lang fielen die beiden Jungen in bodenlose Schwärze. Dann tauchten sie ins eisig kalte Wasser des Hafenbeckens. Schlagartig verstummten sämtliche Geräusche. Alles, was Kenny hörte, war das Brodeln der Luftblasen und das Rauschen seines eigenen Blutes. Er riss die Augen auf und paddelte mit Armen und Beinen – um schon im nächsten Moment wieder aufzutauchen.

»Sepoy? Sepoy, wo bist du?«

»Hier«, meldete sich eine Stimme unmittelbar neben ihm. »Schwimm, Kenny! Schwimm um dein Leben …« Wie um Sepoys Worte zu unterstreichen, peitschte in diesem Moment ein Schuss. Nur eine Armeslänge von Kenny entfernt markierte ein helles *Plitsch* die Stelle, wo die Kugel aufs Wasser geschlagen war.

»D-die schießen auf uns!« Kenny brauchte einen Moment, um das zu verdauen. Dass ein Menschenleben in den Gassen East Londons nur wenig wert war, war bekannt, aber noch nie zuvor in seinem Leben war auf ihn geschossen worden.

»Kenny, du musst untertauchen«, schrie Sepoy ihm zu. »Schnell …!«

Kenny holte tief Luft, um dann kopfüber in die dunkle, kalte Flut zu tauchen. Keine Sekunde zu früh, denn schon hagelten dicht neben ihm weitere Kugeln ins Wasser. Die Luft anhaltend, tauchte Kenny noch ein Stück tiefer hinab. Dann begann er zu schwimmen, glitt unter kräftigen Zügen durch die plötzliche Stille. Wohin genau es ging, konnte er nicht sehen. Den Rumpf des Segelschiffs nahm er nur als verschwommene dunkle Masse zu seiner Rechten wahr, Sepoy hatte er aus den Augen verloren.

Kenny kämpfte die Panik nieder, die in ihm aufsteigen wollte, und schwamm immer weiter. Auch dann noch als seine Muskeln zu schmerzen begannen und die Luft in seinen Lungen knapp wurde. Er dachte an die Thugs, die dort oben lauerten und nur darauf warteten, dass er an die Oberfläche kam, und er zwang sich dazu, unter Wasser zu bleiben. Erst als seine Lungen wie Feuer brannten, hielt er es nicht mehr aus. Seine Bewegungen wurden kantig und kraftlos, er kam nicht mehr von der Stelle. Er musste hinauf an die Oberfläche, koste es, was es wolle … Der Weg nach oben kam ihm endlos vor. Er sah den Mond durch das Wasser schimmern und merkte, wie ihm die Sinne schwanden. Nur noch wenige Yards …

Mit einem Gefühl, als wollte sein Brustkorb zerbersten, durchstieß Kenny die Oberfläche und atmete tief ein. Gierig sog er die klamme Nachtluft in seine Lungen, fühlte sich für einen Augenblick so springlebendig wie nie zuvor in seinem Leben. Dann erst musste er an das Schiff und die Thugs denken. Er blickte hinauf und stellte zu seiner Erleichterung fest, dass er das Heck des Schiffes fast erreicht hatte – von dort aus war es nur noch ein kurzes Stück bis zum Kai. Noch einmal tauchte Kenny unter und legte den

Rest der Strecke zurück, allerdings musste er mehrmals auftauchen, weil sein Atem nicht mehr ausreichte, um länger unter Wasser zu bleiben.

Keuchend vor Erschöpfung erreichte er den Vorsprung am Fuß der Kaimauer. Nass und schwer hingen seine Kleider an ihm, und er hatte kaum noch die Kraft, sich aus dem Wasser zu ziehen. Einmal mehr war es Sepoys Hand, die sich ihm helfend entgegenreckte.

»Da bist du ja endlich«, raunte der Freund ihm zu. »Komm schon, Jones, wir müssen zusehen, dass wir verschwinden.«

Hustend und mit weichen Knien erklomm Kenny den Vorsprung. Er fror erbärmlich und jeder Körperteil tat ihm weh. Aber er sah ein, dass Sepoy Recht hatte.

Unterdessen hatte der Brand auf dem Schiff das gesamte Achterdeck erfasst. Das alte Holz hatte den Flammen bereitwillig Nahrung geboten, sodass sie nicht aufzuhalten gewesen waren. Einige Matrosen kämpften noch gegen die Flammen, andere hatten schon aufgegeben und sprangen schreiend über Bord. Kenny war alles andere als wohl bei dem Gedanken, dass kein anderer als er für diese Feuersbrunst verantwortlich war. *Das* hatte er ganz sicher nicht gewollt, aber irgendetwas hatte er schließlich unternehmen müssen, damit Sepoy und er dem Thug entkommen konnten.

»Los, weiter«, trieb ihn Sepoy erbarmungslos zur Eile an. Im Schein des riesigen Feuers, das flackernde Schatten warf, huschten die beiden davon und überwanden die Kaimauer. Ihr Ziel waren die Lagerhäuser, auf deren anderer Seite Alice sich versteckte, die sicher mitbekommen hatte, was geschehen war.

Schon glaubten sich Kenny und Sepoy in Sicherheit – aber einmal mehr irrten sie sich. Als Kenny zur *Star of In-*

*dia* zurückblickte, sah erzu seinem Entsetzen eine Gruppe von Thugs den Landesteg herunterstürmen. Ihr Anführer hielt einen Revolver in der Hand, die anderen schwenkten jene langen, gefährlich aussehenden Klingen, von denen Kenny inzwischen wusste, dass es Macheten waren.

»Du meine Güte«, stieß er verzweifelt hervor. »Hören die denn niemals damit auf, uns hinterherzulaufen?«

»Erst wenn sie uns haben«, orakelte Sepoy unheilvoll. »Lauf!«

Die Männer holten rasch auf und es war klar, dass Kenny und Sepoy die Lagerhäuser nicht mehr erreichen würden. Wieder peitschte ein Schuss, der allerdings schlecht gezielt war und irgendwo in der Nacht verpuffte.

»Der Kerl schießt wirklich lausig«, stieß Sepoy hervor, »aber früher oder später wird er einen von uns treffen. Wir brauchen Deckung ...«

»Die Kisten dort!«, rief Kenny – und schon schlugen die beiden einen Haken und hielten auf die riesigen Stapel von Kisten und Fässern zu, die vor einer der Lagerhallen aufgetürmt waren. Als die Thugs sahen, dass sie sich dorthin flüchten wollten, verfielen sie in wütendes Geschrei, konnten aber nicht verhindern, dass Kenny und Sepoy den Schutz der Kisten erreichten. Flink zwängten sich die Jungen in die schmalen Gassen, die zwischen den Stapeln verliefen, in der Hoffnung, die Thugs auf diese Weise abzuhängen. Aber die Verfolger gaben nicht auf. Stattdessen teilten sie sich auf und drangen von verschiedenen Seiten in das Labyrinth ein.

Kenny rannte weiter, nur immer weiter. Zwischen Fässern hindurch und über Kisten hinweg suchte er sich einen Weg durch die Dunkelheit, während er inständig darum betete, dabei nicht den Thugs in die Arme zu laufen ... Bis er irgendwann feststellte, dass Sepoy nicht mehr hinter ihm war. Die ganze Zeit über hatte Kenny den keuchenden Atem des Freundes noch gehört – aber dann hatte Sepoy wohl eine Abzweigung genommen, ohne dass Kenny es bemerkt hatte …

»Sepoy?«, fragte er halblaut ins Dunkel.

Er lauschte angestrengt, aber er erhielt keine Antwort. Geradezu gespenstisch ruhig war es ringsum. Auch von den Thugs war nichts mehr zu hören und die Geräusche des brennenden Schiffes drangen nur wie aus weiter Ferne heran.

»Sepoy, bist du da?«, versuchte Kenny es noch einmal.

Als er erneut keine Antwort bekam, dämmerte ihm die hässliche Erkenntnis, dass sie einander verloren hatten. Noch immer wimmelte es in den Gassen der Docks von Thugs – und sowohl Kenny als auch Sepoy waren auf sich allein gestellt …

## Macheten im Dunkeln

Wie versteinert blieb Kenny stehen.

Sein Atem ging stoßweise, seine Knie wurden weich und Übelkeit kroch in ihm hoch. Nun da er Sepoy verloren hatte, spürte Kenny zum ersten Mal echte Angst. Kalt wie ein Eiszapfen bohrte sie sich in sein Innerstes und ließ ihn erschaudern. Seine Beine waren wie festgewachsen und wollten nicht mehr weiter. Am liebsten hätte Kenny einfach abgewartet und sich verkrochen, bis es hell wurde. Aber es gab hier kein Versteck, das so sicher war, als dass er darin bis zum Morgen hätte ausharren können. Wenn er blieb, würden die Thugs ihn finden – und dann war er verloren.

In der Dunkelheit nach Sepoy zu suchen hatte jedoch ebenfalls keinen Sinn. Kenny blieb nur eine Chance – er musste versuchen sich zu Alice durchzuschlagen. Wahrscheinlich, redete er sich ein, war auch Sepoy auf dem Weg zu ihr …

Auf zitternden Beinen bewegte Kenny sich vorwärts, tastete sich bis ans Ende der schmalen Gasse hinab. Dort spähte er vorsichtig um die Ecke, obwohl er in der Finsternis ohnehin kaum etwas erkennen konnte, und entschied sich für die linke Seite. Durch einen Wald aus Fässern, die sich turmhoch stapelten und nach ranzigem Öl rochen, zwängte er sich weiter – bis er plötzlich ein Rascheln vernahm. Er blieb stehen und lauschte. Das Geräusch war von vorn gekommen. Gut möglich, dass dort ein Thug lauerte und nur darauf wartete, dass Kenny sich näherte …

Fieberhaft und mit pochendem Herzen dachte er nach. Je länger er in diesem Labyrinth umherstolperte, desto größer wurde die Gefahr, dass er auf einen Thug stieß. Zudem hatte er so oft die Richtung geändert, dass er die Orientierung verloren hatte und nicht mehr wusste, wo sich die Lagerhäuser befanden. Was sollte er tun? Plötzlich kam ihm ein Gedanke. Er legte den Kopf in den Nacken und blickte an den Ölfässern empor. Wenn es ihm gelang, dort hinaufzuklettern, hätte er zwei Probleme auf einen Schlag gelöst: Zum einen würde er den Thugs entkommen, zum anderen würde er sich von dort oben einen Überblick verschaffen können.

Kenny fackelte nicht lange – in seiner Situation hatte er nichts zu verlieren. Am nächstbesten Fass versuchte er sein Glück, zog sich daran empor und erklomm die erste Schicht aus morschen Brettern, die zwischen die einzelnen Lagen geschoben waren, damit die Fässer sich besser stapeln ließen. Eine Etage nach der anderen brachte er so hinter sich. Es war eine waghalsige Kletterpartie, zumal die Fässer immer stärker wackelten, je höher er kam. Aber Kenny gab nicht auf und erreichte schließlich das oberste Fass.

Auf zittrigen Beinen richtete er sich auf und blickte sich um. Zu seiner Linken befand sich das Hafenbecken mit dem noch immer brennenden Schiff – inzwischen war die Feuerwehr mit einem Spritzenwagen angerückt und pumpte Wasser aus dem Hafenbecken, um den Brand zu löschen. Auf der gegenüberliegenden Seite konnte Kenny jetzt wieder die Lagerhäuser erkennen. Erleichtert stellte er fest, dass sie näher waren, als er befürchtet hatte. Nur noch zwanzig, vielleicht dreißig Yards trennten ihn von den schützenden Backsteinmauern und er schöpfte wieder ein wenig Mut. Er prägte sich die Richtung ein und schickte sich an, wieder hinunterzuklettern, als er eine bessere Idee hatte. Er konnte ebenso gut hier oben bleiben und sich fortbewegen, indem er von Stapel zu Stapel hüpfte.

Mit einem Satz sprang Kenny zum nächsten Fass, von dort zum übernächsten und immer so weiter. Dabei musste er sich hüten, nicht das Gleichgewicht zu verlieren, denn nicht nur die einzelnen Fässer, sondern auch die Stapel begannen bedrohlich zu wanken. Wenn sie einstürzten und ihn in die Tiefe rissen, würde Kenny sich dabei sämtliche Knochen brechen …

Er verdrängte den Gedanken rasch und konzentrierte sich auf den Weg, der vor ihm lag. Die Arme von sich gestreckt, um das Gleichgewicht besser halten zu können, erreichte Kenny den Rand des Fässerstapels. Von hier aus waren es gut eineinhalb Yards bis zum nächsten Block, wo zahllose große Kisten aufeinander gestellt waren – eineinhalb Yards, die er überspringen musste und unter denen ein gähnender Abgrund lauerte. Kenny dachte nicht lange über das Risiko nach, er sprang einfach. Einen quälenden Augenblick lang schwebte er in banger Ungewissheit – dann landete er mit dumpfem Schlag auf dem Deckel der obersten Kiste. Er rollte sich ab, um den Aufprall ein wenig zu mildern, und im nächsten Moment war er schon wieder auf den Beinen. Weiter ging die verzweifelte Flucht von Kiste zu Kiste, bis Kenny endlich den Rand des Stapellagers erreichte. Hastig kletterte er an den Kisten hinab und musste dabei höllisch aufpassen, nicht abzurutschen. Auf den letzten Metern ließ er sich fallen und landete breitbeinig im feuchten Sand.

Er war den Thugs entkommen! Kenny ballte triumphierend die Faust – einen Lidschlag bevor er aus dem Augenwinkel ein Blitzen wahrnahm, das von einem hässlichen Fauchen begleitet wurde. Instinktiv duckte er sich – und das keinen Moment zu früh. Denn was da im Mondlicht geglänzt hatte, war die Klinge einer Machete gewesen, die sich nur wenige Hand breit über Kennys Kopf in eine der Holzkisten grub und stecken blieb. Während der Thug seine Waffe aus dem Holz zog, rannte Kenny los, auf die Lagerhäuser zu. Der Thug hinter ihm schrie ein paar Worte in seiner Sprache und plötzlich wimmelte es in den Gassen des Stapellagers von Thugs, die sofort die Verfolgung aufnahmen. Ihre Macheten glitzerten kalt und tödlich. Kenny lief, so schnell er konnte, aber er war zu erschöpft, als dass er den Verfolgern noch einmal hätte entwischen können.

»Hilfe! Hilfe!«, schrie er deshalb aus Leibeskräften, obwohl er ahnte, dass es nichts nützen würde. Um diese späte Stunde hielt sich kaum jemand bei den Docks auf, und wer es doch tat, der kümmerte sich nicht darum, wenn irgendwo um Hilfe gerufen wurde. Die Constables und die Feuerwehrleute waren allesamt zum brennenden Schiff geeilt, von ihnen war ebenfalls keine Unterstützung zu erwarten. Schlechte Karten, sagte sich Kenny in einem Anflug von Galgenhumor.

Keuchend bog er in die Gasse zwischen zwei Lagerhäusern ein. Hier war der Boden gepflastert, sodass das Laufen weniger beschwerlich war – allerdings nicht nur für Kenny, sondern auch für die Thugs. Wie eine Lawine donnerten sie heran und drohten ihn jeden Augenblick einzuholen. Getrieben von Verzweiflung und Panik rannte Kenny weiter – und das rettete ihm das Leben.

Völlig erschöpft und außer Atem erreichte er das Ende der Gasse, wo die Zufahrt zu den Docks verlief. Weit und breit gab es nichts, wohin er sich flüchten konnte – dafür kam eine Kutsche in rasender Fahrt die Straße herab. Es war ein Zweispänner, ein Hansom Cab – Kenny erkannte sofort die charakteristische Form. Und im nächsten Moment wurde ihm klar, dass dies nicht *irgendein* Cab war, sondern das von Alice Kensington. Mit atemberaubendem Tempo schoss das Gefährt heran, erreichte ihn noch vor den Thugs.

»Schnell, spring auf!«, rief ihm jemand von der Sitzbank zu – es war Sepoy, der ein verwegenes Grinsen zur Schau trug und ihm die Hand entgegenstreckte. Kenny ergriff sie – und ohne dass die Kutsche ihre Fahrt verlangsamte, sprang er auf das Trittbrett und war im nächsten Moment außer Reichweite seiner Verfolger.

Die Thugs, denen aufging, dass sie ihre sicher geglaubte Beute verloren hatten, verfielen in wütendes Gebrüll. Zwei Schüsse krachten, die ihr Ziel jedoch erneut verfehlten – und im nächsten Moment war das Hansom Cab um die nächste Ecke gebogen und auf der East India Road, die zurückführte in den Westen der Stadt.

»Danke«, war alles, was Kenny hervorbrachte, nachdem er sich auf die Sitzbank geschleppt hatte, müde und erleichtert zugleich.

»Nicht bei mir musst du dich bedanken, sondern bei Alice«, konterte Sepoy, der nicht weniger abgekämpft aussah als Kenny. »Nachdem wir uns verloren hatten, hat sie mich zwischen den Lagerhäusern aufgelesen und vor den Thugs gerettet.«

»Alice?« Kenny blickte sich auf der Sitzbank um. »Aber wo …?«

»Dort«, sagte Sepoy nur und deutete mit dem Daumen nach oben, und als Kenny sich zur Seite beugte und am Verdeck vorbei hinaufschaute, sah er zu seiner Verblüffung Colonel Kensingtons Tochter auf dem hohen Kutschbock sitzen. Mit beiden Händen hielt sie die Zügel umklammert, die sie immer wieder schnalzen ließ, um die Pferde noch weiter anzutreiben. Der Fahrtwind hatte ihr die Mütze vom Kopf gerissen, sodass ihr langes Haar das vom Eifer gerötete Gesicht umwehte. Kenny war voll aufrichtiger Bewunderung.

»Du ... du kannst ein Hansom Cab fahren?«, rief er hinauf.

»Mein Vater hat es mir beigebracht«, erwiderte sie grinsend. »Nicht schlecht für ein Mädchen aus gutem Hause, oder?«

Das fand Kenny auch. Allmählich begriff er, dass er endgültig gerettet war und nicht den Macheten der Thugs zum Opfer fallen würde. Geschwächt, aber überglücklich ließ er sich in den weichen Ledersitz fallen, während das Hansom Cab durch Nacht und Nebel fuhr und sie nach Marylebone brachte, zurück in die sicheren Wände der Kensington-Villa.

# Indizien

»Das war *wirklich* knapp.«

Auch zwei Stunden nach den aufregenden Ereignissen an den East India Docks konnte Kenny sich noch immer nicht beruhigen. »Nicht viel hätte gefehlt und dieser Thug hätte mich aufgeschlitzt wie einen Truthahn zum Weihnachtsfest«, berichtete er zum ungezählten Mal. »Ganz ehrlich – wenn ihr nicht gewesen wärt, würde ich jetzt nicht mehr hier sitzen und Muffins essen.«

Wie um seine Worte zu unterstreichen, griff er gleich noch einmal nach dem Teller mit den köstlich duftenden Muffins, die Mrs Brunswick gebacken hatte. Nach dem überstandenen Abenteuer saßen sie alle drei im Kaminzimmer der Kensington-Villa beisammen. Ohnehin hätte keiner von ihnen ein Auge zutun können. Ganz abgesehen davon, dass sie besprechen mussten, wie sie jetzt vorgehen wollten …

»Das wäre in der Tat bedauerlich gewesen«, stellte Alice trocken fest. »Denn das hätte bedeutet, dass Sepoy und ich auch noch ein paar Muffins hätten essen müssen.«

»'tschuldigung«, sagte Kenny mit vollem Mund. »Aber du bist nicht dabei gewesen. Das war wirklich verdammt knapp. Dieser Kerl auf dem Schiff hatte den Dolch schon in der Hand, und wenn Sepoy ihn nicht so hart getroffen hätte … Was war das übrigens? Dieser Schlag, meine ich. So was habe ich noch nie gesehen …«

»Das glaube ich gern.« Sepoy lächelte matt. »Die Technik nennt sich Gatka. Es ist eine Form der Selbstverteidigung, die mein Volk über Jahrhunderte hinweg entwickelt hat.«

»Könntest du mir das beibringen?«

»Vielleicht, aber nicht heute Nacht. Jetzt müssen wir uns überlegen, was wir als Nächstes tun. Zamindar hat die Wahrheit gesagt. Es befanden sich tatsächlich Thugs auf dem Schiff, und wenn er auch mit allem anderen Recht hatte, dann droht London große Gefahr.«

»Vielleicht sollten wir doch die Polizei verständigen«, meinte Kenny. »Mit den Informationen, die wir zusammengetragen haben, sollte sogar Lasalle etwas anfangen können.«

»Und wenn nicht?«, fragte Alice. »Sollen wir das Leben meines Vaters dafür aufs Spiel setzen?«

»Ich hör wohl nicht richtig.« Kenny hob die Brauen. »Noch vor ein paar Tagen konntest du es doch gar nicht erwarten, zu den Wieseln zu gehen.«

»Und du hast noch vor ein paar Tagen behauptet, wir könnten das alles auch alleine erledigen«, konterte Alice.

»Na ja.« Kenny zuckte verlegen mit den Schultern. »Vielleicht habe ich mich ja auch geirrt.«

»Ebenso wie ich«, gab Alice sich versöhnlich. »Dennoch sollten wir so kurz vor dem Ziel nicht aufgeben.«

»*Kurz* würde ich das nicht gerade nennen«, wandte Sepoy ein. »Zwar wissen wir jetzt, dass die Thugs in der Stadt sind und hier irgendwo einen geheimen Schlupfwinkel haben. Aber wir wissen noch immer nicht, wo er sich befindet.«

»Wenn ich Idiot doch nur den Plan festgehalten hätte«, stöhnte Kenny. »Ich bin sicher, dass das Kreuz die Lage des Verstecks markiert hat.«

»Selbstvorwürfe bringen uns nicht weiter«, beschwichtigte Alice. »Ihr beide habt getan, was ihr konntet.«

»Versuch noch einmal, dich zu erinnern«, forderte Sepoy Kenny auf. »Du hattest den Plan doch für einen Moment in der Hand und hast gesehen, wo das Kreuz eingezeichnet war …«

»Schon«, räumte Kenny ein und betrachtete wieder die Karte, die Alice aus der Bibliothek ihres Vaters geholt und auf dem Tisch ausgerollt hatte, »aber ich kann mich nicht mehr genau daran erinnern. Ich weiß nur, dass es irgendwo im Osten der Stadt war …«

»In der Nähe des Flusses?«

»Nein.« Kenny schüttelte den Kopf. »Der Fluss verlief am unteren Rand der Zeichnung und das Kreuz war ein gutes Stück nördlich davon.«

»Das heißt dann wohl, dass sich das Versteck irgendwo hier befinden muss«, folgerte Alice und deutete auf den entsprechenden Teil der Karte. »Zwischen Hackney und Tower Hamlets. Das ist immerhin schon mal etwas.«

»Eben nicht«, widersprach Kenny. »Hast du eine Ahnung, wie groß diese Bezirke sind? Da gibt es nicht nur jede Menge Häuser, sondern auch unzählige Baracken, von denen jede der geheime Schlupfwinkel der Thugs sein könnte. Um alles abzusuchen, würde ein ganzes Jahr nicht reichen.«

»Dann musst du dich eben deutlicher erinnern«, entgegnete Alice in einem Anflug von Verzweiflung. »Vielleicht gab es auf der Zeichnung ja einen markanten Punkt, an dem wir uns orientieren können. Ein großes Gebäude, einen Park, eine Kirche oder …«

»Da war nichts«, beharrte Kenny. »Überhaupt sah die Karte ganz anders aus als diese hier. Der Verlauf der Straßen war ganz anders und es waren auch viel weniger. Das Einzige, was übereinstimmt, ist der Fluss.«

»Das reicht aber nicht«, konterte Alice und stemmte resolut die Arme in die Hüften. »Komm schon, streng dich an. Bis Tagesanbruch sind es nur noch ein paar Stunden, und wenn es das nächste Mal dunkel wird, steht ein voller Mond am Himmel. Ich brauche dir nicht zu sagen, was das heißt, oder?«

»Nein«, erwiderte Kenny traurig, »das brauchst du nicht. Ich würde dir ja gerne helfen, aber da war nichts. Nur der Fluss war auf der Karte eingezeichnet und ein paar Straßen und dieses Kreuz.«

»So ein Mist«, wetterte Sepoy. »Wenn ich doch nur Zeit gehabt hätte, auch einen kurzen Blick auf die Karte zu werfen ...«

»Was dann?«, fragte Kenny gereizt. »Glaubst du, du würdest dich genau erinnern? Oder besser auf dieser Karte zurechtfinden als ich?«

»Vielleicht ja«, gab Sepoy trotzig zur Antwort. »Colonel Kensington hat mir nämlich beigebracht, Landkarten richtig zu lesen, und in meiner Heimat ...«

»Wir sind hier aber nicht in deiner Heimat, sondern in London«, fiel Kenny ihm wütend ins Wort.

»Was willst du damit sagen?«

»Ganz einfach – dass du dich raushalten und dich nicht in Dinge einmischen sollst, von denen du nichts verstehst.«

»Von denen ich nichts verstehe? Du undankbarer Bengel! Ich habe dir das Leben gerettet!«

»Du mir?« Kenny schnappte nach Luft. »Wer hat dich denn aus dem Schlamm gezogen?«

»Und wer hat den Smaragd an die Thugs verloren?«, hielt Sepoy dagegen. »Wir würden gar nicht hier sitzen, wenn du nicht so verdammt selbstsüchtig gewesen wärst.«

»Ach, jetzt bin ich also schuld, ja?«, fauchte Kenny. »Und was ist mit den Thugs? Das sind schließlich deine Landsleute. Vielleicht solltet ihr Inder ja lieber in eurer Heimat bleiben.«

»Und das von jemandem, dessen Volk sich anschickt, sich auf der ganzen Welt auszubreiten. Eine britische Kolonie nach der anderen schießt aus dem Boden und mir willst du Vorwürfe machen?«

»Du indische Schmeißfliege! Trevor hatte ganz Recht. Ihr Turbanträger seid ein faules Pack und zu nichts zu gebrauchen.«

»Und du bist ein Hohlkopf, wenn du diesen Unsinn glaubst. Aber vielleicht muss ich dir ja mit der Faust Manieren beibringen.«

»Komm nur her! Meinst du denn, vor deinem Gatka-Firlefanz hätte ich Angst?«

Ihre Stimmen waren immer lauter geworden, bis sie sich zuletzt angeschrien hatten. Ihre Erschöpfung, der überstandene Schrecken und ihre Hilflosigkeit – all das entlud sich in sinnlosem Zorn. Schon schickten sich die Jungen an, aufeinander loszugehen, als Alice entschieden dazwischentrat.

»Halt!«, rief sie mit glasklarer Stimme. »Was ist los mit euch beiden? Habt ihr den Verstand verloren?«

Die Jungen hielten inne. Ihre Fäuste bebten. Die Augen funkelten hasserfüllt.

»Habt ihr nichts Besseres zu tun als über Lappalien zu streiten, während mein Vater in Lebensgefahr schwebt?«, herrschte Alice sie an. »Glaubt ihr denn, es ginge nur um euch? Die ganze Stadt ist in Gefahr. Ihr solltet euch schämen, alle beide!«

Kenny und Sepoy starrten sie an.

»Uns gegenseitig Vorhaltungen zu machen bringt uns keinen Schritt weiter«, fuhr Alice eindringlich fort. »Wenn wir eine Chance haben wollen, dann müssen wir zusammenstehen, wie wir es geschworen haben. Wir müssen ruhig bleiben und angestrengt nachdenken, vielleicht fällt uns dann eine Lösung ein.«

»Du hast Recht«, sagte Kenny leise und senkte den Blick. Es beschämte ihn, dass ausgerechnet Alice ihn daran erinnern musste, Ruhe zu bewahren – schließlich ging es um ihren Vater.

»Und was ist mit dir, Sepoy?«, fragte Alice streng.

Der Inder antwortete nicht, sondern nickte nur. Seine Miene ließ erahnen, wie sehr Kennys Worte ihn verletzt hatten.

»Also gut«, fuhr Alice fort, als wäre nichts gewesen, »dann fassen wir also zusammen: Wir wissen, dass sich der Schlupfwinkel der Thugs irgendwo im Nordosten der Stadt befindet. Markiert war er auf einem Plan mit nur wenigen Straßen, auf dem keine Gebäude oder ähnliches verzeichnet waren. So weit alles richtig?«

»Richtig«, bestätigte Kenny.

»Worin also besteht der Zusammenhang?«, überlegte Alice, während sie vor dem flackernden Kaminfeuer auf und ab ging. »Denkt nach. Es muss eine logische Erklärung für all das geben.«

»Und wenn es keine gibt?«, fragte Kenny.

»Was soll das nun wieder heißen?«, knurrte Sepoy gereizt.

»Der Einäugige sagte, er habe die Spur der Thugs bei den Docks verloren, aber das Kreuz auf der Karte war viel weiter nördlich eingezeichnet. Wie also können die Thugs auf einmal spurlos verschwunden sein? Das ist doch seltsam, oder nicht?«

»Worauf willst du hinaus?«

Kenny kratzte sich verlegen im Nacken. Er zierte sich, seinen Verdacht laut auszusprechen. »Du hast doch selbst erzählt, was die Thugs für üble Kerle sind. Dass sie einem verbotenen Kult angehören, dass sie die Göttin Kali verehren und so weiter.«

»Und?«

»Na ja – was wenn sie in der Lage sind, Dinge zu tun, die andere nicht tun können?«

»Was meinst du?«, wollte Alice wissen.

»Zum Beispiel, sich einfach in Luft aufzulösen«, antwortete Kenny ein wenig zögernd. »Oder besser gesagt, im einen Moment noch an diesem Ort zu sein und im nächsten schon ganz woanders.«

»Du meinst Magie?«, hakte Sepoy nach. »Hältst du die Thugs für Zauberer? Ist das dein Ernst?«

»Na ja«, machte Kenny erneut. »Nach dem, was ich über sie erfahren habe, traue ich ihnen alles zu.«

»Verstehe einer die Engländer.« Sepoy lachte spöttisch auf. »Im einen Moment haltet ihr euch noch für die fortschrittlichste Nation auf Erden und blickt auf alle anderen herab, und im nächsten vermutet ihr überall Zauberei und abergläubischen Hokuspokus. Lass dir eins gesagt sein, Kenny Jones: Die Thugs mögen vieles sein und zahllose Verbrechen begangen haben. Aber Zauberer sind sie ganz gewiss nicht.«

»Ist ja schon gut«, wehrte Kenny ab. »War ja nur ein Gedanke …«

»Der Gedanke war ja auch richtig, nur deine Schlussfolgerung war falsch«, sagte Alice. »Was wir brauchen, ist eine logische Antwort auf diese Fragen, die alles einschließt und zugleich …« Sie verstummte plötzlich.

»Was hast du?«, fragte Sepoy. »Alles in Ordnung?«

Alice erwiderte nichts. Sie schien tief in Gedanken versunken, fast wie der alte Zamindar während seiner Meditation. Dann hellten sich ihre Züge auf und ein triumphierendes Lächeln huschte über ihr blasses Gesicht.

»Natürlich«, flüsterte sie. »Warum nur bin ich nicht gleich darauf gekommen? Es ist so einfach …«

»Was ist einfach?«, erkundigte sich Kenny – er und Sepoy verstanden kein Wort.

»Die Zusammenhänge«, erwiderte Alice, auf die Karte deutend. »Sie waren die ganze Zeit über vor unserer Nase, wir haben sie nur nicht gesehen.«

»Wie das?«, wollte Sepoy wissen.

»Ganz einfach – wir haben immer nach Straßen gesucht, weil wir das Versteck der Thugs in einem Gebäude vermuten.«

»Na und?«

»Genau das war falsch. Was Kenny auf der Skizze gesehen hat, waren keine Straßen. Es war etwas, das auf einer gewöhnlichen Landkarte nicht eingezeichnet ist, weil es nämlich nicht an der Oberfläche, sondern ein gutes Stück darunter liegt.«

»Ein gutes Stück darunter?« Kenny schaute sie zweifelnd an.

»Aber natürlich, denkt doch nur mal nach! Was kann man nicht sehen, weil es tief unter den Straßen Londons verläuft?«

»Die Kanalisation«, flüsterte Kenny, als die Erkenntnis ihn wie ein Hammerschlag traf.

Natürlich – das war des Rätsels Lösung! Die Tunnel aus Ziegelstein, die unter den Hauptstraßen verliefen und all den Schmutz sammelten, der aus den Gassen zusammenfloss, bildeten unter der Stadt ein grobes Netz. Gut möglich, dass es das war, was er auf der Zeichnung gesehen hatte – und dass die Thugs die Kanäle als Verkehrswege benutzten ... »Natürlich«, sprach Sepoy aus, was Kenny dachte, »indem sie sich durch die Kanalisation fortbewegen, können die Thugs von einem Ort zum anderen gelangen, ohne gesehen zu werden.«

»Und es erklärt auch, wie sie in der Nacht, als Moody

Joe ermordet wurde, so schnell verschwinden konnten«, fügte Kenny hinzu. »Sie sind einfach in den nächsten Kanalschacht geklettert.«

»Also, was haltet ihr beiden von meiner Theorie?«, wollte Alice wissen. Sie verschränkte stolz die Arme vor der Brust.

»Ich denke, du hast Recht«, pflichtete Kenny ihr bei. »Die Thugs wären schließlich nicht die Einzigen, die die Kanäle benutzen. Angeblich sollen Bettler dort unten leben. Und«, fügte er schaudernd hinzu, »es gibt auch Mudlarks, die nicht im Fluss, sondern in den Kanälen nach Fundstücken wühlen ...«

»Der Verdacht ist es in jedem Fall wert, von uns überprüft zu werden«, war Alice überzeugt.

»Von uns?«, fragte Kenny.

»Habt ihr gedacht, ich ließe euch wieder alleine gehen? Ich komme diesmal natürlich mit.«

»Das kommt nicht in Frage«, widersprach Sepoy entschieden.

»Er hat Recht«, stimmte Kenny zu – ganz plötzlich waren die beiden wieder einer Meinung. »Die Kanäle sind ganz bestimmt kein Ort für ein vornehmes Mädchen.«

»Das waren die Docks auch nicht und trotzdem habe ich mich dort wacker geschlagen, oder nicht? Versucht erst gar nicht, es mir auszureden. Einmal habt ihr mich überredet, euch alleine gehen zu lassen, und wir wissen alle, was dabei herausgekommen ist. Nicht genug damit, dass man euch auf dem Schiff um ein Haar geschnappt hätte, ihr wärt auch beinahe von einer Horde Thugs ermordet worden. Dass ihr noch hier seid, habt ihr mir zu verdanken. Ist es nicht so?«

»Na ja«, machte Kenny gedehnt.

»Vielleicht zum Teil«, gab Sepoy zu.

»Also ist es beschlossen«, verkündete Alice feierlich.

»Wir werden uns auf die Suche nach dem Schlupfwinkel der Thugs machen – auch wenn es bedeutet, dass wir in die Unterwelt steigen müssen wie einst Orpheus.«

»Wer?«, fragte Kenny.

»Nicht so wichtig. Ich würde vorschlagen, dass wir uns bei Tagesanbruch auf den Weg machen.«

»Einverstanden«, sagte Sepoy. »Bis dahin haben wir Zeit, unsere Ausrüstung zusammenzustellen – wir brauchen Laternen, Seile und einen Kompass.«

»Mein Vater hat einen in seinem Arbeitszimmer, den werde ich holen«, versprach Alice. »Vorher jedoch habt ihr beiden noch etwas anderes zu erledigen.«

»Tatsächlich? Was denn?«

»Ich will, dass ihr euch die Hand gebt und euch wieder vertragt«, antwortete Alice, »und zwar augenblicklich, verstanden?«

Ihr Blick war so streng und ihr Tonfall so fordernd, dass die Jungen nicht anders konnten als zu gehorchen. Zögernd machte Kenny den Anfang. »Sepoy«, begann er leise, »es tut mir wirklich Leid. Ich weiß nicht, was in mich gefahren ist, ich …«

»Schon gut«, kam es reumütig zurück. »Ich weiß auch nicht, was mich geritten hat. Ich habe Dinge gesagt, die ich ganz bestimmt nicht so gemeint habe …«

»Ich auch nicht«, beteuerte Kenny. »Besonders nicht die Sache mit dem faulen Pack. Wollen wir einfach wieder Freunde sein?«

Sepoy sagte nichts, sondern streckte ihm nur die Hand entgegen, die Kenny dankbar ergriff und herzlich drückte. »Freunde«, sagte er dabei, und beide grinsten von einem Ohr zum anderen.

»Freunde«, bestätigte Alice und legte ihre Hand noch obendrauf.

Einen Moment lang standen sie so und genossen den Trost, den das Band ihrer Freundschaft spendete. Tief in seinem Inneren fühlte Kenny etwas, das er selbst in seinen besten Zeiten bei Moody Joe nie empfunden hatte. Es war das wohlige Gefühl von Geborgenheit und menschlicher Wärme. So, sagte er sich, musste es wohl sein, wenn man eine Familie hatte …

# In der Unterwelt

Während Sepoy und Kenny gegen Morgen noch ein paar Stunden schliefen, tat Alice kein Auge zu. Ruhelos ging sie in ihrem Zimmer auf und ab, dachte unentwegt an ihren Vater und fragte sich, wie es ihm wohl gerade ging und wo er sein mochte.

Waren sie auf der richtigen Spur? Wurde Clifford Kensington tatsächlich irgendwo tief unter den Straßen von London festgehalten? War er überhaupt noch am Leben oder hatten die Thugs ihn schon längst ...? Alice verdrängte den Gedanken, der sie an den Rand einer Panik brachte. Genau das durfte nicht passieren. Sie musste fest daran glauben, dass ihr Vater noch am Leben war, und sie musste alle Sinne beisammen haben, wenn sie ihn retten wollte. Ein heller Geist und ein wacher Verstand, das hatte der Colonel sie einst selbst gelehrt, waren die besten Waffen.

Als der neue Tag heraufdämmerte, verließ Alice ihr Zimmer und ging nach unten in das Speisezimmer, wo Kenny und Sepoy bereits warteten. Während sie ein kleines Frühstück zu sich nahmen, besorgte Webster all die Dinge, die sie auf einer Liste notiert hatten. Zwar machte der Kutscher ein seltsames Gesicht, als er zurückkam und eine hölzerne Kiste hereintrug, die Seile, Laternen, Lampenöl, Streichhölzer und noch einiges mehr enthielt, aber er stellte keine Fragen. Auch dann nicht, als Alice auf ihr Zimmer ging und kurz darauf als Junge verkleidet zurückkehrte. Sie wies ihn an, die große Familienkutsche der Kensingtons anspannen zu lassen, und schon wenig später waren die drei Freunde wieder auf dem Weg in die Docklands, entschlossen das Geheimnis der Thugs zu lüften und Colonel Kensington zu befreien.

Auf halbem Weg zur Hundeinsel, dort wo der Einäugige die Spur der Thugs verloren haben wollte, ließen sie sich von Webster absetzen. Bislang hatte der Kutscher alles widerspruchslos getan, worum Alice ihn gebeten hatte – diesmal jedoch brach er sein Schweigen.

»Miss Alice«, sagte er verlegen, »verzeihen Sie meine Frage – aber sind Sie sicher, dass alles in Ordnung ist?«

»Natürlich ist alles in Ordnung, mein Lieber«, erwiderte Alice und gab sich Mühe, unbeschwert zu klingen. »Warum denn auch nicht?«

»Nun, Ihr Verhalten in den letzten Tagen und die ständige Gesellschaft dieser beiden jungen Herren – und dazu noch die Kleider, die Sie tragen ...«

»Praktisch, nicht?« Alice nickte, als wäre es für ihresgleichen völlig normal, sich in zerschlissene Hosen und Hemden zu kleiden.

»In der Tat«, meinte Webster ein wenig säuerlich. »Allerdings frage ich mich, ob Ihr Vater damit einverstanden wäre.«

»Mein Vater«, erwiderte Alice und betonte dabei jede einzelne Silbe, »ist weder hier noch hat er irgendetwas damit zu tun. Haben Sie mich verstanden, Webster?«

»Natürlich, Miss Alice. Ich meinte nur ...«

»Mein Vater bezahlt Sie nicht dafür, dass Sie Ihre Meinung äußern. Sie haben sich lediglich um die Kutsche und die Pferde zu kümmern und mich hinzubringen, wohin ich möchte«, stellte Alice klar – der Ton, den sie dabei anschlug, war so eiskalt und herrisch, dass Kenny davon eine Gänsehaut bekam. »Und nun fahren Sie nach Hause und verlieren kein einziges Wort über diese Sache. Haben Sie verstanden, Webster? Kein einziges Wort.«

»N-natürlich, Miss Alice«, erwiderte der Kutscher erneut und verbeugte sich, ehe er sich mit versteinerter Miene abwandte, den Kutschbock bestieg und tat, was ihm befohlen worden war.

Kenny staunte. Es war das erste Mal, dass er erlebte, wie sich ein Erwachsener gegenüber einem jungen Menschen derart untertänig verhielt. Aber hier ging es nicht um das Alter, sondern um den Stand, und als Tochter eines Colonels hatte Alice nun einmal mehr zu sagen als ein einfacher Kutscher, erwachsen oder nicht.

»Armer Webster«, sagte sie bedauernd, während sie der Kutsche nachblickte, die die East India Road hinabfuhr und im morgendlichen Verkehrsgewühl verschwand. »Er ist eine treue Seele und der beste Kutscher weit und breit. Ich hätte nicht so grob zu ihm sein dürfen.«

»Du hattest keine andere Wahl«, tröstete Sepoy. »Nun wird er wenigstens nicht mehr auf den Gedanken kommen, Fragen zu stellen. Hättest du ihm die Wahrheit gesagt, wäre er sofort zur Polizei gegangen und alles wäre vergeblich gewesen.«

»Du hast Recht.« Alice nickte, aber es war ihr anzusehen, dass es ihr widerstrebte, so mit einem Dienstboten umzugehen. Sie nahm sich vor, es wieder gutzumachen, sobald sich die Gelegenheit dazu bot.

Die unauffälligen grauen Säcke mit der Ausrüstung über den Schultern überquerten die drei die Straße. Dabei mussten sie sich vorsehen, nicht unter die Räder der Kutschen und Pferdeomnibusse zu geraten, die um diese Zeit stadteinwärts fuhren. Erneut betraten Kenny, Alice und Sepoy das Viertel nördlich der East India Docks. Diesmal jedoch hatten sie es nicht auf Informationen abgesehen. Was sie wissen wollten, hatten sie bereits erfahren – nun ging es darum, ein Menschenleben zu retten …

In einer schmalen Seitengasse entdeckten sie einen Kanaldeckel. Weißer Dampf quoll daraus hervor, der sich in der Kälte des Morgens niederschlug und beißenden Gestank verbreitete.

»Wie wär's damit?«, fragte Kenny. »Das könnte der Schacht gewesen sein, in den sich die Thugs nach dem Mord an Moody Joe geflüchtet haben.«

»Von mir aus«, meinte Alice mit gerümpfter Nase. »Ich nehme nicht an, dass wir einen Einstieg finden werden, der weniger erbärmlich stinkt, oder?«

»Unwahrscheinlich«, räumte Sepoy schulterzuckend ein.

Sie luden ihre Säcke ab und packten den Inhalt aus: ein Seil und eine Laterne für jeden, dazu Streichhölzer und Öl. Sepoy und Kenny hatten außerdem Stemmeisen dabei. Mit einiger Anstrengung gelang es ihnen, damit den schweren gusseisernen Deckel aus der Fassung zu hebeln – ein dunkles Loch von etwa einem Yard Durchmesser starrte ihnen entgegen, aus dessen Tiefe ein leises Rauschen drang.

»Ich mache den Anfang«, stellte Sepoy klar und entrollte sein Seil, in welches er in regelmäßigen Abständen Knoten geschlungen hatte, genau wie in jener Nacht, als er in das Museum eingedrungen war. Ein Ende des Seils befestigte er an der dafür vorgesehenen Öse in der Einfassung des Schachts, das andere Ende warf er nach unten. Mit einem aufmunternden Lächeln verabschiedete er sich von seinen Gefährten, dann schwang er sich in den Schacht und mit katzenhaftem Geschick kletterte er am Seil hinab in die Tiefe.

Wie sie es zuvor vereinbart hatten, entzündeten Kenny und Alice eine Laterne, die sie ihrerseits an ein Seil banden und in den Schacht hinunterließen, damit Sepoy beim

Klettern Licht hatte. Im flackernden Schein sahen sie den Freund abwärts gleiten, Stück für Stück, bis er endlich den Grund des Schachts erreichte. Sepoy löste die Laterne vom Seil und stellte sie neben sich auf den Boden. Dann bedeutete er den anderen nachzukommen.

Alice war die Nächste. Um sich nicht am rauen Hanf zu verletzen, hatte sie sich lederne Handschuhe übergezogen. Ihr Blick verriet ein wenig Furcht, aber sie ließ sich davon nicht aufhalten. Mit Kennys und Sepoys Hilfe schaffte auch sie es, den Schacht hinabzuklettern, der an die drei Mannslängen tief sein mochte.

Nachdem er die verbliebene Ausrüstung in einem der Säcke verstaut und ebenfalls hinuntergelassen hatte, machte sich auch Kenny an den Abstieg, aber erst nachdem es ihm mit viel Mühe gelungen war, den Kanaldeckel von unten wieder zurück in die Einfassung zu zerren. Die anderen erwarteten ihn bereits ungeduldig. Auf dem Grund der senkrecht abfallenden Röhre verbreiterte der Schacht sich ein wenig, sodass sie alle drei Platz fanden. Und nachdem auch Alice und Kenny ihre Laternen entzündet hatten, brachen sie auf.

An den Schacht schloss sich ein Durchgang an, dessen Decke gewölbt war und so niedrig, dass sie sich bücken mussten. Die Wände des aus Backsteinen gemauerten Gewölbes waren glitschig und von Moos bewachsen. Alice stieß einen spitzen Schrei aus, als ein grünes Schlinggewächs, das von der Decke hing, ihr geradewegs übers Gesicht wischte. Noch lauter jedoch schrie sie, als sie sah, was sie jenseits des Durchgangs erwartete.

Der kurze Gang mündete in den eigentlichen Kanal – eine gemauerte Röhre, die gerade hoch genug war, dass man einigermaßen aufrecht darin stehen konnte. Auf dem Boden der Röhre gab es eine tiefe Rinne, die etwa einen

Schritt breit war und in der stinkender, dampfender Unrat dahintrieb. Und auf den Vorsprüngen zu beiden Seiten des Abwassers tummelten sich … Ratten. Mindestens zwei Dutzend der grauen Nager, von denen einige so groß wie Katzen waren, drängten sich um das Flüsschen. Ihre Augen leuchteten gelb, als der Lichtschein der Laternen sie erfasste. Fauchend bleckten sie die scharfen Zähne.

Kenny und Sepoy waren von der Gesellschaft der Tiere, die dafür berüchtigt waren, Krankheiten zu übertragen, nicht besonders angetan, erschraken jedoch nicht. Auf dem alten Clipper, den Kenny noch bis vor Kurzem bewohnt hatte, waren Ratten alltägliche Besucher gewesen, und auf dem Schiff, mit dem er als blinder Passagier nach England gekommen war, hatte Sepoy sich sogar sein Quartier mit ihnen teilen müssen. Alice jedoch konnte nicht anders als lauthals zu kreischen, als sie die Tiere gewahrte. Gellend hallte ihr Schrei durch den Tunnel – bis Sepoys Hand heranschoss und ihr den Mund zuhielt.

Indem er seine Laterne schwenkte und wild mit den Armen fuchtelte, gelang es Kenny, die Ratten zu vertreiben. Quiekend und mit trippelnden Schritten verschwanden sie in der Dunkelheit.

»Alles in Ordnung?«, erkundigte sich Sepoy bei Alice, seine Hand immer noch auf ihrem Mund.

Ihre Augen zuckten gehetzt zwischen den Jungen hin und her. Schließlich nickte sie.

»Dann werde ich dich jetzt loslassen«, kündigte Sepoy an. »Aber bitte schrei nicht mehr. Wenn Thugs in der Nähe waren, dann wissen sie jetzt, dass wir hier sind.«

»E-es tut mir Leid«, erwiderte Alice, als sie wieder sprechen konnte, und errötete. »Ich bin ein dummes Ding. Vielleicht hätte ich doch auf euch hören und zu Hause bleiben sollen.«

»Nein«, sagte Kenny entschieden. »Du hast schon oft genug bewiesen, dass du tapfer bist. Du schaffst das schon.«

»Aber die Ratten ...«

»Keine Sorge wegen dieser dämlichen Viecher – Sepoy und ich werden sie vertreiben, in Ordnung?«

»In Ordnung.« Sie lächelte zaghaft.

»Na also.« Kenny grinste. »Dann ziehen wir jetzt los und machen den Schlupfwinkel dieser Schurken ausfindig, damit wir deinen Vater endlich befreien können.«

Ein dankbares Nicken war die Antwort. Sie nahmen ihr Gepäck wieder auf und setzten ihren Weg fort, den Tunnel hinab, in dem die Ratten verschwunden waren.

Sie orientierten sich anhand des Kompasses, den Alice aus dem Arbeitszimmer ihres Vaters mitgenommen hatte. Aufgrund des kurzen Blickes, den Kenny auf die geheime Karte geworfen hatte, wussten sie, dass das Versteck der Thugs sich nördlich der Docks befinden musste; natürlich konnten sie sich nicht aussuchen, in welche Himmelsrichtung die Kanäle führten, aber wenn eine Abzweigung kam, würden sie sich stets für diejenige Röhre entscheiden, die mehr in Richtung Norden verlief.

Auf diese Weise kamen sie gut voran. Sich wenn möglich auf den Mauervorsprüngen rechts und links der Abwasserrinne haltend, drangen sie immer weiter in das System dunkler Röhren und Tunnel vor, in denen es überall blubberte und plätscherte. Nach einiger Zeit hatten sie sich sogar an den Gestank gewöhnt und konnten sich voll und ganz auf ihre Suche konzentrieren. Nur mit einem hatten sie nicht gerechnet: wie verzweigt und weitläufig das Labyrinth der Kanäle war, das unter den Straßen Londons lag.

Stunden vergingen, in denen sie durch endlos scheinende Gänge marschierten. Vor ihnen und hinter ihnen verlor sich das Licht der Laternen in absoluter Schwärze. Unterwegs sprachen sie nicht viel, da jedes Wort von den Backsteinwänden widerhallte und sich als Echo fortpflanzte. Wenn überhaupt, dann unterhielten sie sich nur flüsternd, aber auch dazu verging ihnen bald die Lust. Auf dunklen, engen Pfaden tief unter der Erde zu wandern hatte etwas Bedrückendes, und so beschränkten sie sich die meiste Zeit darauf, schweigend einen Fuß vor den anderen zu setzen.

Sepoy und Kenny übernahmen abwechselnd die Führung. Alice ließen sie stets in der Mitte gehen. Häufig kam es vor, dass die Wände eines Kanals brüchig und von Rissen durchzogen waren, und an einigen Stellen wuchsen sogar armdicke Baumwurzeln von oben herab. Gegen Mittag jedoch erreichten sie eine Stelle, wo das Deckengewölbe nachgegeben hatte und Erdreich von oben hereingebrochen war, das den Tunnel fast ganz verschüttet hatte, sodass es kein Weiterkommen gab. Nur das stinkende Rinnsal des Abwassers fand auch hier noch einen Weg.

»Sackgasse«, kommentierte Kenny. »Verdammt. Und was jetzt?«

»Hier kommen wir jedenfalls nicht weiter«, flüsterte Sepoy. »Wir müssen zurück zur letzten Abzweigung und einen anderen Weg nehmen.«

»Aber wenn das Versteck der Thugs sich ausgerechnet in diesem Kanal befindet?«, fragte Kenny. »Was dann?«

»Unwahrscheinlich«, gab Alice zu bedenken. »Wie es aussieht, ist der Einsturz schon vor längerer Zeit erfolgt – und wenn wir hier nicht durchkönnen, können die Thugs es auch nicht.«

In diesem Moment knirschte es in der Decke des Tunnels verdächtig. »Lasst uns verschwinden«, zischte Kenny.

»Ich möchte nicht drunterstehen, wenn der Rest des Tunnels auch noch einbricht.«

»Ich ebenfalls nicht«, stimmte Alice zu und hastig machten sie sich auf den Rückweg.

»Überhaupt sieht's hier unten fürchterlich aus«, schimpfte Kenny dabei. »Man muss ja froh sein, dass London überhaupt noch steht.«

»Die Kanalisation ist ein echtes Problem«, wusste Alice zu berichten. »In vielen Vierteln gibt es überhaupt kein Abwassersystem, in anderen ist es völlig veraltet und einsturzgefährdet. Aber das soll sich ändern. Erst in diesem Jahr wurde das *Metropolitan Board of Works* gegründet.«

»Was soll das denn sein?«

»Eine Abteilung der Stadtverwaltung, die sich um den Bau einer modernen Kanalisation kümmern soll.«

»Ausgezeichnete Idee«, knurrte Kenny. »Obwohl ich wetten möchte, dass noch nie einer dieser sauberen Gentlemen seinen Fuß hierher gesetzt hat.«

Dem konnte Alice nicht widersprechen, und so gingen sie schweigend weiter, bis sie die letzte Abzweigung erreichten. Dieser Arm des Kanals führte nach Westen, weshalb sie ihn zunächst gemieden hatten, nun aber folgten sie ihm bis ans Ende, wo er sich ein weiteres Mal gabelte. Die eine Abzweigung führte nach Südwesten, die andere geradewegs nach Norden.

»Wer sagt's denn?«, flüsterte Sepoy triumphierend. »Also immer weiter und nur nicht aufgeben.«

Der Marsch durch die Dunkelheit dauerte an.

Längst war es Nachmittag und die drei Freunde hätten eigentlich Hunger verspüren müssen, aber die drückende Enge und der allgegenwärtige Gestank, den sie jetzt wieder stärker wahrnahmen, sorgten dafür, dass eher das Gegenteil der Fall war. Viel hätten sie gegeben für einen

Atemzug frischer Luft, aber den suchte man tief unter der Erde vergeblich.

»Lange … können wir nicht mehr … bleiben«, stieß Alice irgendwann schwer atmend hervor. »Die Gase … sie vergiften uns allmählich. Ich habe kaum noch Kraft zum Gehen …«

»Ich auch nicht«, gab Kenny zu. »Wie geht es dir, Sepoy?«

»Ich kann fast nichts mehr sehen. Vor meinen Augen tanzen lauter helle und dunkle Flecke …«

»Trotzdem dürfen wir jetzt nicht aufgeben«, schluchzte Alice leise. »Das ist unsere letzte Chance. Die letzte Chance, meinen Vater zu finden und ihn zu retten …«

Die Jungen erwiderten nichts darauf. Sie wussten ja, dass Alice Recht hatte – aber was konnten sie tun? Ihre Schritte wurden immer kürzer, ihre Bewegungen schwerfällig. Wie lange würde es noch dauern, bis sie nicht mehr die Kraft hatten, aus dem Schacht zu klettern? Und was dann?

Einmal mehr kam der Zufall ihnen zu Hilfe, denn sie passierten eine Stelle, wo eine niedrige Röhre vom Kanal abging – aus der Kenny plötzlich einen frischen Luftzug zu spüren glaubte.

»He, wartet mal«, zischte er seinen Gefährten zu und kroch kurz entschlossen in die Röhre, die gerade groß genug war, dass er auf allen vieren gehen konnte.

Nach wenigen Yards gelangte er in einen Ausstiegsschacht. Anders als der, durch den sie in die Kanalisation gelangt waren, hatte dieser eiserne Tritte, die in die Wand eingeschlagen waren und als eine Art Leiter dienten. Durch die Löcher im Kanaldeckel strömte frische Luft herein, die Kenny dankbar in seine Lungen sog. Dann bedeutete er seinen Freunden nachzukommen.

Eine Weile standen sie so, genossen die köstliche klare Luft und spürten, wie ihre Kräfte wenigstens zum Teil wieder zurückkehrten. Sehnsüchtig blickten sie nach oben, wo durch die Öffnungen im Kanaldeckel ein blutig roter Himmel zu erkennen war.

»Seht ihr das?«, flüsterte Alice. »Der Abend dämmert bereits und wir haben noch immer nichts gefunden.«

»Geduld«, redete Sepoy ihr gut zu. »Du musst Geduld haben.«

»Geduld?« Ihre Stimme bebte. »Du hast gut reden. Ich hatte die ganze Zeit über Geduld, nun werde ich allmählich unruhig. Wenn wir nicht bald eine Spur von meinem Vater finden, wird es zu spät sein.«

»Ich weiß ...«

»Vielleicht sind wir ja auch auf der falschen Fährte«, mutmaßte Alice in einem Anflug von Panik. »Vielleicht sind wir die ganze Zeit über einem Phantom nachgejagt. Das Kreuz auf der Karte könnte sonst was bedeuten. Vielleicht haben wir nur einfach das gesehen, was wir sehen wollten – das würde erklären, weshalb wir noch immer nichts gefunden haben.«

»Das will ich nicht glauben.« Kenny schüttelte entschieden den Kopf. »Noch ist die Nacht nicht vorbei. Wir werden bleiben und weitersuchen, egal was ...«

»Egal was mit meinem Vater geschieht, meinst du?« Alice schluchzte, bittere Tränen rannen ihr übers Gesicht, die im Licht der Laternen glitzerten. »Lass gut sein, Kenny. Ich danke euch für alles, was ihr getan habt. Ihr habt es gut gemeint und euer Bestes gegeben, aber ich glaube, ich muss mich allmählich damit abfinden, dass ich meinen Vater niemals wiedersehen werde.«

»Aber Alice, wir ...«

»Nein.« Sie schüttelte den Kopf. »Mein Vater pflegte

immer zu sagen, dass ein guter Anführer seine Chancen genau einschätzen kann.«

»Kann sein«, räumte Kenny ein. »Du vergisst dabei nur zweierlei.«

»Nämlich?«

»Erstens bist du nicht unsere Anführerin. Zweitens ist es noch zu früh, um deinen Vater zu betrauern. Solange noch eine Hoffnung besteht, dass wir ihn finden, werden wir bleiben und weitersuchen.«

»Wonach denn suchen? Nach einem Versteck, das womöglich gar nicht existiert?«

»Es existiert und wir machen weiter«, beharrte Kenny trotzig.

»Warum? Weil du es unbedingt willst? Weil das alles hier ein großes Abenteuer für dich ist? Oder aus Dankbarkeit dafür, dass du zum ersten Mal in deinem Leben in einem richtigen Bett schlafen konntest?«

Kenny starrte sie aus großen Augen an. »I-ich kann nicht glauben, dass du das gerade gesagt hast«, stammelte er. Auch Sepoy blickte betroffen drein.

»Es ist aber so«, beharrte sie. »Und deshalb werde ich jetzt tun, was ich längst hätte tun sollen – nämlich aus diesem Schacht steigen, zu Inspector Lasalle gehen und ihm alles erzählen. Wenn es überhaupt jemanden gibt, der meinem Vater noch helfen kann, dann ist er es.«

»Aber – wo ist deine Entschlossenheit geblieben?«, fragte Kenny.

»Fort«, erwiderte sie nur, »und ich werde ihr folgen. Sepoy, begleitest du mich?«

»Geh doch«, fuhr Kenny sie an, noch ehe Sepoy antworten konnte. »Hau doch ab, wenn du unbedingt willst. Sepoy und ich werden jedenfalls bleiben und zu Ende bringen, was wir angefangen haben. Stimmt doch, oder?«

»Kenny«, setzte Sepoy seufzend zu einer Antwort an, »ich weiß nicht, ob ...« Plötzlich unterbrach er sich und lauschte.

»Was ist?«, fragte Alice.

»Still!« Sepoy legte den Finger auf den Mund. »Hört ihr das nicht?«

Auch Alice und Kenny horchten angestrengt, und tatsächlich vernahmen sie kurz darauf ein Geräusch, das das gleichförmige Plätschern der Kanalisation übertönte. Es waren dumpfe Schläge, die von den Tunnelwänden widerhallten und einem unruhigen Rhythmus folgten.

»Was ist das?«, flüsterte Kenny.

»Trommeln«, antwortete Sepoy.

# Trommeln in der Dunkelheit

Nachdem sie durch die Röhre zurück in den Hauptkanal geschlüpft waren, konnten sie ihn noch deutlicher hören: den dumpfen, einförmigen Trommelschlag, der durch das dunkle Labyrinth geisterte und den drei Freunden eisige Schauer über den Rücken jagte.

»Thug-Trommeln«, stellte Sepoy fest.

»Bist du sicher?«, fragte Alice.

»Ganz sicher. Das letzte Mal, als ich sie hörte, war im Dschungel, in der Gefangenschaft der Thugs. Ich werde ihren scheußlichen Klang mein Leben lang nicht vergessen. Die Thugs rufen auf diese Weise ihre Göttin Kali an.«

»Wenn wir ihre Trommeln hören können, kann der Schlupfwinkel der Thugs nicht allzu weit entfernt sein«, sagte Kenny voller Genugtuung. »Ich hatte also Recht.«

»Und ich Närrin wollte dir nicht glauben«, sagte Alice leise. »Um ein Haar hätte ich alles verdorben. Glaub mir, Kenny, es tut mir wirklich Leid ...«

»Schon vergessen.« Er grinste. »Schließlich geht es hier nicht um uns, sondern nur darum, dass wir deinen Vater finden. Richtig?«

»Richtig«, bestätigte Sepoy. »Dem Trommelklang nach zu urteilen hat die Zeremonie bereits begonnen.«

»Welche Zeremonie?«

»Die Zeremonie, in der das Grüne Herz von Kali zurückgegeben wird und Feringhar zurückkehrt«, antwortete Sepoy. »So sagte Zamindar, wisst ihr noch?«

»Allerdings.«

Auch Kenny erinnerte sich an die Worte des alten Inders und fühlte, wie leises Grauen ihn erfasste. Er merkte, dass sein Herz plötzlich schneller schlug und seine Handflächen zu schwitzen begannen.

»Hast du Angst?«, erkundigte sich Sepoy flüsternd.

»Nein«, behauptete Kenny. »Du etwa?«

»Natürlich nicht.«

»Natürlich nicht«, echote Alice und schüttelte den Kopf. »Ein einziges Mal möchte ich erleben, dass ihr Jungen es ehrlich zugebt, wenn ihr euch fürchtet. Ich gebe doch auch ganz offen zu, dass mir dieses Getrommel eine Heidenangst einflößt.«

»Du bist ja auch ein Mädchen«, erwiderte Kenny, als würde das alles erklären.

»Was soll das nun wieder heißen?«

»Still ihr beiden«, zischte Sepoy und machte eine energische Handbewegung. »Ich bin jetzt sicher, dass der Trommelschlag aus dieser Richtung kommt. Wir löschen die Laterne bis auf eine und machen uns sofort auf den Weg.«

»Verstanden«, sagte Kenny und kam der Aufforderung nach. Daraufhin setzten sie ihren Marsch fort, der Quelle des unheimlichen Trommelschlags entgegen.

Waren sie zuvor schon vorsichtig gewesen, sahen sie sich jetzt noch viel mehr vor. Sepoy, der am meisten Erfahrung darin hatte, sich auf feindlichem Gebiet zu bewegen, übernahm die Führung; wachsam spähten seine Augen in das Halbdunkel, das vor ihnen lag, damit er seine Freunde sofort warnen konnte, wenn Gefahr drohte. Ihm folgte Alice, mit blassem Gesicht und zusammengekniffenen Lippen, die zarten Hände zu Fäusten geballt. Kenny bildete die Nachhut; mit grimmiger Miene blickte er sich um und versuchte, nicht an seine eigene Furcht zu denken. So liefen sie am Abwasser entlang, und mit jedem Schritt, den sie machten, wurde der Trommelschlag ein wenig lauter. Endlich gelangten sie an eine Abzweigung; in der Kanalröhre, deren gewölbte Wände den Klang der Trommeln hundertfach zurückwarfen, war es wiederum nicht einfach festzustellen, aus welcher Richtung das Geräusch kam. Sie entschieden sich für die linke Seite – und behielten Recht damit.

Erneut folgten sie einem Tunnel, der allerdings etwas niedriger war als die anderen und auch kaum Wasser führte. In gebückter Haltung schlichen Sepoy, Alice und Kenny weiter, während der Trommelschlag in ihren Ohren dröhnte – bis der Tunnel plötzlich endete. Unmittelbar vor ihnen erhob sich eine dunkelrote Ziegelwand, die jüngeren Ursprungs zu sein schien als die Kanalisation und in die jemand ein Loch geschlagen hatte, das groß genug war, um einen Erwachsenen hindurchschlüpfen zu lassen.

»Was ist denn das?«, flüsterte Kenny verwundert.

»Sehn wir's uns an«, schlug Sepoy vor und stieg beherzt durch die Öffnung.

Kenny und Alice warteten, bis er ihnen Zeichen machte nachzukommen. Dann kletterten auch sie durch das Loch in der Wand – um sich auf der anderen Seite in einem weiteren Tunnel wiederzufinden. Dieser Tunnel war viel größer als jener, aus dem sie kamen – an die drei Mannslängen hoch und mindestens genauso breit –, und auch bei Weitem nicht so heruntergekommen. Eine Abwasserrinne gab es hier nicht, dafür verlief etwas anderes auf dem Boden der Röhre …

»Schienen!«, entfuhr es Kenny. Für einen Moment war er so verblüfft, dass er die Thugs und die Trommeln glatt vergaß. »D-das sind Eisenbahnschienen! Wie kommen denn die hierher?«

»Wir müssen uns in einem Bahntunnel befinden«, vermutete Sepoy.

»Ein Bahntunnel? Unter den Straßen von London?« Kenny schaute ihn zweifelnd an. »Das glaubst du doch selbst nicht.«

»Doch, er hat völlig Recht«, flüsterte Alice, die sich fasziniert umblickte. »Natürlich, das muss es sein …«

»Was denn?«, wollte Kenny wissen. »Wovon redest du?«

»Von der Untergrundbahn«, erwiderte Alice schlicht.

»Die Untergrundbahn?« Kenny hob ratlos die Brauen. »Was soll das sein?«

»Die Idee eines Mannes namens Charles Pearson. Vor ein paar Jahren veröffentlichte er darüber einen Artikel in der *Times*. Dabei geht es darum, all die Züge, die derzeit in der Stadt verkehren und die Londoner Luft mit ihrem Gestank verpesten, *unter* die Erde zu verlegen, in lange Tunnel, die die Stadtteile miteinander verbinden.«

»Züge, die unter der Erde fahren?«, fragte Kenny skeptisch. »Was ist denn das für ’ne dämliche Idee?«

»Typisch britisch, würde ich sagen.« Sepoy grinste.

»Pearson sagt, nur so könne verhindert werden, dass London eines Tages im Verkehr ersticke«, fuhr Alice fort. »Oberirdische Züge, Pferdebusse und Kutschen – all das wäre dann nicht mehr nötig.«

»Ist ja großartig«, meinte Kenny wenig begeistert. »Und was hat das mit den Thugs zu tun?«

»Verstehst du denn nicht den Zusammenhang? Soviel ich weiß, hat man vor einigen Jahren mit dem Graben eines Untergrundbahntunnels begonnen, um Skeptikern wie euch zu beweisen, dass die Sache funktioniert. Und natürlich hat man das im Osten der Stadt getan, wo sich die Viertel der Armen befinden und wo das Land billig ist.«

»Du meinst …?«

»Irgendwann ist der Betreibergesellschaft das Geld ausgegangen und die Bauarbeiten wurden eingestellt. Der Tunnel ist jedoch ganz offensichtlich immer noch da. Was wenn die Thugs ihn entdeckt und in Besitz genommen haben?«

»Das könnte sein«, stimmte Sepoy zu und starrte in die Schwärze, in der sich die Schienen schon nach wenigen Schritten verloren. »Zumindest würde es vieles erklären.«

»Worauf warten wir dann noch«, drängte Kenny, der es vor Aufregung kaum noch aushielt. »Schauen wir nach, ob an Alices Vermutung was dran ist.«

Sie marschierten los, und je weiter sie dem Tunnel folgten, desto heller wurde es und desto lauter wurde auch der Trommelschlag. Irgendwo dort vor ihnen brannten Fackeln, die mit ihrem flackernden Schein die Dunkelheit vertrieben.

»Licht aus«, ordnete Sepoy an, und Kenny löschte die Laterne. An die Wand gepresst schlichen sie vorwärts, während das Trommeln zu einem Tosen anschwoll, das in ihren Ohren dröhnte wie ein Gewitter. Und schließlich gesellte sich auch noch Gesang hinzu. Es waren Worte in einer fremden Sprache, deren Bedeutung weder Sepoy noch seine Begleiter verstanden. Aber ihr Klang hatte etwas Bedrohliches, das die drei bei jedem Schritt erschaudern ließ. Die bange Frage, was sie am Ende des Tunnels erwarten mochte, ließ sie den Atem anhalten – und schließlich bekamen sie die Antwort darauf.

Das Ende des Tunnels, das sich wie ein großes, aufrecht stehendes Hufeisen vor ihnen erhob, tauchte auf; dahinter schien sich ein Gewölbe zu befinden. Von dort kamen das Getrommel und der grässliche Singsang, der stets die gleichen Worte und Töne wiederholte.

»Vorsicht jetzt«, zischte Sepoy seinen Begleitern zu,

was völlig überflüssig war. Denn um nicht gesehen zu werden, waren Kenny und Alice bereits in die Hocke gegangen und krochen nun auf allen vieren weiter bis zu der Stelle, wo der Tunnel in das Gewölbe mündete. Langsam, fast widerstrebend lugten sie hinaus.

Das Gewölbe war sehr viel größer als der Tunnel – mindestens dreimal so hoch und auch so breit und an die sechzig Yards lang. Es ins Erdreich zu graben musste eine beschwerliche Arbeit gewesen sein, die an vielen Stellen nicht abgeschlossen worden war. Nur hier und dort bestanden Wände und Decke aus Ziegelsteinen; vielfach waren es nur dicke Holzbohlen und eiserne Stützen, die die Decke trugen, und überall waren nackter Fels und herabhängende Wurzeln zu sehen. Fackeln, die entlang der Wände verteilt waren, tauchten die künstliche Höhle in unstetes Licht.

»Dies sollte wohl einmal ein unterirdischer Bahnhof werden«, flüsterte Alice staunend. »An solchen Stationen sollen die Züge der Untergrundbahn Halt machen. Ich habe davon gelesen, aber ich wusste nicht, dass bereits mit dem Bau begonnen wurde …«

Die Halle war voll mit Männern, die die roten Roben und schwarzen Turbane der Thugs trugen. Sie hatten die Arme erhoben und schwenkten sie im Rhythmus der Trommeln. Dabei stimmten sie jenen schauerlichen Gesang an, den die Freunde unterwegs gehört hatten. Der Blick der Sektierer war auf die Stirnseite des Gewölbes gerichtet, wo eine rußgeschwärzte hölzerne Statue stand, die so riesig war, dass sie die Schar der Thugs weit überragte. Kenny erkannte die Gestalt mit ihren vielen Armen und Dolchen und der scheußlich verzerrten Fratze sofort: dies war Kali, die Hindu-Göttin des Todes und der Zerstörung!

»Alice?«, flüsterte er halblaut.

»Ja?«

»Du wolltest doch erleben, dass ich meine Angst offen zugebe.«

»Und?«

»Jetzt ist es so weit«, bemerkte Kenny trocken.

»Gleichfalls«, fügte Sepoy hinzu.

In der linken Brusthälfte der Statue, dort wo bei einem Menschen das Herz saß, befand sich eine Vertiefung im Holz, eine Art Nische, die jedoch leer war. Als nun der Gesang der Sektierer immer lauter wurde und der Schlag ihrer Trommeln so unerträglich anschwoll, dass Alice sich die Ohren zuhielt, betrat ein einzelner Mann das Podest, das zu Füßen der Statue errichtet worden war.

Er war wie ein Thug gekleidet und sein Turban war so gewickelt, dass er bis auf einen schmalen Sehschlitz auch das Gesicht umschloss. In seinen knochigen Händen hielt er einen Gegenstand hoch über den Kopf, der Kenny und Sepoy nur allzu bekannt vorkam – einen etwa faustgroßen, ovalen Stein, der im Licht der Fackeln grün und geheimnisvoll schimmerte.

»Das Grüne Herz von Kali«, ächzte Sepoy.

Feierlich trug der Vermummte, der innerhalb des Kults ein hohes Amt bekleiden musste, den Stein zu der Statue.

»Kali! Kali!«, riefen die Thugs im Rhythmus der Trommeln, und indem der Vermummte lauthals in ihren Gesang einfiel, setzte er den Smaragd in die dafür vorgesehene Nische in der Brust der Statue.

Daraufhin brachen die Thugs in einen kreischenden Jubelgesang aus, der von der hohen Gewölbedecke widerhallte – ein unheimliches Konzert, das den drei jungen Beobachtern das Blut in den Adern gefrieren ließ.

»Jetzt verstehe ich, warum der Stein das Grüne Herz

von Kali genannt wird«, brachte Alice unter stoßweisen Atemzügen hervor.

»Nach dem Glauben der Thugs wird durch den Stein eine Verbindung zu Kali hergestellt«, erklärte Sepoy nicht weniger aufgeregt. »Dadurch ist sie den Sterblichen gewogen und gewährt ihnen einen Wunsch – allerdings nur wenn sie zuvor durch ein Menschenopfer milde gestimmt wird …«

Er hatte kaum zu Ende gesprochen, als von der anderen Seite der Halle etwas gebracht wurde. Es war ein grob gezimmerter Käfig mit Gitterstäben aus Holz, der von mehreren Thugs getragen wurde. In dem Käfig, eingesperrt wie ein Tier, saß Colonel Kensington.

»Vater«, schluchzte Alice, und es war gut, dass Kenny und Sepoy ihr beschwichtigend die Hände auf die Schultern legten, sonst hätte sie wohl vor Zorn und Empörung laut geschrien.

Ihr Vater bot einen erbarmungswürdigen Anblick. Er war bis auf die Knochen abgemagert, sodass seine sonst so vollen und freundlichen Züge fahl und eingefallen wirkten. Seine Uniform hing in Fetzen, sein Haar war lang und in seinem Gesicht wucherte ein Ungetüm von einem Bart – dennoch hätte Alice ihn unter Tausenden sofort erkannt, auch wenn sie ihn fast ein Jahr lang nicht gesehen hatte.

Sosehr sein Zustand sie entsetzte, sosehr freute sie sich darüber, ihren Vater lebend anzutreffen. Auch Sepoy war darüber erleichtert, ebenso wie Kenny, obwohl sich abzeichnete, dass die Befreiung des Colonels schwieriger werden würde als gedacht …

Ihr ursprünglicher Plan, sich heimlich einzuschleichen, den Colonel zu befreien und ungesehen wieder zu verschwinden, war gescheitert. Was immer sie unternahmen, um Alices Vater zu befreien, würde sich vor den Augen von Dutzenden von Thugs ereignen – und was das bedeutete, brauchten sie sich nicht lange auszumalen …

»Vorschläge?«, fragte Kenny.

»Ich denke schon«, gab Sepoy zurück. »Ich werde versuchen, die Aufmerksamkeit der Thugs auf mich zu ziehen. In der Zwischenzeit befreist du den Colonel aus seinem Käfig.«

»Und was soll ich inzwischen tun?«, fragte Alice.

»Kannst du dich an den Schacht erinnern, in dem wir Luft geschnappt haben?«

»Natürlich. Was ist damit?«

»Du wirst zurückgehen und diesen Schacht benutzen, um zurück an die Oberfläche zu gelangen. Geh auf dem schnellsten Weg zur Polizei und berichte, was hier los ist.«

»Zur Polizei?«, fragte Kenny. »Aber …«

»Wir brauchen Verstärkung«, beharrte Sepoy. »Mit einem ganzen Haufen ausgewachsener Thugs werden wir allein nicht fertig. Oder bist du etwa anderer Ansicht?«

Kenny schüttelte betreten den Kopf.

»Na also, dann ist es entschieden.«

»Ist es nicht«, widersprach Alice.

»Wieso nicht?«

»Weil ich meinen Vater gerade erst wiedergefunden habe. Du kannst nicht erwarten, dass ich ihn schon wieder alleine lasse. Kenny soll gehen und die Polizei alarmieren.«

»I-ich?«, stammelte Kenny. »Aber die halten mich für einen Mörder! Man wird mir kein einziges Wort glauben.«

»Dann wirst du dir etwas einfallen lassen müssen«, konterte Alice, »denn ich habe außerdem nicht die Kraft, um den Schachtdeckel alleine anzuheben, du hingegen schon.«

»Aber …«, begann Kenny. Es kam ihm falsch vor, jetzt

die Flucht anzutreten, gerade wo es gefährlich wurde. Natürlich war ihm klar, dass sie dringend Unterstützung brauchten. Aber nach allem, was er auf sich genommen hatte, um das Versteck zu finden ...

»Bitte, Kenny«, flüsterte Alice, und zu seiner maßlosen Bestürzung hauchte sie ihm einen Kuss auf die rechte Wange. Nun konnte er erst recht nicht mehr widersprechen.

»I-in Ordnung«, erklärte er sich deshalb stammelnd bereit. »Aber ich habe keine Ahnung, wie ich die Wiesel dazu bringen soll, mir zu glauben.«

»Du wirst das schon schaffen.« Sepoy klopfte ihm ermunternd auf die Schulter. »Und jetzt mach dich auf den Weg.«

»Verstanden«, bestätigte Kenny.

Es hätte noch manches gegeben, was er Alice und Sepoy zum Abschied hätte sagen wollen – etwa dass er in ihrer Gesellschaft die aufregendsten Tage seines Lebens verbracht hatte und Sepoy der beste Freund war, den er je gehabt hatte. Aber es war weder die passende Zeit noch der rechte Ort dafür, also musste all das unausgesprochen bleiben. »Viel Glück«, sagte Kenny deshalb nur und lächelte.

»Dir auch«, kam es zurück. »Vergiss uns nicht.«

Und damit war Kenny auch schon dabei, sich in den dunklen Tunnel zurückzuziehen, fort von seinen Freunden und dem hämmernden Trommelschlag – der unvermittelt aussetzte.

Als schlagartig Stille einkehrte, glaubten Alice und Sepoy schon, sie seien entdeckt worden. Doch das abrupte Ende der Musik schien zu der schaurigen Zeremonie zu gehören. Der Käfig wurde vor das Podest getragen und dort abgestellt. Mehrere Thugs kamen und zerrten Colonel Kensington heraus. Den Blessuren nach, die sein Gesicht übersäten, war er misshandelt worden, und er konnte sich kaum auf den Beinen halten.

»Ihr gemeinen Kerle«, schluchzte Alice, als sie ihren Vater so sah. Sepoy ahnte, wie schwer es ihr fallen musste, ruhig zu bleiben. Ihre Fäuste waren geballt und sie zitterte am ganzen Körper – so wie jemand, der unmittelbar davor stand, etwas sehr Unüberlegtes zu tun …

»Ganz ruhig«, raunte er ihr zu, wobei er selbst Mühe hatte, sich zu beherrschen. Denn im nächsten Moment mussten sie tatenlos zusehen, wie der Colonel die Stufen zum Podest hinaufgetrieben wurde, wo man ihn zwang, vor dem Vermummten zu knien. In einer dramatischen Geste reckte der Anführer der Thugs die Arme nach oben und ein ehrfurchtsvolles Raunen ging durch die Reihen der Sektierer. Dann wurde es so still, dass man eine Stecknadel hätte fallen hören können, und der Vermummte erhob seine Stimme.

Zunächst sprach er in Ramasi, der geheimen Sprache der Thugs. Alice und Sepoy konnten von seinen Worten nichts außer dem Namen der Göttin Kali verstehen, den der Vermummte immer wieder rief, woraufhin die Männer in lauten Jubel ausbrachen. Indem er die Arme senkte, brachte er sie schließlich erneut zum Schweigen, und als er wieder zu sprechen begann, bediente er sich des Englischen, damit sein Gefangener ihn verstehen konnte. Dass im Verborgenen noch zwei Ohrenpaare lauschten, konnte er freilich nicht wissen.

»Dieser Vollmond«, rief er, wobei sich seine Stimme durch den Schal vor seinem Gesicht eigenartig dumpf und verzerrt anhörte, »sieht unseren Triumph! Ihr Engländer habt uns verfolgt, habt uns bekämpft und uns auszurotten versucht, aber wir sind noch immer hier, stärker und zahlreicher als je zuvor. Das Grüne Herz von Kali, das ihr unserer Göttin widerrechtlich geraubt habt, befindet sich endlich wieder dort, wo es hingehört. Kali selbst hat dafür gesorgt. Sie vernichtet unsere Feinde und schenkt uns den Sieg.«

»Kali! Kali!«, echote es aus den Reihen der Sektierer.

Colonel Kensington schien etwas erwidern zu wollen, aber er war zu schwach dazu. Der Vermummte lachte spöttisch. »Zweifelst du etwa an meinen Worten, englischer Hund? Das wäre sehr töricht von dir, denn Kali hat ihre Macht bewiesen. Nachdem es lange verloren war, ist das Grüne Herz der Göttin zu uns zurückgekehrt – und wir mussten dich noch nicht einmal dafür eintauschen.« Der Vermummte lachte erneut, so laut, dass sein Gelächter dröhnend und unheimlich von der hohen Decke widerhallte. »Dachtest du im Ernst, deine Leute würden dich befreien? Hast du tatsächlich geglaubt, dein törichter Diener würde dich retten?«

Sepoy zuckte zusammen, als von ihm die Rede war, aber er beherrschte sich und blieb in seinem Versteck. Den bangen Blick, mit dem Alice ihn von der Seite bedachte, ignorierte er.

»Heute Nacht, Kensington«, fuhr der Vermummte fort, »wirst du sterben. Aber bevor das geschieht, wirst du noch erkennen, welcher Sinn deinem nutzlosen Leben dadurch verliehen wird. Denn wie es heißt, muss ein Opfer dargebracht werden, um Kalis Herz mit Leben zu füllen – und noch in derselben Nacht, unter demselben Mond, wird Feringhar zurückkehren, das Oberhaupt dieses Kultes, das du einst schändlich hintergangen hast!«

»Feringhar! Feringhar!«, tönte es diesmal, und es klang nicht weniger unheimlich als zuvor, als die Thugs den Namen Kalis gerufen hatten. In ihrem Versteck tauschten

Alice und Sepoy einen gehetzten Blick – Zamindar hatte also Recht gehabt, als er sagte, dass der Anführer der Thugs noch am Leben und in London sei. Colonel Kensington schien die Nachricht zu überraschen. Blankes Entsetzen stand in seinen ausgemergelten Zügen geschrieben, das den Vermummten nur noch lauter lachen ließ.

»Sepoy, was sollen wir nur tun?«, fragte Alice. »Wenn wir nicht sofort etwas unternehmen, wird mein Vater vor unseren Augen sterben.«

»Ich weiß«, gab Sepoy zurück.

Die Thugs riefen immer noch den Namen ihres Anführers und im nächsten Moment gesellten sich auch wieder die Trommeln hinzu, um den Sprechgesang der Menge zu begleiten.

»Feringhar! Feringhar …«

Die Schreie und der Trommelschlag schwollen an, während der Vermummte auf dem Podest in dumpfe Beschwörungsformeln verfiel – wahrscheinlich wollte er Kali für das bevorstehende Opfer gewogen machen. Wenn Colonel Kensington nicht in wenigen Augenblicken ein grausames Ende finden sollte, dann musste jetzt gehandelt werden …

»Hör zu«, wandte sich Sepoy an Alice. »Wir werden jetzt tun, was ich vorgeschlagen habe. Du wartest hier, bis ich die Thugs abgelenkt habe. Wenn es so weit ist, dann rennst du, so schnell du kannst, zu deinem Vater. Sobald du ihn befreit hast, rennt ihr zurück zum Schacht und raus aus diesem Albtraum.«

»Und wie willst du sie ablenken?«

»Mir wird schon etwas einfallen«, erwiderte Sepoy gefasst – auch wenn er noch keine Ahnung hatte, wie er es anstellen wollte.

»Aber wenn sie dich erwischen …«, wandte Alice ein.

»Mir wird schon nichts geschehen«, meinte er. »Ich bin schon in Situationen gewesen, die weitaus schlimmer waren als das hier.«

»Bist du sicher?«, fragte Alice mit Blick auf das Chaos aus roten Kutten und brüllenden Mündern, das vor ihnen wogte.

»Selbstverständlich«, log Sepoy und zwinkerte ihr aufmunternd zu.

»Und wie soll ich wissen, wann es so weit ist?«

»Keine Sorge, das merkst du schon«, war Sepoy überzeugt. Ein verwegenes Lächeln huschte über sein Gesicht.

Alice erwiderte das Lächeln und beugte sich zu ihm, drückte ihm einen Kuss auf die Wange, wie sie es zuvor bei Kenny getan hatte. »Viel Glück, Sepoy«, flüsterte sie.

»Dir auch«, sagte er nur – und huschte davon, ohne sich auch nur noch ein weiteres Mal umzublicken. In gebückter Haltung bewegte er sich den Schienenstrang hinab. Schon nach wenigen Augenblicken hatte Alice ihn im flackernden Halbdunkel aus den Augen verloren.

Mit einem Mal fühlte sich Alice allein und verlassen. Furcht wollte sie beschleichen, aber sie ermahnte sich, dass sie sich jetzt zusammenreißen und alle Sinne beisammen haben musste. Das Podest, auf dem ihr Vater noch immer kniete und sein Ende erwartete, war nur einen Steinwurf entfernt – doch dazwischen befanden sich Dutzende fanatische und zu allem bereite Sektierer, von denen jeder einzelne Alice an Körperkraft weit überlegen war. Wenn sie an diesen Männern ungesehen vorbeikommen sollte, musste Sepoys Ablenkungsmanöver wirklich sehr gelungen sein …

Alice wusste nicht, was Sepoy vorhatte, aber sie kannte ihn inzwischen gut genug, um zu wissen, dass sie sich voll und ganz auf ihn verlassen konnte. Also zwang sie sich zur Ruhe und wartete. Ihr Pulsschlag raste dabei, ihre Handflächen schwitzten, ihre Kehle war trocken und rau. Sie war so sehr darauf bedacht, den rechten Moment nicht zu verpassen, dass sie nicht merkte, wie sich das Verderben näherte.

Alice sah den Schatten nicht, der sich in ihrem Rücken anpirschte. Als sie den Gleisschotter hinter sich knirschen hörte, fuhr sie herum – aber es war bereits zu spät. Eine Hand schoss aus der Dunkelheit und packte sie …

# Gefangen!

Sepoy ahnte nichts davon.

Wie ein Tiger auf der Pirsch schlich er sich an die Thugs heran, die ihm den Rücken zuwandten und auf das Podest starrten, wo der Vermummte stand und die Göttin Kali beschwor. Die Sektierer antworteten mit dumpfem Sprechgesang, der unheilvoll durch den Tempel hallte.

Indem er sich in den Schatten hielt und den Bahndamm als Deckung nutzte, arbeitete sich Sepoy voran. Sein Herz schlug heftig dabei, aber er verbannte jeden Gedanken an Furcht und dachte nur an Alices Vater, der gerettet werden musste. Einst hatte Colonel Kensington ihm sehr geholfen. Er hatte ihn von der Straße geholt und ihm zu essen und ein Heim gegeben, und in all den Jahren war er für ihn fast wie ein Vater gewesen. Nun war es für Sepoy an der Zeit, sich dafür zu revanchieren …

Plötzlich setzten die Beschwörungen der Thugs wieder aus. Gespannte Stille trat ein und der Vermummte griff an seinen Turban, um ihn abzuwickeln. Sepoy wusste nur zu gut, was er vorhatte – nämlich Alices Vater auf grausame Thug-Art zu ermorden. Der Colonel schien zu geschwächt, um sich dagegen zu wehren, und es erschütterte Sepoy, seinen Dienstherrn so zu sehen.

Der Clifford Kensington, den er in Indien zurückgelassen hatte, war ein Mann von eisernem Willen und großem Mut gewesen – nun jedoch schien der Colonel nur noch ein Schatten seiner selbst zu sein. Jeder Glanz war aus seinen Augen gewichen, resigniert fügte er sich in sein Schicksal und erwartete seinen Tod. Beklommen fragte sich Sepoy, was die Thugs Colonel Kensington angetan haben mochten, um seinen Lebenswillen derart zu brechen, und er merkte, wie sich unbändige Wut in seinem Inneren zusammenballte – Wut, die er brauchte, um zu tun, was er im nächsten Moment tat.

Mit einem mächtigen Satz sprang Sepoy hinter dem Bahndamm hervor und griff einen Thug an, der in der hintersten Reihe stand. Der Mann, der in seinem religiösen Wahn wie weggetreten war, wusste nicht, wie ihm geschah, als er plötzlich gepackt und nach hinten gerissen wurde. Im nächsten Moment explodierte Sepoys Faust auch schon an seinem Kinn und ließ ihn bewusstlos zu Boden sinken.

Mit einem raschen Blick vergewisserte sich Sepoy, dass niemand den Zwischenfall bemerkt hatte. Offensichtlich waren die Thugs so in ihre unheimliche Zeremonie vertieft, dass sie um sich herum nichts mehr wahrnahmen. Kurzerhand beraubte Sepoy den Bewusstlosen seiner Kutte und zog sie sich selbst über. Auch den Turban nahm er ihm ab und setzte ihn auf. Zwar war ihm das elende Ding viel zu groß und rutschte ihm über die Ohren bis tief ins Gesicht, aber es würde genügen, um ihn zumindest auf den ersten Blick als Thug durchgehen zu lassen. So verkleidet wagte sich Sepoy näher an die Versammlung heran – und einen Sekundenbruchteil bevor sich der Vermummte den Schal vom Gesicht reißen konnte, um Colonel Kensington damit zu erwürgen, griff Sepoy in das Geschehen ein.

Er wusste, dass er die Aufmerksamkeit der Thugs schlagartig auf sich lenken musste, und das gelang ihm, indem er den erstbesten Satz, der ihm in den Sinn kam, laut und heiser herausschrie: »God save the Queen!*«

Die vier Worte platzten in die unheilschwangere Stille, die sich in der Höhle ausgebreitet hatte, und sie verfehlten ihre Wirkung nicht. Sofort ließ der Vermummte von seinem Turban ab.

»Wer hat das gesagt?«, schrie er auf Englisch, worauf unter den Thugs Unruhe ausbrach.

Gehetzt schauten sich die Sektierer um. Da Sepoys Ruf von der hohen Gewölbedecke widerhallte, war nicht ohne Weiteres festzustellen, woher er gekommen war. Und da Sepoy sich zudem mit der Tracht des Feindes getarnt hatte, wurde er auch nicht sofort entdeckt, zumal er sich scheinbar an der Suche beteiligte. Innerhalb weniger Sekunden schlug die Verblüffung der Thugs in Zorn um. Wütende Rufe wurden hier und dort laut, Fäuste wurden geballt und Macheten gezückt.

»Ein Ungläubiger befindet sich in unseren Reihen!«, brüllte der Vermummte. »Findet ihn und bringt ihn zu mir, auf dass Kalis Zorn ihn treffe und ihn bestrafe!«

Mit hasslodernden Blicken spähten die Thugs umher. Spätestens jetzt war auch der Letzte aus der Benommenheit erwacht, in die sie sich mit ihren Gesängen und Beschwörungen selbst versetzt hatten, und es war nur noch eine Frage der Zeit, bis sie den Feind in ihrer Mitte aufspüren würden. Sepoy wusste das und wollte sich wieder auf die andere Seite der Schienen zurückziehen – was sich als Fehler erwies. Denn der Blick eines Thugs, der ihn sonst vielleicht nur gestreift hätte, blieb so an ihm haften. Mit einem unsicheren Lächeln versuchte Sepoy die Situation zu entschärfen, aber dadurch machte er sich erst recht verdächtig. Schon zeigte ein anklagender Finger auf ihn und der Mund des Thugs öffnete sich zu einem lauten Schrei. Noch ehe er jedoch dazu kam, stürzte sich Sepoy auf ihn.

Eine Folge blitzschneller Gatka-Schläge ließ den Mann zurücktaumeln, geradewegs in die Reihen seiner ohnehin schon aufgebrachten Kumpane. Einige der Sektierer kamen zu Fall, andere fuhren herum, um zu sehen, was es gab. Wenn es die ungeteilte Aufmerksamkeit seiner Feinde gewesen war, die Sepoy gewollt hatte – jetzt besaß er sie. Wutblitzende Augenpaare richteten sich von allen Seiten auf ihn, von einem Moment zum anderen war er eingekreist.

»Das ist der Ungläubige! Ergreift ihn und bringt ihn zu mir!«, befahl der Vermummte – und seine Anhänger gehorchten ohne Zögern.

Den ersten Thug, der auf ihn losging, wehrte Sepoy mit einem gekonnten Manöver ab. Auf einem Bein um die eigene Achse wirbelnd, stieß er mit dem anderen Bein zu und traf seinen Gegner, der mit einem überraschten Schrei zurücktaumelte. Dann jedoch hatten die übrigen Thugs Sepoy erreicht, und sie waren zu zahlreich, als dass er gegen sie eine Chance gehabt hätte.

»Lasst mich los, ihr Schurken!«, schrie er aus Leibeskräften, aber er war machtlos gegen die Hände, die von allen Seiten heranschossen und ihn packten. Erbarmungslos rangen sie ihn zu Boden und legten ihm Fesseln an, ehe sie ihn hoch in die Luft hoben und zum Podest beförderten. Dabei trugen sie ihn nicht, sondern reichten ihn lediglich weiter, sodass der zappelnde und schreiende Sepoy das Gefühl hatte, über ein Meer schwarzer Turbane zu schwimmen.

Irgendwann fuhren zwei grobe Pranken auf Sepoy herab und packten ihn, schleuderten ihn auf das Podest, wo er hart aufschlug und für einen Moment benommen liegen blieb. Die zornigen, hasserfüllten Rufe der Thugs nahm Sepoy nur noch wie durch einen dichten Nebel wahr. Er wusste, er war verloren. Einmal war er der Gefangenschaft der Fanatiker entronnen, ein zweites Mal würden sie ihn nicht so einfach laufen lassen. Sein einziger Trost bestand darin, dass sein Plan aufgegangen war und er die Thugs abgelenkt hatte. Auf diese Weise musste es Alice gelungen sein, ihren Vater zu befreien und ...

Wie groß war Sepoys Entsetzen, als er aufblickte und feststellte, dass Colonel Kensington noch immer vor dem Vermummten kniete, der aus der Nähe noch viel gefährlicher aussah! Was war geschehen? Weshalb hatte Alice ihren Vater nicht befreit?

»Sepoy«, stieß Colonel Kensington hervor, als er seinen treuen Diener erkannte. Seine Stimme hörte sich matt und brüchig an. »Verdammt, Junge, was machst du hier?«

»W-wir wollten Sie befreien, Sir«, stammelte Sepoy.

»Törichter Junge.« Colonel Kensington schüttelte den Kopf. »Was hast du dir nur dabei gedacht?«

»E-es tut mir Leid, Sir«, beteuerte Sepoy und war den Tränen nah, nicht aus Angst um sich selbst, sondern aus Scham darüber, dass er versagt hatte. »Ich wollte nicht, dass es so kommt ...«

»Nein, Sepoy – mir tut es Leid. Ich hätte dich niemals in diese Sache hineinziehen dürfen. Alles ist meine verdammte Schuld ...«

»Rührend, wirklich«, spottete der Vermummte, der mit herrisch verschränkten Armen über ihnen stand. Noch immer hatte er seinen Turban nicht abgenommen, sodass von seinem Gesicht nach wie vor nur die Augen zu sehen waren, die hochmütig auf die Gefangenen herabstarrten (und die Sepoy irgendwie bekannt vorkamen).

»Wüsste man es nicht besser, würde man annehmen, nicht Herrn und Diener, sondern Vater und Sohn vor sich zu haben. Aber du hast ja gar keinen Sohn, Kensington, sondern eine Tochter, habe ich Recht?«

»Elende Mistkerle«, zischte der Colonel. »Mit mir

macht, was ihr wollt, aber sie werdet ihr in Ruhe lassen, verstanden? Sie hat euch nichts getan und weiß nichts von diesen Dingen ...«

»Ich fürchte, da irrst du dich«, widersprach der Vermummte. »Deine Tochter ist außerordentlich gut informiert, Kensington. Sie weiß, dass du ein Spion der Krone warst und dich an der Verfolgung der Thugs beteiligt hast. Und es war gar nicht nötig, sie zu behelligen – denn zuvorkommenderweise ist sie von ganz alleine zu uns gekommen ...«

Er deutete zur gegenüberliegenden Seite des Podests, wo zwei seiner Schergen damit beschäftigt waren, einen Jungen, der sich heftig wehrte, auf die Plattform zu zerren. Sepoys Herz wollte vor Schreck aussetzen, als ihm klar wurde, wer der Junge war ...

»Was hat das zu bedeuten?«, fragte Colonel Kensington, den die Gefangenschaft zu sehr geschwächt hatte, als dass er erkannt hätte, wer sich hinter der Verkleidung des Jungen verbarg.

»Das will ich dir sagen«, versprach der Vermummte – und riss dem Jungen mit einem Ruck die Mütze vom Kopf. Langes braunes Haar quoll darunter hervor, das ein vor Zorn und Erregung gerötetes Gesicht umrahmte. Die Fäuste geballt und das Kinn angriffslustig vorgereckt, stand Alice Kensington vor dem Anführer der Thugs, der sich darüber sehr zu amüsieren schien.

»Sieh an«, meinte er hohnlachend, »wen haben wir denn da eingefangen?«

»Alice«, keuchte Colonel Kensington – zu mehr war er nicht in der Lage. Die Erkenntnis, dass sich auch seine Tochter in den Fängen der Thugs befand, stürzte ihn in abgrundtiefe Verzweiflung.

»Vater!« Es gelang Alice, sich von ihren Bewachern loszureißen. Sie stürzte zum Colonel und fiel bei ihm auf die Knie, umarmte ihn, während Tränen ungehemmt über ihre Wangen rannen. »Ich bin so froh, dass du lebst. So froh …«

»Wirklich sehr berührend, so eine Familienzusammenführung«, höhnte der Vermummte. »Schade nur, dass sie nicht von langer Dauer sein wird. Denn schon in Kürze, meine jungen Freunde, werdet ihr Colonel Kensingtons Schicksal teilen und sterben …«

Damit warf er den Kopf in den Nacken und brach in schallendes Gelächter aus. Seine Verbündeten fielen mit ein – und Sepoy hatte das Gefühl, dass selbst die Statue der Göttin Kali, in deren Brust das Grüne Herz glomm, voller Schadenfreude auf sie herabblickte.

# Vom Regen in die Traufe

Nur unter Aufbietung all seiner Kräfte gelang es Kenny, den gusseisernen Kanaldeckel aus seiner Halterung zu stemmen und zur Seite zu schieben. Nicht sehr weit – gerade so, dass man durch die entstandene Öffnung hindurchschlüpfen konnte.

Indem er die rostigen Eisentritte als Leiter benutzte, hatte Kenny den Schacht in Windeseile erklommen. Der dumpfe Schlag der Thug-Trommeln hatte ihn dabei begleitet und ihm klar gemacht, dass die Zeit drängte. Sogar jetzt noch, als Kenny nach draußen in die kalte Nachtluft stieg, meinte er den Klang der Trommeln zu hören.

Gehetzt blickte sich Kenny um – nur um festzustellen, dass er keine Ahnung hatte, wo er sich befand. Sobald seine Freunde und er die Trommeln gehört hatten, waren sie ihnen gefolgt und hatten nicht mehr auf den Kompass geblickt. Folglich hatte Kenny keinen Schimmer, wo genau sich der unterirdische Tempel befand, den die Thugs in einem halbfertigen Untergrundbahnhof eingerichtet hatten.

Ringsum herrschte dichter Nebel, dahinter zeichneten sich niedrige Gebäude ab, die die Bezeichnung »Häuser« kaum verdienten. Alice hatte Recht gehabt. Die Erbauer der Untergrundbahn hatten ihr Projekt tatsächlich in einer Gegend begonnen, in der die Ärmsten der Armen wohnten. Hier einen Polizisten zu suchen war ungefähr so, als versuchte man eine Nadel im Heuhaufen zu finden. Dennoch lief Kenny los, die von Baracken gesäumte Straße hinab. Er dachte an Alice und Sepoy, die dort unten in der Höhle geblieben waren und sich auf ihn verließen. Es musste ihm gelingen, Hilfe zu holen – warum nur war nie ein Constable in der Nähe, wenn man einen brauchte?

Ziellos hastete Kenny durch die Nacht, sah Nebelschwaden und brüchige Ruinen – aber weit und breit keine Spur von einem Polizisten. Der Gedanke, lauthals um Hilfe zu rufen, kam ihm in den Sinn, aber er verwarf ihn rasch wieder. Schließlich konnte er nicht sicher sein, dass nicht noch weitere Thugs in der Gegend waren. Wenn sie ihn fassten, war alles verloren, also biss er die Zähne zusammen und rannte weiter. Der Vollmond ließ den Nebel geheimnisvoll leuchten und erinnerte Kenny auf Schritt und Tritt daran, dass dies die Nacht der Entscheidung war. Entweder sie schafften es, Colonel Kensington zu befreien, oder er würde den neuen Tag nicht mehr erleben – und was mit Alice und Sepoy geschehen würde, wenn die Thugs sie entdeckten, daran mochte Kenny lieber gar nicht denken.

Warum nur, fragte er sich, musste die Verantwortung immer auf seinen Schultern ruhen? Er war nur ein einfacher Mudlark und hatte mit dieser Sache eigentlich nicht das Geringste zu tun. Aber inzwischen wünschte er sich nicht mehr, den Smaragd niemals gefunden zu haben. Denn ohne den Stein wäre er Sepoy nicht begegnet und ohne Sepoy wiederum nicht Alice Kensington.

Die kalte Nachtluft lag wie Blei auf seinen Lungen und schon bald bekam Kenny Seitenstechen, aber er lief unbeirrt weiter. Nur wenige Menschen waren in den dunklen Straßen unterwegs – hier und dort grölten ein paar Betrunkene, und in dunklen Nischen kauerten Obdachlose, die Kenny aus blicklosen Augen anstarrten. Sie alle würden sterben, wenn die Thugs mordend durch die Straßen zogen. Kenny musste die Polizei alarmieren, nicht nur um seine Freunde zu retten, sondern auch um ganz London vor einer Katastrophe zu bewahren.

Wie lange er so durch die nächtlichen Straßen des East Ends irrte, wusste er später nicht mehr zu sagen. Jedes Gefühl für Zeit ging ihm verloren, während er immer weiterrannte und nach Polizisten Ausschau hielt – vergeblich. Es war zum Verzweifeln! Gerade in dieser Nacht schien nicht ein einziger Constable auf Patrouille zu sein. Wo mochten die Ordnungshüter nur alle stecken?

Irgendwann merkte Kenny, dass seine Knie weich wurden – dafür kam ihm die Gegend allmählich bekannt vor. Seine Schritte wurden schleppend, keuchend blieb er stehen, gönnte sich eine kurze Rast. Die nächste Polizeistation, von der er wusste, befand sich in Wapping, unten am Fluss. Aber zu Fuß war es mindestens eine halbe Stunde dorthin und er war am Ende seiner Kräfte. Plötzlich ein Geräusch, nur eine Kreuzung entfernt: Es war das Wiehern eines Pferdes, das durch die Nacht hallte. Kenny horchte auf. Wo es ein Pferd gab, da gab es auch einen Reiter oder eine Kutsche – und wo es eine Kutsche gab, da gab es auch eine Mitfahrgelegenheit … Mit eisernem Willen brachte er sich dazu, noch bis zur nächsten Straßenecke zu gehen und einen Blick auf die Kreuzung zu werfen. Er hatte inständig gehofft, dass es ein Pritschenwagen oder eine Hackney-Kutsche sein würde, auf deren Trittbrett er mitfahren konnte. Aber was er sah, übertraf seine Erwartungen bei Weitem.

Ein Gefängniswagen der Polizei hatte vor einer schäbigen Spelunke angehalten. Mehrere Constables (dort also waren sie abgeblieben) waren im blassen Schein einer Gaslaterne dabei, drei Betrunkene abzuführen, denen sie Handschellen angelegt hatten. Kenny wusste nicht, was die Männer verbrochen hatten, und es war ihm auch egal – ihn interessierten nur die Polizisten. »He!«, rief er erleichtert und winkte, schleppte sich humpelnd die

Straße hinab. »Sirs, bitte helfen Sie mir! Das ist ein Notfall!«

»Ein Notfall?« Gerade hatten die Polizisten den dritten Gefangenen in den Wagen verfrachtet. Einer der Uniformierten drehte sich zu Kenny um. »Was für ein Notfall denn, Junge? Ist deinem Alten vielleicht der Fusel ausgegangen?« Er lachte über seinen eigenen Scherz.

»Nein, Sir.« Kenny schüttelte den Kopf. »Bitte hören Sie mir zu, es ist sehr wichtig. Meine Freunde und ich haben unweit von hier ein geheimes Versteck der Thugs entdeckt. Ich wurde losgeschickt, um Hilfe zu holen, aber meine Freunde sind noch dort und sie schweben in großer Gefahr, genau wie Colonel Kensington, der ...«

»Moment mal, Junge«, schnitt der Polizist ihm barsch das Wort ab. »Was redest du da für wirres Zeug? Thugs gibt es nur in Indien, weißt du das nicht? Außerdem hat die britische Armee ihnen schon vor Jahrzehnten das Handwerk gelegt.«

»Das denken Sie«, sprudelte es aus Kenny hervor, »aber das stimmt nicht. Die Thugs gibt es noch immer, und sie sind hier, in dieser Stadt, in diesem Moment. Sie planen ein Menschenopfer und wollen anschließend mordend durch die Straßen von London ziehen.«

»Was du nicht sagst.« Der Constable grinste mitleidig. »Hast wirklich eine lebhafte Fantasie, Junge. Aber jetzt verschwinde, ehe ich dir eine Tracht Prügel verpasse.«

»Aber hören Sie doch, ich sage die Wahrheit«, beteuerte Kenny. »Es handelt sich um eine Verschwörung! Eine indische Verschwörung ...«

»Einen Augenblick«, ließ sich ein anderer Polizist vernehmen. »Bist du nicht vor ein paar Tagen bei Scotland Yard gewesen? Warst du nicht der Bengel, den Lasalle des Mordes verdächtigt hat?« Der Polizist trat vor, und als das

Licht der Gaslaterne auf sein Gesicht fiel, wurde Kenny klar, dass er den Mann kannte – es war der Constable, der ihm bei seinem ersten Aufenthalt in Scotland Yard die Ketten angelegt und ihn bewacht hatte, bis der Inspector eingetroffen war.

Kenny versuchte erst gar nicht zu leugnen. »Ja, Sir, aber das war ein Missverständnis. Die Thugs sind die wahren Mörder von Moody Joe, und sie sind es auch, die hinter dem Smaragd her waren, der aus dem Museum gestohlen wurde.«

»Der Diebstahl im Britischen Museum? Du weißt davon?«

»Natürlich weiß ich davon! Ein wertvoller Edelstein wurde gestohlen, das Grüne Herz von Kali. Dahinter stecken die Thugs, die den Stein brauchen, um ihren Anführer Feringhar zurückkehren zu lassen.«

»Ich verstehe, Junge«, sagte der Polizist.

»Was denn?« Sein Kollege hob die Brauen. »Glaubst du das Geschwätz dieses Grünschnabels etwa?«

»Keine Spur.« Der andere schüttelte den Kopf. »Aber ich bin sicher, dass Lasalle gern ein Wörtchen mit ihm reden wird.«

»Lasalle?«, fragte Kenny. »Ist er denn auch hier?«

»Nein«, entgegnete der Polizist lauernd, während er sich bereits anschickte, Kenny zu ergreifen, »aber wir werden dich zu ihm bringen, das verspreche ich dir …«

Kenny wich zurück, um dem Griff des Constables zu entgehen, aber zwei seiner Kollegen hatten sich schon von hinten an ihn herangeschlichen und packten ihn. Alles Zappeln und Zetern half nichts – Kenny wurde festgenommen und erneut in Handschellen gelegt.

»Werft ihn zu den Betrunkenen in den Käfig«, ordnete der Polizist an. »Soll Lasalle sich um die kleine Ratte kümmern. Der Junge scheint etwas über den Diebstahl im Museum zu wissen, und ich möchte mir nicht nachsagen lassen, einen Verdächtigen laufen gelassen zu haben.«

»Aber nein«, widersprach Kenny, während die Uniformierten ihn bereits zum Gefängniswagen schleppten. »Warum hören Sie mir nicht zu? Ich sage Ihnen doch, es geht um Leben und Tod! Wir haben keine Zeit zu verlieren! Meine Freunde sind in größter Gefahr, und Feringhar, der Anführer der Thugs, steht kurz vor seiner Rückkehr ...«

»Kann schon sein.« Der Polizist griff in die Tasche seiner Uniformjacke und beförderte eine Taschenuhr zu Tage, auf die er einen prüfenden Blick warf. »Und ich stehe kurz vor Dienstschluss«, konterte er, sehr zur Erheiterung der anderen Constables.

Dann wurde der Gefängniswagen geöffnet und Kenny kurzerhand hineingeworfen. Geräuschvoll fiel die Tür hinter ihm ins Schloss und wurde verriegelt – und Kenny fand sich inmitten dreier Männer wieder, die nach Schnaps stanken und auf dem strohbedeckten Boden schnarchend ihren Rausch ausschliefen.

»Aber ich sage die Wahrheit«, unternahm er einen letzten, verzweifelten Versuch. »Warum wollen Sie mir denn nicht glauben ...?«

Aber die Polizisten antworteten nicht mehr, und im nächsten Moment trabten die Pferde an, um den Wagen nach Whitehall Place zu ziehen, ans andere Ende der Stadt. Niedergeschlagen fragte sich Kenny, wie es seinen Freunden wohl gehen mochte ...

# Die Maske fällt

Die Thugs hatten ihre Zeremonie unterbrochen. Zusammen mit Colonel Kensington hatte man Alice und Sepoy in einen Stollen gebracht, der von der Haupthalle abzweigte, jedoch nur einige Yards tief war. Rostige Eisenstäbe verschlossen den hinteren Teil der Sackgasse, sodass sie ein ideales Gefängnis bildete. Dort hinein hatte man die drei Gefangenen gesteckt und dort erwarteten sie ihr düsteres Schicksal.

»Die Trommeln haben ausgesetzt«, stellte Sepoy fest, der vorn an den Gitterstäben stand und sie umklammerte. »Was mag das bedeuten?«

»Dass die Thugs sich noch beraten«, war Colonel Kensington überzeugt. »Sie werden sich fragen, wie sie möglichst viel Kapital aus dieser Situation schlagen können. Vielleicht werden sie wenigstens Alice gegen Lösegeld wieder freilassen.«

»Ich will aber nicht freigelassen werden«, widersprach Alice, die bei ihrem Vater kniete, der zusammengesunken auf dem feuchten Boden kauerte. »Ich will bei dir bleiben, Vater.«

Sie beugte sich vor und umarmte ihn. Der Colonel erwiderte ihre Umarmung. Seine Uniformjacke hatten die Thugs ihm weggenommen, sein Hemd war schmutzig grau und hing in Fetzen. Zusammen mit dem wilden Bart, der in seinem Gesicht wucherte, ließ ihn das kaum besser aussehen als die Obdachlosen, die im East End auf der Straße lebten.

»Mein Kind«, flüsterte Colonel Kensington. »Du weißt

nicht, was du sagst. Die Thugs sind ebenso unberechenbar wie grausam.«

»Aber ich will bei dir bleiben«, beharrte sie schluchzend. »Ich habe alles getan, um dich zu finden, Vater. Ich lasse dich nicht wieder los.«

»Meine liebe Alice.« Auch in die Augen des Offiziers traten Tränen, was Sepoy tief erschütterte. Es war das erste Mal, dass er Colonel Kensington weinen sah, und es zeigte, wie ausweglos ihre Lage war. »Nie hatte ein Mann eine mutigere Tochter als dich«, sagte der Colonel, »und niemals einen treueren Diener.«

»Nein, Sir«, flüsterte Sepoy traurig. »Bitte sagen Sie so etwas nicht, Sie beschämen mich. Ich habe alles falsch gemacht. Hätte ich mich beim Diebstahl des Smaragds nicht erwischen lassen, wäre all das nicht passiert. Dann hätte ich den verdammten Stein gegen Sie eintauschen können und wir würden nicht hier sitzen und …«

»Unsinn«, widersprach der Colonel. »Die Thugs hatten niemals vor, sich an die Abmachung zu halten. Sie wollten von Anfang an den Stein *und* meinen Tod. Aber ihr hättet niemals versuchen dürfen, mich zu befreien.«

»Das war mein nächster Fehler«, gestand Sepoy niedergeschlagen. »Ich hätte niemals Ihre Tochter in die Sache hineinziehen dürfen. Bitte verzeihen Sie mir.«

»Mein Junge« – der Colonel schüttelte müde den Kopf–, »da gibt es nichts zu verzeihen. Hättest du Alice nicht um Hilfe gebeten, hätte man dich ins Gefängnis gesteckt oder noch Schlimmeres. Und ich kenne meine Tochter gut genug, um zu wissen, dass nichts und niemand ihr etwas ausreden kann, das sie sich in den Kopf gesetzt hat.« Er schenkte ihr ein mattes Lächeln. »Wenn jemanden die Schuld an all dem hier trifft, dann mich. Ich bin es, der den Zorn der Thugs auf sich gezogen hat, ihr habt nichts damit zu tun. Und das werde ich ihnen klar machen, und wenn es das Letzte ist, was ich tue.«

»Was hast du vor, Vater?«, rief Alice entsetzt. »Bitte lass uns nicht allein. Du kannst nicht …«

Weiter kam sie nicht, denn in diesem Moment kamen mehrere Gestalten den kurzen Gang herab. Es war der Vermummte, der von einigen seiner Leute begleitet wurde – grimmig aussehende Männer in roten Roben und mit Macheten in den Händen. Vor dem Gitter blieben sie stehen und der Maskierte ließ ein kehliges Lachen vernehmen.

»Sieh an«, höhnte er. »Vater und Tochter sind also endlich wieder glücklich vereint.«

»Sie elendes Scheusal«, ereiferte sich Alice. »Lassen Sie uns sofort frei oder …«

»Oder was?«, fragte der Thug. »Willst du mir etwa drohen? Es ist immer dasselbe mit euch Engländern. Selbst jetzt noch haltet ihr euch für die Herren der Welt.«

»Das ist nicht wahr«, widersprach Sepoy entschieden. »Colonel Kensington und seine Tochter sind nicht so, wie Sie sagen, sonst hätten sie mich wohl kaum in ihr Haus aufgenommen und mir ein Heim und eine Familie gegeben. Sie respektieren jeden Menschen, egal welche Hautfarbe er hat oder woran er glaubt.«

»Denkst du das wirklich?« Der Vermummte schnaubte verächtlich. »Dann bist du nicht nur ein Verräter, sondern auch ein verdammter Dummkopf. Dieser Mann dort« – er deutete auf den Colonel – »hat geholfen, die Thugs zu jagen und zu vernichten. Das Blut zahlloser Männer klebt an seinen Händen.«

»Das bestreite ich nicht«, knurrte Colonel Kensington, »aber diese Männer hatten viele unschuldige Menschen auf dem Gewissen. Diese Menschen waren ebenfalls Inder, Hindus und Sikhs, aber das hat euch nicht davon abgehalten, sie umzubringen.«

»Was wir getan haben, taten wir im Auftrag unserer Göttin Kali«, erwiderte der Thug.

»Unsinn. Ihr habt es nur getan, um euch zu bereichern. Ihr seid nichts als Mörder und Diebe, und stünde ich vor der Wahl, noch einmal zu tun, was ich getan habe, so würde ich keinen Augenblick zögern. Ihr verdient es nicht besser, als dass ihr am Galgen endet.«

»Nur weiter so.« Erneut lachte der Vermummte. »Jedes Wort, das du sagst, bringt dich deinem Ende einen Schritt näher.«

Colonel Kensington wollte etwas erwidern, aber Alice ließ es nicht dazu kommen. »Bitte, Vater«, flehte sie, »sprich nicht weiter. Sie werden dich sonst töten ...«

»Das werden sie ohnehin tun«, erwiderte der Colonel gefasst, »denn sie wollen Rache und nur zu diesem Zweck haben sie mich gefangen. Aber wenn sie nur einen Funken Ehre im Leib haben, so werden sie sich nicht an zwei wehrlosen Kindern vergreifen.«

»Kinder? Ich sehe hier keine Kinder – nur zwei Feinde, die es zu bekämpfen gilt. Sie wurden mehrfach gewarnt, die Thugs nicht herauszufordern, und haben es dennoch getan. Nun sollen sie die Folgen tragen.«

»Bitte«, rief Colonel Kensington, »lasst wenigstens meine Tochter am Leben! Was sie getan hat, tat sie aus Liebe zu mir ...«

»Und was wir getan haben, taten wir aus Liebe zu Kali«, konterte der Vermummte. »Dennoch kannte die britische Armee kein Erbarmen mit uns, also erwarte nun auch kein Erbarmen von mir, Kensington. Schon in Kürze wird die Zeremonie fortgesetzt, und dann wird es nicht nur ein Opfer sein, das wir unserer Göttin in der Nacht des Vollmonds darbringen. Eines frage ich mich allerdings …«

»Was?«, wollte Colonel Kensington wissen.

»Ich frage mich, wo der Dritte im Bunde geblieben ist«, erwiderte der Thug und wandte sich an Sepoy. »Waren es nicht drei kleine Ratten, die den Colonel befreien wollten? Wo ist Nummer drei abgeblieben?«

Sepoy merkte, wie sich etwas in seinem Magen verkrampfte. »Ich habe keine Ahnung, wovon Sie sprechen«, behauptete er – aber der Thug lachte nur.

»Gib dir keine Mühe, es zu leugnen, Junge. Ich weiß, dass ihr zu dritt gewesen seid, also frage ich dich noch einmal: Wo ist euer junger britischer Freund geblieben? Treibt er sich ebenfalls hier in den Stollen herum?«

Sepoy und Alice tauschten einen betroffenen Blick, während sie sich fragten, wie der Anführer der Thugs von Kenny erfahren haben konnte. Die Sache hatte aber auch etwas Tröstliches, denn nun wussten sie, dass Kenny den Sektierern entkommen war …

»Er ist geflohen«, behauptete Alice geistesgegenwärtig. »Als er die Trommeln hörte, bekam er es mit der Angst zu tun. Er ist davongelaufen, der Feigling.«

»Sagst du auch die Wahrheit?« Die Augen des Thugs verengten sich zu schmalen Schlitzen, während er Alice kritisch musterte.

»Zweifeln Sie etwa an meinen Worten?«

»Eigentlich nicht. Es sieht euch Engländern ähnlich, dass die Mädchen mehr Mut haben als die Jungen. Ihr seid ein schwaches Volk, das zum Untergang verurteilt ist – ihr wisst es nur noch nicht.«

»Sie dagegen scheinen alles zu wissen«, erwiderte Alice mit einer Schlagfertigkeit, die sie selbst überraschte. »Sie waren über unsere Anwesenheit in der Höhle nicht besonders überrascht. Und woher, in aller Welt, wissen Sie von Kenny?«

Der Vermummte lachte abermals – ein böses Lachen voller Hohn. »Ihr dummen, nicht wissenden Kinder! Könnt ihr euch das nicht längst denken? Völlig unvorbereitet seid ihr in dieses Abenteuer hineingerannt, ohne die Folgen zu bedenken oder auch nur im Geringsten zu ahnen, mit wem ihr es zu tun habt ...«

Noch während er sprach, griff er an seinen Turban, um nun endlich seine Maske fallen zu lassen. Atemlos vor Spannung schauten Sepoy, Alice und Colonel Kensington ihm dabei zu – und erschraken, als sie sahen, wer sich darunter verbarg.

»Feringhar«, entfuhr es Colonel Kensington, als er seinen totgeglaubten Erzfeind zum ersten Mal nach so vielen Jahren wiedersah – Sepoy und Alice hingegen erkannten in den von Falten zerfurchten Gesichtszügen jemand ganz anderen.

»Zamindar!«, riefen sie wie aus einem Munde – und jäh wurde ihnen klar, dass sie einen verhängnisvollen Fehler begangen hatten ...

# Ein Freund in der Not

Und du erwartest, dass ich dir das abnehme?«

Kenny Jones hatte das Gefühl, dass sich sein Leben wiederholte. Wieder saß er im Büro von Desmond Lasalle, wieder hatte er unter tausend Wahrheitsbeteuerungen berichtet, was er wusste – und wieder schien ihm der Inspector nicht ein einziges Wort zu glauben.

Mit dem Gefängniswagen hatte man Kenny quer durch die Stadt zu Scotland Yard gebracht, wo die Constables ihn vor Lasalle geführt hatten. Der war nicht wenig überrascht gewesen Kenny zu sehen – und diesmal schien er wild entschlossen, ihn nicht wieder laufen zu lassen …

»Nur um sicherzugehen, dass ich alles verstanden habe«, fasste der Inspector zusammen. »Deine Freunde und du, ihr wollt also ein unterirdisches Versteck entdeckt haben. Eine Art Tempel, in der indische Thugs ihrer Göttin Kali ein Menschenopfer darbringen wollen.«

»Nicht irgendein Opfer«, verbesserte Kenny, »sondern Colonel Clifford Kensington, Befehlshaber der königlich-britischen Kolonialarmee in Indien.«

»Natürlich, ich vergaß.« Lasalle lächelte entschuldigend. »Deswegen ist auch die junge Miss Kensington mit von der Partie gewesen, nicht wahr? Und deshalb kannte sie auch diesen indischen Herumtreiber – Sepuk, Sepak oder wie er heißt.«

»Sepoy«, verbesserte Kenny.

»Wie auch immer. Sepoy ist also nach London gekommen, um Miss Kensingtons Vater aus der Gefangenschaft der Thugs auszulösen, und dabei bist du ihm zufällig begegnet.«

»Kann man wohl sagen«, bejahte Kenny – dass Sepoy zuvor ins Britische Museum eingedrungen war, um einen Diebstahl zu begehen, hatte er geflissentlich ausgelassen.

»Und was hat das alles mit dem gestohlenen Smaragd zu tun?«, kam Lasalle dennoch darauf zu sprechen. »Die Constables sagten, du wüsstest etwas über den Einbruch ins Britische Museum ...«

»Das stimmt«, bestätigte Kenny. »Die Thugs haben einen wertvollen Smaragd in ihren Besitz gebracht, den sie das Grüne Herz von Kali nennen. Er hat große Bedeutung für sie, denn durch seine Kraft wollen sie Feringhar zurückkehren lassen.«

»Feringhar«, echote Lasalle.

»Den berüchtigten Anführer der Thugs«, erklärte Kenny.

»Ich weiß durchaus, wer Feringhar war«, schnarrte der Inspector, »und ich weiß auch, dass er schon vor vielen Jahren für tot erklärt wurde. Er starb beim Kampf um den großen Thug-Tempel, lange bevor du Grünschnabel überhaupt geboren wurdest.«

»So?«, fragte Kenny herausfordernd. »Waren Sie dabei? Haben Sie seine Leiche gesehen?«

»Nein, aber ich habe die Protokolle des zuständigen Offiziers gelesen und die sind absolut glaubwürdig. Jedenfalls sehr viel glaubwürdiger als das, was eine schmutzige kleine Straßenratte behauptet.«

»Ich behaupte ja auch nicht, dass die Pro... Proko...«

»Protokolle«, verbesserte Lasalle unwirsch.

»Ich behaupte ja nicht, dass die Dinger lügen«, drückte Kenny sich anders aus, »aber vielleicht ist Feringhar damals ungesehen entkommen. Die Thugs jedenfalls sind überzeugt davon, dass er noch lebt. An Bord eines Schiffes, das *Star of India* heißt, soll er nach London gekommen sein.«

»Die *Star of India*?« Lasalle horchte auf. »Ist das nicht der Segler, der vergangene Nacht gebrannt hat? Habt ihr etwa auch damit etwas zu tun?«

»N-nein«, beeilte sich Kenny zu versichern und errötete. »Verstehen Sie denn nicht, was ich Ihnen zu sagen versuche, Inspector? Es ist Vollmond heute Nacht und das bedeutet, dass die Thugs eines ihrer grässlichen Rituale abhalten werden. Sie werden Colonel Kensington umbringen, wenn Sie nichts dagegen unternehmen, und Feringhar wird zurückkehren und die Führung der Sekte übernehmen. Es ist eine Verschwörung, Inspector, verstehen Sie das nicht?«

»Natürlich verstehe ich – eine indische Verschwörung, um genau zu sein.« Lasalle nickte und zwirbelte seinen Schnurrbart. »Ich muss zugeben, das habt ihr euch alles sehr schön ausgedacht.«

»Ausgedacht, Sir?«

»Gewiss. Glaubst du denn, ich würde das ganze Theater nicht durchschauen? Sepuk und du habt euch das doch nur ausgedacht, um von den Ermittlungen abzulenken, die gegen euch im Gange sind.«

»Er heißt Sepoy«, verbesserte Kenny – und konnte nicht verhindern, dass ihm Zornesröte ins Gesicht schoss.

»Sepoy oder Sepuk – es macht keinen Unterschied. Letztlich sind diese Inder alle gleich. Lügner und Kriminelle, einer wie der andere.«

»Lügner und Kriminelle, was?« Kenny grinste freudlos. »Und Sie wollen behaupten, dass vor dem Gesetz jeder gleich wäre?«

»Hüte deine vorlaute Zunge. Ich habe mir deine Frechheiten und Lügengeschichten lange genug angehört. Es wird Zeit, dass ich endlich durchgreife – und diesmal wird dir auch deine vornehme Freundin nicht helfen können. Ich werde einen Brief an Miss Kensingtons Vater in Indien schicken, in dem ich ihn über die ungeheuren Vorgänge hier in Kenntnis setze. Er wird nicht sehr erfreut darüber sein, dass seine Tochter mutwillig die Arbeit der Polizei stört. Aber darum soll er sich kümmern – dich hingegen werde ich mir persönlich vornehmen.«

Kenny musste tief durchatmen, um ruhig zu bleiben. In seinem noch kurzen Leben war er vielen Erwachsenen begegnet – aber keiner von ihnen war auch nur annähernd so stur, so eingebildet, so rechthaberisch und so selbstgefällig gewesen wie Desmond Lasalle.

»Sie können keinen Brief an Colonel Kensington schreiben«, probierte er es ein letztes Mal.

»Natürlich nicht, weil der Colonel ja hier in London und ein Gefangener der Thugs ist, richtig?«

»Richtig«, stöhnte Kenny. Er hatte alles versucht, um Lasalle zu überzeugen, aber der Inspector schien entschlossen, sich von keinem Argument der Welt beeindrucken zu lassen. Er hatte noch nicht einmal den Versuch unternommen, Kennys Worten Glauben zu schenken.

»Das reicht jetzt«, schnaubte Lasalle stattdessen. »Ich habe mir deine Geschichten jetzt lange genug angehört. Das kannst du alles dem Richter erzählen – aber erst nachdem du eine Nacht in der Zelle verbracht hast. Das wird dein erhitztes Gemüt ein wenig kühlen.«

»Nein!«, widersprach Kenny ebenso entschieden wie verzweifelt. »Wenn diese Nacht vorbei ist, dann wird Colonel Kensington nicht mehr am Leben sein! Bitte, Sir! Meine Freunde verlassen sich auf mich!«

»Wie dumm von ihnen.« Lasalle lächelte dünn. »Jeder weiß doch, dass auf einen Mudlark kein Verlass ist.«

Er schlug auf die kleine Glocke, die auf seinem Schreibtisch stand, und kurz darauf platzte die Tür des Büros auf und zwei Constables erschienen. »Sie haben gerufen, Sir?«

»Gentlemen, dieser junge Mann wird die Nacht über unsere Gastfreundschaft genießen«, verkündete der Inspector genüsslich. »Geben wir ihm eine Einzelzelle, damit er es sich gemütlich machen und über die Ereignisse des vergangenen Tages nachdenken kann.«

»Zu Befehl, Sir«, schnarrten die Polizisten und traten vor, um Kenny abzuführen – aber der hatte nicht vor, die Nacht im Gefängnis zu verbringen. Für einen Augenblick tat er so, als wollte er sich in sein Schicksal fügen. Ruhig wartete er ab, bis die Polizisten heran waren. Als sie sich jedoch zu ihm herunterbeugten, um ihn zu ergreifen, da sprang er auf, wirbelte auf dem Absatz herum, und ehe sie auch nur begriffen, was vor sich ging, war er schon an ihnen vorbei und zur Tür hinaus.

»Verdammt, wo ist er hin?«, hörte man einen der Polizisten fluchen.

»Das fragen Sie noch, Sie Idiot?«, wetterte Lasalle. »Er ist zur Tür hinaus! Los, fangen Sie ihn gefälligst wieder ein ...!«

Kenny konnte die stampfenden Schritte der Constables hören, aber er drehte sich nicht nach ihnen um. In Windeseile rannte er zur Treppe und stürmte die Stufen hinab. Da er sich nun schon zum dritten Mal im Gebäude von Scotland Yard aufhielt, kannte er den Weg nach draußen. Mit fliegenden Schritten eilte er den Korridor hinunter zu der schweren Eichentür, die von zwei weiteren Constables bewacht wurde.

»Halt! Wohin willst du?«, riefen sie ihm schon von Weitem zu.

»Ein Überfall!«, schrie Kenny so laut und entsetzt, wie er nur konnte. »Zwei Einbrecher, die als Constables verkleidet sind, haben Inspector Lasalle überfallen.«

»Was?« Schon der Klang von Lasalles Namen genügte, um die Polizisten Haltung annehmen zu lassen. Offenbar war der Inspector bei seinen Leuten nicht weniger gefürchtet als bei den Ganoven, und die Furcht vor ihm war es wohl, die die Wachen alle Vorsicht vergessen ließ. »Wo sind die Einbrecher jetzt?«, wollten sie wissen.

»Dort«, rief Kenny und deutete hinter sich in den nur spärlich beleuchteten Gang. »Da kommen sie! Sie müssen aufgehalten werden, um jeden Preis! Befehl vom Inspector!«

»Verstanden.«

In der festen Überzeugung, damit in Lasalles Sinne zu handeln, zückten die Constables ihre Schlagstöcke und eilten den Gang hinab, ihren Kollegen entgegen. Kenny wartete nicht ab, bis sie dahinterkamen, dass er sie überlistet hatte – er riss die Tür auf und stürmte hinaus. Eilends überquerte er den Innenhof und war im nächsten Moment auch schon zum Tor hinaus.

Wieder einmal leistete der Nebel wertvolle Dienste: Wie ein Vorhang zog er sich hinter Kenny zu, während dieser in Richtung Charing Cross hastete. An der großen Kreuzung herrschte auch um diese späte Stunde noch reger Verkehr, und es würde nicht schwierig sein, eine Kutsche zu finden, die Richtung East End fuhr und auf die er aufspringen konnte. Daran, dass er mit seiner Flucht das Gesetz gebrochen und sich außerdem äußerst verdächtig gemacht hatte, dachte Kenny nicht. Auch nicht daran, dass schon bald in ganz London nach ihm gesucht werden würde. Seine einzige Sorge galt seinen Freunden. Was konnte er jetzt noch für sie tun? Zur Polizei konnte er nicht mehr gehen, im Gegenteil – er würde um jeden Constable einen weiten Bogen machen müssen.

Im Laufen dachte Kenny fieberhaft nach. Für einen Moment überlegte er, die Mudlarks um ihre Mithilfe zu bitten, aber gegen die Übermacht der Thugs hätten auch sie nichts ausrichten können. Wer also blieb noch übrig? Wer würde ihm glauben, was sich tief unter den Straßen des East Ends zugetragen hatte? Wer verfügte über genügend Macht und Einfluss, um seine Freunde und Colonel Kensington retten zu können?

Plötzlich kam Kenny ein Gedanke. Abrupt blieb er stehen und griff suchend in seine Hosentasche. Vielleicht, mit etwas Glück – vorausgesetzt natürlich, er hatte sie nicht verloren … Nein, da war sie! Unversehrt und so gut wie neu – die Visitenkarte, die ihm der freundliche Gentleman bei seinem ersten unfreiwilligen Aufenthalt in Scotland Yard zugesteckt hatte.

Kenny erinnerte sich noch gut an die Worte des Fremden: »Wenn du in Schwierigkeiten geraten solltest und Hilfe brauchst, zögere nicht, zu mir zu kommen.«

Nun, Kenny *war* in Schwierigkeiten, in ziemlich großen sogar, und wie es aussah, war der freundliche Herr seine letzte Hoffnung. Das Problem war nur, dass Kenny nicht lesen konnte und folglich auch nicht wusste, was die Buchstaben auf dem Kärtchen zu bedeuten hatten. Andererseits – er war hier im West End, wo die noblen und reichen Leute wohnten. Vielleicht fand er ja jemanden, der ihm sagen konnte, was auf der Karte stand …

So schnell er nur konnte, rannte er nach Charing Cross. Wie er erwartet hatte, war dort auch zu nächtlicher Stunde noch allerhand los: Pferdekutschen verkehrten zwischen der Pall Mall und den noblen Vororten Pimlico und Belgravia und vom nahen Bahnhof konnte man das Pfeifen und Stampfen der Züge hören. Auch die Bürgersteige waren dicht bevölkert – hier stand ein Leierkastenmann und dort ein Blumenmädchen; auf der anderen Straßenseite bot ein Schuhputzer seine Dienste an und direkt daneben verkaufte jemand frische Bratwürste. Der würzig heiße Duft stieg Kenny in die Nase und erinnerte ihn daran, dass er seit Stunden nichts gegessen hatte. Aber er verdrängte das Hungergefühl schnell wieder, schließlich gab es jetzt Wichtigeres als seinen knurrenden Magen.

»Entschuldigen Sie, Sir«, sprach er den nächstbesten Gentleman an – einen vornehm aussehenden Herrn, der Gehrock und Zylinder trug und einen Spazierstock mit Messingknauf dabei hatte. »Könnten Sie mir bitte helf…?«

»Verschwinde, Bengel«, beschied der Mann ihm barsch. »Bei mir hast du kein Glück, elender Taschendieb.«

»Aber Sir, ich bin kein Taschendieb«, versicherte Kenny. »Ich wollte nur …«

»Verschwinde, hab ich gesagt!« Der Mann holte mit dem Stock aus, um nach ihm zu schlagen, und Kenny sah ein, dass es besser war, zu flüchten. Er verschwand in der Menge und eilte weiter. Bei einem untersetzten kleinen Mann mit grauem Bart versuchte er abermals sein Glück.

»Bitte, Sir«, begann er wieder, »könnten Sie vielleicht …«

»Hau bloß ab, du elender Dieb«, blaffte der kleine Mann mit verkniffener Miene. »Oder soll ich die Polizei rufen?«

Das wollte Kenny auf gar keinen Fall, also zog er sich kleinlaut zurück. Während er noch überlegte, wer von den ungeheuer wichtig aussehenden Herren vielleicht bereit sein könnte, einem Straßenjungen einen Gefallen zu erweisen, wurde er plötzlich angesprochen.

»He, du!«

Kenny schaute sich verwundert um.

»Ja, genau! Der Junge in den dreckigen Fetzen.«

Damit konnte nur Kenny gemeint sein – nachdem er den ganzen Tag in der Kanalisation verbracht hatte, starrten seine Kleider förmlich vor Schmutz. Vom Geruch ganz zu schweigen …

»Hier drüben bin ich.«

Endlich sah Kenny, wer ihn angesprochen hatte. Es war eine junge Frau, die langes rotes Haar hatte und trotz der feuchten Kälte und des Nebels nur ein Seidenkleid mit kurzen Ärmeln trug, das auch schon ziemlich abgetragen wirkte. Ihre Gesichtszüge mit den künstlich geröteten Wangen waren freundlich und auf ihre Art war sie sehr hübsch (wenn auch nicht so wie Alice). Kenny erkannte sofort, dass es sich um eines der vielen Londoner Freudenmädchen handelte.

»Na, komm her, ich beiß dich nicht«, rief sie und winkte Kenny heran. Der war so froh, zur Abwechslung mal ein Lächeln geschenkt zu bekommen, dass er der Aufforderung nachkam.

»Wie heißt'n du?«, wollte die junge Frau wissen.

»Kenny. Kenny Jones. Und du?«

»Sally. Ich beobachte dich schon 'ne Weile. Was hast'n da in der Hand?« Sie deutete auf das Kärtchen.

»Ach das. Das ist eine Visitenkarte«, erklärte Kenny. »Ich wollte einen der feinen Herren bitten, sie mir vorzulesen. Aber die dachten alle, ich wollte sie beklauen.«

»Na ja, kann ich ihnen nicht verdenken«, erwiderte Sally grinsend. »Vielleicht kann ich dir ja helfen.«

»Du kannst lesen?« Kenny blickte bewundernd zu ihr auf.

»Einigermaßen.« Sie zuckte mit den Schultern. »Da ich beruflich des Öfteren mit gebildeten Herren zu tun habe,

habe ich mir das eine oder andere von ihnen beibringen lasse.« Kenny hatte das Gefühl, dass ihre Stimme plötzlich traurig klang.

»Na, dann los«, meinte er und gab ihr die Karte. Sally nahm sie entgegen und starrte angestrengt auf die Buchstaben. Eine Falte bildete sich auf ihrer Stirn, und es war ihr anzusehen, wie schwer es ihr fiel, aus den Zeichen zusammenhängende Wörter zu bilden. Schon fürchtete Kenny, sie hätte zu viel versprochen und könnte ihm doch nicht helfen – als sich ihre Züge plötzlich wieder aufhellten.

»Ich hab's«, verkündete sie feierlich und lächelte, als befände sie sich nicht auf der Straße, sondern auf der Bühne eines Theaters. »Willst du wissen, was da steht?«

»Unbedingt«, versicherte Kenny. »Es ist wirklich sehr wichtig.«

»Wahrscheinlich bist du doch ein Taschendieb, denn anders kann ich mir nicht erklären, wie du an das Ding gekommen bist«, antwortete Sally tadelnd. »Die Karte gehört einem gewissen Charles Dickens und er ist von Beruf Schriftsteller …«

# Die indische Verschwörung

Feringhar für die einen, Zamindar für die anderen«, entgegnete der alte Inder und setzte jenes rätselhafte Lächeln auf, das er auch an dem Tag in seinem Laden zur Schau getragen hatte.

»Elender Verräter!«, zischte Sepoy und spuckte aus.

»Ich ein Verräter?« Das Lächeln verschwand aus Zamindars Zügen. »Hüte deine vorlaute Zunge, mein junger Freund, du könntest sie sonst verlieren. Der Verräter bist du, denn du hast dich diesem da« – er deutete auf Colonel Kensington – »als Diener angetragen und leugnest deine Herkunft und deine Bestimmung.«

»Welche Bestimmung?«, sagte Sepoy bitter. »Etwa unschuldige Menschen zu berauben und zu ermorden?«

»Nur so verhindern wir, dass Kali zu uns kommt und die Welt vernichtet«, erwiderte der Anführer der Thugs. »Es ist die Pflicht eines wahren Gläubigen.«

»Nein.« Sepoy schüttelte den Kopf. »Kein Gläubiger, sei er nun Hindu, Sikh, Moslem oder Christ, kann es als seine Pflicht ansehen, unschuldige Menschen zu töten. Was Sie tun, tun Sie nur für sich selbst, um Ihren Durst nach Rache zu stillen.«

»Sieh an.« Zamindar bedachte ihn mit einem schwer zu deutenden Blick. »So viel Mut und so viel Eifer spricht aus dir, mein junger Freund – und zugleich so viel Dummheit. Wärst du beizeiten zu mir gekommen, hätte unter der rechten Anleitung durchaus etwas aus dir werden können. So hingegen bist du mir nichts weiter als ein nützliches Werkzeug gewesen.«

»Ich? Ein Werkzeug?«

»Gewiss – oder glaubst du, ich hätte eure Pläne und Absichten nicht vom ersten Augenblick an durchschaut, als ihr an jenem Tag bei mir wart?«

»Allerdings nicht«, war Alice überzeugt, »sonst hätten Sie uns ja wohl kaum von der *Star of India* erzählt.«

Zamindar lachte nur. »Törichtes, eingebildetes Gör. Dein Verstand ist offenbar zu klein, um mein Genie zu begreifen.«

»Er hat uns etwas vorgelogen, Alice«, erklärte Sepoy, der voll und ganz verstanden hatte. »Er hat uns ein Theater vorgespielt, weil er uns aushorchen wollte. Er wollte wissen, wie viel wir bereits herausgefunden hatten.«

»Und nicht nur das«, sagte der Anführer der Thugs. »Es ging mir auch darum, euch in eine Falle zu locken und euch das Spionieren ein für allemal auszutreiben. Nur aus diesem Grund habe ich euch von dem Schiff erzählt. Ich wollte, dass ihr dorthin geht.«

»Aber nicht, dass wir entkommen, oder?«, fragte Sepoy mit einem Lächeln der Genugtuung.

»Eure Flucht war nicht vorgesehen«, räumte Zamindar ein, »und jene, die schuld daran waren, haben bereits mit ihrem Leben dafür gebüßt. Aber ich dachte mir, dass ihr früher oder später hier auftauchen würdet. Alles, was ich zu tun brauchte, war abzuwarten und auf die Beute zu lauern wie eine Spinne in ihrem Netz – und ihr seid blindlings in meine Falle gelaufen.«

»Dann war also tatsächlich alles gelogen«, flüsterte Alice, der in diesem Moment aufging, wie dumm und naiv sie gewesen waren – und wie gerissen ihr Gegner. Wenn nicht einmal die mächtige britische Armee die Thugs hatte besiegen können, welche Chance hatten dann drei Halbwüchsige gehabt?

»Nein, nicht alles«, antwortete Zamindar. »In einer Hinsicht habe ich euch die Wahrheit gesagt. Mein Bruder wurde tatsächlich getötet, aber nicht von den Thugs – sondern von diesem hier.« Sein knochiger Finger deutete anklagend auf Colonel Kensington.

»Das ist nicht wahr«, widersprach der entschieden.

»Es *ist* wahr«, beharrte der alte Inder, »und du weißt es noch nicht einmal. Wie auch? Beim Kampf um den Tempel verloren so viele Thugs ihr Leben, dass du unmöglich alle gekannt haben kannst. Wer nicht von den Briten erschossen wurde, der wurde gefangen genommen und später gehängt.«

»Es waren Mörder, einer wie der andere, und wenn dein Bruder zu ihnen gehörte, dann hatte er es nicht besser verdient«, erwiderte der Colonel hart. »Wer keine Gnade zeigt, der hat auch keine Gnade zu erwarten.«

»Sieh an«, erwiderte Zamindar, »da sind wir ausnahmsweise einer Meinung. Und weil das so ist, Kensington, kannst auch du nicht auf meine Gnade hoffen. Ebenso wenig wie deine Tochter und dein Diener. Beide werden zusammen mit dir sterben – und das hast du einzig und allein dir selbst zuzuschreiben.«

»Verfluchter Barbar«, presste Colonel Kensington hervor und machte Anstalten, sich auf die Beine zu raffen. »Wenn diese Gitterstäbe nicht wären ...«

»Was dann?«

»Dann würde ich dir zeigen, wie ein Engländer zu kämpfen versteht.«

»Nein danke«, wehrte Zamindar ab. »Das habe ich bereits gesehen. Ich erinnere mich noch gut an britische Kanonen, die ohne Vorwarnung das Feuer auf uns eröffnet haben. Sehr ehrenvoll, wirklich.«

»Es war Krieg«, verteidigte sich der Colonel.

»Es ist immer noch Krieg«, hielt Zamindar grinsend dagegen. »Was hast du erwartet, Kensington? Gewalt bringt immer nur Gewalt hervor. Aber tröste dich – ihr werdet nicht die letzten Opfer sein, die dieser Krieg fordert. Noch viele weitere werden folgen, über die das Empire bittere Tränen vergießen wird.«

»Was haben Sie vor?«, wollte Alice beklommen wissen.

»Sobald die Zeremonie beendet und Feringhar offiziell zurückgekehrt ist, wird er seine Anhänger zu einem Rachefeldzug führen, wie ihn die Geschichte noch nicht erlebt hat«, rief Zamindar mit glänzenden Augen. »Singend werden die Thugs durch Londons Straßen ziehen und ihre Schals und ihre Macheten werden getränkt sein von englischem Blut.«

»Ihr werdet nicht weit kommen«, prophezeite Colonel Kensington. »Die Polizei und die Armee werden euren Feldzug zerschlagen, noch ehe er richtig begonnen hat.«

»Glaubst du das wirklich?« Zamindar grinste. »Was denkst du, wie viele Kanäle es unter dieser Stadt gibt? Wie weit verzweigt die Röhren und Tunnel sind, die sich unter den Straßen erstrecken? Es existiert kein Plan, auf dem alle Kanäle verzeichnet sind, die Thugs jedoch haben jeden Winkel genau erforscht. Dadurch können wir uns unbemerkt fortbewegen und in jedem beliebigen Viertel der Stadt zuschlagen, um anschließend einfach wieder zu verschwinden.«

»Und wenn schon«, meinte der Colonel. »Früher oder später wird man euch auf die Schliche kommen und euren Schlupfwinkel ausheben, genau wie damals.«

»Vielleicht«, räumte Zamindar ein. »Aber dann wird es bereits zu spät sein.«

»Zu spät?«, fragte Alice. »Zu spät wofür?«

»Was denkt ihr wohl? London wird nur der Anfang

sein. Die Nachricht vom Marsch der Thugs durch die Hauptstadt des Feindes wird sich wie ein Lauffeuer in den Kolonien verbreiten und es wird überall zu blutigen Aufständen kommen.«

»Davon träumt ihr doch nur«, schnaubte Colonel Kensington. »Das Empire wird nicht wanken, nur weil ein paar Wahnsinnige mordend durch die Straßen Londons ziehen.«

»Es fragt sich, wer hier träumt, Kensington. Vielleicht ist dir ja entgangen, dass es in Indien an allen Ecken und Enden brodelt und gärt. Man ist unzufrieden mit den britischen Kolonialherren und will sich nicht länger bevormunden lassen. Überall werden Rufe nach Aufstand laut. Vielleicht, Kensington, ist ja die britische Weltherrschaft nur ein Traum ...«

»Wir werden jeden Aufstand entschlossen niederschlagen«, war der Colonel überzeugt. »Die britische Armee hat viele tapfere Offiziere und Soldaten, die sich mit aller Macht zur Wehr setzen werden.«

»Anfangs, sicher«, gab Zamindar zu. »Aber was, wenn die Flamme des Aufstands auf das ganze Land übergreift? Wie viele Brandherde werdet ihr löschen, an wie vielen Orten gleichzeitig sein können? Früher oder später, Kensington, wird euer ruhmreiches Empire ohnehin zu Staub zerfallen – die Thugs werden diesen Prozess nur ein wenig beschleunigen.«

»Wie wollt ihr das schaffen?«

»Sehr einfach – wir werden den Spieß umdrehen. Noch sind es deine Landsleute, die sich für die Herren der Welt halten, aber schon bald wird sich dies ändern. Mit einzelnen Aufständen hier und dort wird es beginnen, aber schon bald wird ein blutiger Krieg das ganze Land überziehen – ein Krieg, an dessen Ende die Briten aus Indien verjagt werden. Danach kommt Pakistan. Dann Hongkong und schließlich Australien. Und wenn uns diese Hälfte der Welt gehört, dann werden wir zurückkehren an den Ort, wo alles begann, und auch Europa unserem Reich einverleiben. Kali selbst wird uns anführen, und ihr Heer wird siegreich sein, wohin es auch kommt!«

»Du bist größenwahnsinnig, Feringhar«, stieß Colonel Kensington angewidert hervor. »Ein Räuber und Mörder bist du schon immer gewesen, aber nun haben dein Hass und deine Gier nach Macht dich auch noch den Verstand verlieren lassen.«

»So, denkst du?« In den Augen des alten Inders funkelte es so unheimlich, dass Alice sich schaudernd abwandte und Sepoy merkte, wie sich seine Nackenhaare sträubten. »Die Zukunft wird zeigen, wer von uns beiden Recht hatte. Allerdings wird nur einer von uns in der Lage sein, seinen Triumph mit eigenen Augen zu sehen.« Er lachte heiser auf, dann wandte er sich an seine Schergen: »Holt sie aus der Zelle und bereitet sie auf die Zeremonie vor. Sie sollen sich darauf gefasst machen, Kali zu begegnen.«

Die Thugs nickten und öffneten die Tür, die in die Gitterstäbe eingelassen war. Als Erstes griffen sie sich Sepoy, der sich heftig wehrte und sich dabei des Gatka bediente. Einen Angreifer konnte er niederschlagen, aber dann waren zwei weitere heran, die ihre Macheten zückten. Gleichzeitig stürzten sich zwei Thugs auf Alice, um sie von der Seite ihres Vaters zu reißen.

»Lasst sie in Ruhe, ihr elenden Kerle!«, rief Colonel Kensington – und mit letzter Kraft sprang er auf. Trotz seiner Erschöpfung und der überstandenen Torturen trat er den Thugs entgegen und schmetterte einen von ihnen mit einem einzigen Fausthieb zu Boden. Sofort gesellte sich Sepoy zu seinem Herrn, und indem die beiden sich gegenseitig den Rücken freihielten, gelang es ihnen, einen weiteren Angriff zurückzuschlagen. Zamindar bellte wütende Befehle, woraufhin noch mehr seiner Leute in die Zelle drängten und ein wüstes Handgemenge entbrannte.

»Vorsicht, Sepoy!«, schrie Alice, als sie sah, wie die Klinge einer Machete nach Sepoys Beinen hieb – aber der reagierte blitzschnell und sprang senkrecht in die Luft. Noch ehe seine Füße den Boden wieder berührten, teilte er einen harten Tritt aus, der den Mann mit der Waffe zurücktaumeln ließ. Auch Colonel Kensington wurde von allen Seiten bedrängt. Es gelang ihm, einem der Angreifer die Waffe zu entwinden, sodass er im nächsten Moment mit den Thugs die Klingen kreuzte. Funken stoben, als Metall auf Metall traf, mit hässlichem Zischen schnitten die rasiermesserscharfen Schneiden durch die Luft. Indem sie sich schützend vor Alice stellten, verteidigten der Colonel und Sepoy sie mit aller Entschlossenheit – aber gegen die Übermacht der Gegner hatten sie auf Dauer keine Chance.

Von irgendwo flog ein Knüppel heran, den Sepoy zu spät bemerkte. Hart und schmerzhaft krachte das stumpfe Holz an seine Schläfe und ließ ihn Sterne sehen. Einen Moment lang wankte er – Zeit genug für die Thugs, ihn zu Boden zu ringen. Dadurch war zumindest auf einer Seite der Weg zu Alice frei, und Colonel Kensington, der gegen zwei Thugs gleichzeitig focht, konnte seiner Tochter nicht zu Hilfe eilen. Schon hatten Zamindars Leute sie ergriffen und hielten ihr die Klinge eines Krummdolchs an die Kehle.

»Kensington!«, rief der Anführer der Thugs mit einer Stimme, die so laut und schneidend war, dass sie den Kampflärm übertönte.

Der Colonel fuhr herum, sah seine Tochter in der Gewalt des Feindes. »Nein! Bitte nicht …«

Das Hauen und Stechen setzte aus. Schlagartig wurde es totenstill in der Zelle.

»Du hast die Wahl, Kensington«, sagte Zamindar lauernd. »Entweder du ergibst dich, oder du wirst zusehen müssen, wie deine Tochter vor deinen Augen stirbt. Es ist deine Entscheidung ...«

Der Colonel brauchte nicht zu überlegen. Er sah die Furcht in Alices Augen und ließ augenblicklich seine Waffe fallen. Wenn er die Wahl hatte zwischen Leben und Tod, so entschied er sich stets für das Leben – auch wenn es nur noch Minuten währte ...

»Führt sie ab!«, befahl Zamindar mit bösem Grinsen. »Es ist an der Zeit, das Opfer darzubringen. Kali wird bereits ungeduldig ...«

# Die Entscheidung

Man führte sie zurück in den Tempel, auf das Podest zu Füßen der dunklen Göttin – und einmal mehr hatte es den Anschein, als würde die große hölzerne Statue Kalis, in deren Brust der Smaragd funkelte, drohend auf sie herabblicken.

»Ihr Mistkerle! Ihr elenden Feiglinge«, ereiferte sich Colonel Kensington. »Dafür werdet ihr büßen! Man wird euch alle zur Rechenschaft ziehen ...«

Seine Worte verhallten ungehört – nicht nur weil die meisten Thugs kein Englisch verstanden, sondern auch weil inzwischen der unheimliche Chor wieder eingesetzt hatte: »Kali! Kali!«, riefen die Thugs, die sich vor dem Podest versammelt hatten und die Fäuste in die Luft reckten, als wollten sie ihre Feinde damit zerschmettern. Die Ankunft jedes einzelnen Gefangenen wurde von der Menge mit noch lauterem Jubel quittiert. Am meisten jedoch johlten die Männer, als Zamindar die Bühne betrat.

Für viele Thugs war der Anführer ihres Kultes bislang nicht mehr als ein Gerücht gewesen, eine Gestalt wie aus alten Sagen und Legenden – als er nun jedoch wirklich und leibhaftig vor ihnen stand, kannte ihre Begeisterung keine Grenzen mehr. Mit fanatischem Glanz in den Augen riefen sie den Namen, unter dem er einst Angst und Schrecken verbreitet hatte: »Feringhar! Feringhar ...!«

Unter ihren Schreien schien die Höhle zu erbeben – und Alice wurde endgültig klar, dass sie keine Gnade zu erwarten hatten. Bislang hatte sie sich an den Gedanken geklammert, dass sich alles als grässlicher Albtraum herausstellen würde. Aber es gab kein Erwachen. Dies war kein Traum, sondern die Realität, die hier und jetzt für sie alle ein furchtbares Ende nehmen würde.

Nachdem Zamindar eine Weile im Beifall gebadet hatte, hob er gebieterisch die Arme, worauf sich das Geschrei der Thugs augenblicklich legte. Zamindar begann auf Ramasi zu ihnen zu sprechen, was zur Folge hatte, dass die drei Gefangenen kein Wort verstanden. Allerdings war das auch nicht nötig, denn aus den Reaktionen, die Zamindars Worte hervorriefen – den feindseligen Blicken und den heiseren Schreien –, konnten die drei sich ein ziemlich genaues Bild von dem machen, was das Oberhaupt der Thugs seinen Anhängern erzählte. Hasstiraden waren es, böswillige Verleumdungen, die den Zorn der Sektierer nur noch mehr anstachelten: ihren Zorn auf die Gefangenen, auf London, auf die Engländer und das ganze Empire. Und je wütender und rasender sie wurden, desto mehr waren sie Wachs in Zamindars Händen. Wie ein Konzertmeister dirigierte er die Gefühle seiner Anhänger: Seine Worte waren die Noten und seine erhobene Rechte diente als Taktstock, die Thugs waren die Musiker und ihr Hass das Instrument in dieser grausigen Symphonie.

Irgendwann, die Stimmung im Tempel hatte ihren Siedepunkt erreicht und die Männer schrien nur noch ein Wort, das sie ständig wiederholten, wandte sich Zamindar wieder den Gefangenen zu, die in einiger Entfernung von ihm knieten.

»Hört ihr, was meine treuen Anhänger fordern?«, rief er grinsend. »Sie schreien: Tod! Tod! Tod!«

»Das wundert mich nicht«, bemerkte Colonel Kensington bitter. »Diese Idioten tun alles, was du von ihnen verlangst. Das ist schon immer so gewesen.«

»Was soll ich machen?« Zamindars Grinsen wurde

noch breiter. »Sie sind eben aufrechte Söhne Kalis und ihrem ersten Diener – das bin ich – treu ergeben.«

»Sklaven sind sie, das ist alles«, stieß Alice hervor.

»Sklaven des Britischen Empires.« Zamindar nickte. »Wohl wahr.«

»Nein, sondern Ihre Sklaven«, widersprach sie entschieden. »Mit Ihren Reden haben Sie den Verstand dieser Menschen vergiftet. Ihnen geht es doch gar nicht darum, Ihrem Glauben zu dienen oder Kali oder sonst wem – Menschen wie Sie haben es nur auf ihren eigenen Vorteil abgesehen. Sie sind süchtig nach Macht, das ist alles.«

»Und das willst ausgerechnet du mir vorwerfen? Eine Engländerin? Auch das Empire strebt nach Macht, oder nicht?«

»Das stimmt«, kam Sepoy Alice zu Hilfe. »Das Empire hat viele Fehler begangen und ist längst nicht vollkommen. Aber es tötet nicht wehrlose Menschen nur um ihres Besitzes willen.«

»Wir töten nur zu Kalis Ehren«, behauptete Zamindar mit einem Lächeln, das jedes einzelne Wort als Lüge entlarvte.

»Unsinn«, fauchte Alice. »Die Göttin ist für Sie doch nur ein Mittel zum Zweck. Sie benutzen sie, um Ihren Anhängern Angst einzujagen und sie sich gefügig zu machen. Aber irgendwann wird man Ihre Absichten durchschauen, Zamindar – und dann werden Sie es sein, der hier oben steht und dessen Tod diese Leute fordern.«

Ihre Worte blieben nicht ohne Wirkung. Offenbar hatte Alice Zamindar empfindlich getroffen, vielleicht das ausgesprochen, wovor er sich tief in seinem Inneren am meisten fürchtete – denn das Gesicht des Inders lief dunkelrot an und eine breite Zornesfalte schwoll in der Mitte seiner zerfurchten Stirn.

»Vorlautes, dreistes Weibsstück«, rief er wütend, »dafür wirst du büßen! Mit dir werden wir den Anfang machen!«

»Nein!«, schrie Colonel Kensington entsetzt. »Nimm mich an ihrer Stelle!«

»Zu spät, Kensington«, beschied Zamindar und bedeutete seinen Schergen mit einer herrischen Geste, Alice zu ihm zu bringen. Daraufhin wurde sie von ihren Bewachern grob an den Haaren gepackt und weggezerrt.

»Vater!«, rief sie verzweifelt.

»Alice! Nein ...!«

Sowohl Colonel Kensington als auch Sepoy wollten Alice zu Hilfe kommen, aber ihre Bewacher hielten sie zurück. Sie mussten tatenlos zusehen, wie Alice vor Zamindar geschleppt wurde. Mit einem tödlichen Lächeln rollte dieser seinen Turban ab, unter dem ein haarloser, kantiger Schädel zum Vorschein kam. Ohne seinen Kopfputz sah der Anführer der Thugs sehr viel weniger eindrucksvoll aus und wirkte wie ein alter Mann – aber deshalb war er nicht weniger gefährlich.

Während zwei seiner Leute Alice festhielten, schlang er ihr den schwarzen Schal um den Hals, was seine Anhänger dazu bewog, noch lauter zu schreien. Erneut riefen sie seinen Namen, abwechselnd mit dem der Göttin Kali. Ihre Gier nach Blut und Rache hatte sie alles Menschliche vergessen lassen, sie waren nur noch Hüllen, die das taten, was ihr Oberhaupt von ihnen verlangte. Unbändiger Hass sprach aus ihren Augen. Alice konnte ihn fühlen, fast wie den Stoff, der sich um ihren Hals legte und sich langsam zuzog.

Alice blickte zu ihrem Vater, auf dessen ausgezehrten Zügen ein Ausdruck unendlichen Bedauerns lag. Erneut versuchte er seinen Bewachern zu entkommen, gebärdete sich wie von Sinnen – vergeblich. Er konnte seiner Tochter nicht helfen.

»Alice!«, schrie er aus Leibeskräften.

»Vater! Va...!«

Erbarmungslos zog Zamindar die Schlinge zu und brachte Alice zum Verstummen. Panik befiel sie, ihr Pulsschlag begann zu rasen. Sie schloss die Augen. Das Geschrei der Thugs und der peitschende Schlag der Trommeln dröhnte ihr in den Ohren, während sie darauf wartete, dass Zamindar sein grausames Werk zu Ende brachte ...

... aber das geschah nicht. Plötzlich lockerte sich der Schal um ihren Hals und Alice konnte wieder atmen. Sie schnappte nach Luft und riss die Augen auf – um zu sehen, dass der Anführer der Thugs noch immer über ihr stand und auf sie herabstarrte. Sein Mund war zu einem lautlosen Schrei aufgerissen, seine Augen seltsam glasig, sein faltiges Gesicht zur Maske gefroren. Den Thugs schien zu dämmern, dass etwas nicht stimmte, denn ihr Gesang geriet ins Stocken und verstummte schließlich ganz. Sogar die Trommeln setzten aus. Einen Augenblick lang stand Zamindar wie versteinert. Dann begann der alte Inder zu wanken – und über seiner linken Schulter bildete sich ein dunkler Fleck in seiner roten Kutte, der rasch größer wurde. Blut ...

Geschwächt und von Entsetzen geschüttelt brauchte Alice ein wenig länger als die Thugs, um zu begreifen, was geschehen war: Eine Kugel hatte Zamindar getroffen, den Schuss hatte bei all dem Lärm niemand gehört. Ein Stöhnen entrang sich Zamindars Kehle. Wie vom Blitz getroffen sank er nieder. Sofort waren einige seiner Schergen bei ihm, um sich seiner anzunehmen, und unter den Thugs im Tempel brach Chaos aus. Die einen schrien in blinder

Wut, andere ergriffen die Flucht, wieder andere schauten sich um, woher der Schuss gekommen sein mochte, der ihren Anführer niedergestreckt hatte.

Schon im nächsten Moment erhielten sie die Antwort – denn aus dem Schienenstollen, durch den Alice und ihre Freunde in den Tempel gelangt waren, stürmten Dutzende von Männern, die rote Uniformröcke und schwarze Hüte trugen und mit Gewehren bewaffnet waren, auf deren langen Läufen Bajonette steckten. Britische Soldaten! Plötzlich brachen an einigen Stellen der hohen Decke Gesteinsbrocken herab und prasselten zu Boden. Öffnungen entstanden, durch die fahles Mondlicht in die Höhle drang, und im nächsten Moment fielen Seile herab, an denen Männer in die Tiefe glitten, die ebenfalls rote Uniformen trugen und mit Pistolen und Säbeln bewaffnet waren: noch mehr Infanteristen*, die gekommen waren, um die Gefangenen zu befreien. Schüsse krachten und hallten von den Höhlenwänden wider, überall sanken Thugs zu Boden.

Unter den Sektierern brach Panik aus. Ob es daran lag, dass sie ihren Anführer verloren hatten, oder daran dass der Angriff völlig unerwartet gekommen war, war schwer zu sagen; jedenfalls leisteten nur wenige von ihnen Widerstand. Mit Macheten bewaffnet warfen sie sich auf die Soldaten, unter deren Bajonetten sie ein grausames Ende fanden; einige andere Thugs, die mit Pistolen bewaffnet waren, erwiderten das Feuer, und hier und dort stürzte einer der Soldaten an den Seilen getroffen in die Tiefe. Die meisten der Kali-Verehrer jedoch suchten ihr Heil in der Flucht, was freilich wenig Sinn hatte, da ihnen der einzige Weg aus der Höhle durch die nachrückenden Soldaten versperrt war. Als die Flüchtlinge und die Infanteristen aufeinander trafen, kam es zu einem wüsten Handgemenge. Schüsse fielen und der beißende Gestank von Pulver tränkte die Luft, entsetzliche Schreie gellten durch die Höhle.

In all dem Durcheinander, das von einem Augenblick zum anderen ausgebrochen war, gelang es Sepoy, sich zu befreien. Einer seiner beiden Bewacher hatte sich wutschnaubend in den Kampf gestürzt, der andere war kurz unaufmerksam gewesen, was Sepoy ausgenützt hatte, um ihn mit einem kräftigen Tritt vom Podest zu befördern. Daraufhin griff Colonel Kensingtons Bewacher ihn an.

Seine Machete mit beiden Händen führend hieb der Thug nach Sepoy, der der Klinge jedoch blitzschnell auswich. Mehrmals fegte der tödliche Stahl an ihm vorbei und verfehlte ihn nur um Haaresbreite – dann verlor Sepoy das Gleichgewicht und stürzte. Bäuchlings schlug er auf die Bodenbretter des Podests und rollte sich herum, sah den Thug über sich stehen, der bereits mit der Machete ausholte. Dass er nicht zum Zuschlagen kam, lag an dem grauen Schatten, der schnell wie der Wind heranfegte und sich mit einem heiseren Kampfschrei auf den Sektierer warf.

»Neeein …!«

Von der Wucht des Aufpralls von den Beinen gerissen, ging der Thug zu Boden. Dabei fiel ihm die Machete aus der Hand. Jetzt erst erkannte Sepoy, wer es war, der ihm das Leben gerettet hatte: kein anderer als Kenny, der mit fliegenden Schritten auf das Podest gestürmt war, um seinem Freund zu Hilfe zu eilen!

Benommen wollte sich Kenny, der ebenfalls gestürzt war, wieder auf die Beine raffen, aber der Thug war schneller und packte ihn. Schon holte die geballte Rechte des Mannes aus, aber sie erreichte ihr Ziel nie – denn jetzt war es Colonel Kensington, der in den Kampf eingriff.

»He, du«, stieß er schwer atmend hervor, »wie wäre es, wenn du dich zur Abwechslung mal an einem Erwachsenen vergreifen würdest?«

Noch im Flug fing er die Faust des Thugs ab und wirbelte herum, beförderte den Mann mit einem gekonnten Schulterwurf zu Boden. Der Colonel wollte eine harte Gerade nachschicken, aber sein Schlag war zu kraftlos, als dass er seinen Gegner beeindruckt hätte. Wie zwei bisswütige Schlangen schossen die Hände des Thugs empor und legten sich um den Hals des Colonels. Noch ehe sie jedoch zudrücken konnten, war Sepoy heran, der rasch die herrenlose Machete vom Boden aufgelesen hatte und sie dem Thug an die Kehle presste.

Auf Hindi zischte Sepoy eine heisere Warnung, woraufhin der Thug von Colonel Kensington abließ. Der wandte sich keuchend um, weil er seiner Tochter zu Hilfe kommen wollte – aber Alice war bereits frei. Ihre Bewacher hatten sich aus dem Staub gemacht und Kenny war gerade dabei, ihr auf die Beine zu helfen.

»Alice!«, seufzte der Colonel erleichtert.

»Vater!«

Überglücklich schlossen sie sich in die Arme und für einen Augenblick gab es für sie keine Höhle, keine Soldaten und keine Thugs. Sie genossen es nur, einander wiederzuhaben.

Als sie sich wieder voneinander lösten, war der Kampf um die Höhle schon entschieden – gegen die Übermacht der Soldaten hatten die Thugs keine Chance gehabt. Diejenigen, die sich widersetzt hatten, waren tot oder verwundet; jene, die flüchten hatten wollen, wurden in Ketten gelegt. Der Pulverdampf lichtete sich, und einige Feldärzte trafen ein, die sich um die Verwundeten kümmerten. Natürlich schauten sie auch nach den Gefangenen, die jedoch alle unverletzt geblieben waren, sah man von Colonel Kensingtons mitgenommenem Zustand ab.

»Gerettet«, hauchte Alice, die ihr Glück kaum fassen konnte. »Wir sind tatsächlich gerettet.«

»Allerdings«, stimmte Sepoy grinsend zu, »und das verdanken wir einzig und allein Kenny.«

»Och, das war doch nichts«, meinte dieser und machte eine wegwerfende Handbewegung.

»Wie hast du es geschafft, so schnell das Militär einzuschalten?«, wollte Sepoy wissen. »Hat etwa Lasalle …?«

»Der ganz sicher nicht. Lasalle wollte mich mal wieder einsperren. Wenn Mr Dickens nicht gewesen wäre …«

»Welcher Mr Dickens?«, erkundigte sich Alice.

»Charles Dickens«, erklärte Kenny schulterzuckend.

»Etwa der bekannte Schriftsteller?«

»Genau der«, bestätigte Kenny grinsend. »Er ist mein Freund, wisst ihr. Er wusste von dem Tunnel für die Untergrundbahn und wo er zu finden ist, und er hat mir jedes Wort geglaubt. Wenn er nicht sofort einen Boten zum Palast geschickt und seinen Einfluss bei Queen Victoria geltend gemacht hätte …«

»… würden wir jetzt wohl kaum hier stehen«, ergänzte Colonel Kensington und klopfte Kenny anerkennend auf die Schulter. »Du hast sehr klug gehandelt. Wir alle verdanken dir unser Leben, Kenneth.«

»Kenny«, verbesserte Alice, noch bevor Kenny etwas erwidern konnte, und sie mussten lachen – es war das ausgelassene Gelächter von Menschen, die unendlich froh darüber waren, noch am Leben zu sein. Die indische Verschwörung war aufgedeckt, der Kult der Thugs ein für allemal zerschlagen …

»Moment mal«, rief Sepoy plötzlich. »Wo ist Zamindar geblieben? Ich kann ihn nirgendwo entdecken.«

»Er wurde von einer Kugel getroffen«, wusste Alice zu berichten. »Zuletzt habe ich ihn dort drüben gesehen …«

»Das Grüne Herz von Kali! Es ist verschwunden!«, schrie Kenny aufgeregt, als er sah, dass die Nische in der Brust der Statue leer war – im Eifer des Gefechts hatte das noch niemand bemerkt.

»Zamindar muss den Stein mitgenommen haben«, vermutete Sepoy. »Wenn es ihm gelingt, damit zu entkommen, wird er sich einen neuen Schlupfwinkel suchen und neue Anhänger um sich scharen, und alles wird wieder von vorn beginnen.«

»Dazu wird es nicht kommen«, versprach Colonel Kensington und wandte sich an den befehlshabenden Offizier der Infanterieeinheit. »Lieutenant, lassen Sie sofort das gesamte Tunnelsystem durchsuchen. Feringhar ist der Anführer der Thugs, er darf uns auf keinen Fall entkommen.«

»Verstanden, Sir«, bestätigte der Offizier und salutierte. Gerade wollte er sich abwenden, um einen entsprechenden Befehl zu geben, als Alice einen lauten Schrei ausstieß.

»Dort!«, rief sie. »Zamindar!«

Die anderen sahen in die Richtung, in die Alice deutete, und erblickten eine hagere Gestalt, die verzweifelt versuchte, an einem der Seile emporzuklettern, über die die Soldaten in die Höhle gelangt waren. Seiner roten Kutte hatte sich Zamindar entledigt, sodass er in seinen schlichten grauen Kleidern kaum auffiel, und für sein Alter und dafür, dass er eine Kugel in der Schulter hatte, kletterte er erstaunlich behände. Aber er war es, ohne Zweifel – und in dem Beutel, der an seinem Gürtel hing, trug er den Smaragd, den er im allgemeinen Durcheinander an sich genommen hatte. Die Hälfte des Seils hatte er bereits erklommen, nur noch sechs oder sieben Yards trennten ihn von der Öffnung in der Decke – und von der Freiheit …

Der Lieutenant bellte eine Reihe von Befehlen, woraufhin einige Soldaten unterhalb des Seiles Stellung bezogen und Zamindar mit ihren Gewehren ins Visier nahmen.

»Soll ich Feuerbefehl erteilen, Sir?«, fragte der Lieutenant.

»Einen Augenblick noch«, bat Colonel Kensington. »Feringhar«, rief er laut, »dein Spiel ist aus! Gib auf, solange noch Zeit dazu ist!«

»Niemals«, kam es zurück. »Du wirst mich nie besiegen, Kensington! Niemals, hörst du?« Der Sektenführer verfiel in irres Gelächter.

»Dann lässt du mir keine andere Wahl, Feringhar«, knurrte der Colonel. »Lieutenant, geben Sie Ihren Leuten Befehl zum F…«

»Moment noch, Sir!«, rief Sepoy plötzlich, der die Machete noch in der Hand hatte.

»Wieso?«, fragte der Colonel verwirrt. »Was …?«

Er kam nicht dazu, die Frage auszusprechen. Wie ein Blitz schoss Sepoy an ihm vorbei und sprang mit einem weiten Satz vom Podest. Noch in der Luft griff er nach einem freien Seil, das von der Decke baumelte, und kletterte mit atemberaubendem Tempo daran empor, die Klinge zwischen den Zähnen. Schon war Sepoy höher als Zamindar und schaukelte am Seil in dessen Richtung, sehr zum Ärger der Soldaten.

»Was soll das, Sir?«, wandte sich der Lieutenant aufgebracht an Colonel Kensington. »Dieser junge Narr versperrt uns das Schussfeld. Soll ich trotzdem Feuerbefehl erteilen?«

»Sind Sie wahnsinnig?«, blaffte Alice. »Sepoy gehört zu uns!«

»Warum deckt er dann die Flucht des Feindes?«, wollte der Lieutenant wissen. »Wenn wir jetzt zögern, wird dieser elende Thug uns noch entwischen. Soll ich also schießen lassen, Colonel?«

»Nein. Wir warten.«

»Aber Sir …«

»Dieser Junge hat sein Leben riskiert, um das meine zu retten, Lieutenant«, stellte Alices Vater klar. »Wenn es jemanden auf dieser Welt gibt, dem ich blindlings vertraue, dann ist er es.«

Der Offizier schwieg, und gebannt schauten sie zu, was weiter geschah. Noch einmal schaukelte Sepoy an seinem Seil in luftiger Höhe hin und her – dann ließ er los. Alice stieß einen entsetzten Schrei aus, als Sepoy wie ein Zirkusartist durch die Luft flog und dabei einen Salto schlug – ehe er einen Atemzug später das Seil erreichte, an dem Zamindar hing. Um ein Haar wäre er abgestürzt, aber es gelang ihm, sich am rauen Hanf festzukrallen – und so hing Sepoy plötzlich *oberhalb* von Zamindar am Seil und versperrte ihm den Weg. Mit einer Hand hielt er sich fest, mit der anderen griff er zur Machete.

»Du«, zischte Zamindar, dessen Gesicht verzerrt war von Hass und Schmerz. »Ausgerechnet!«

»Ausgerechnet ich«, bestätigte Sepoy. »Und Sie können sich glücklich schätzen, sonst hätten die Soldaten Sie abgeschossen.«

»Geh mir aus dem Weg, Junge«, knurrte der Thug. »Lass dieses Abenteuer dich nicht das Leben kosten.«

»Nanu? Plötzlich so mitfühlend? Ich dachte, im Krieg gebe es keine Gnade?«

»Du bist ein guter Junge, Sepoy. An einem anderen Ort, zu einer anderen Zeit hättest du vielleicht zu meinen Leuten gehört.«

»Niemals.« Sepoy schüttelte den Kopf. »Ich bin kein Mörder wie Sie. Und ich bin auch kein Hindu, sondern Sikh.«

»Der Glaube spielt keine Rolle.« Zamindar lachte, während er am Seil hing, unter ihm die Schwindel erregende Tiefe. »Zumindest damit hatte Kensington Recht. Um Religion ist es nie gegangen, sondern immer nur um Macht. Verstehst du nicht, mein Junge? Wir stehen auf der einen Seite und sie auf der anderen. Wir hassen sie für das, was sie sind, und sie hassen uns für das, was wir sind. So ist es stets gewesen und so wird es auch immer sein.«

»Nein«, widersprach Sepoy, »das ist nicht wahr. Es geht auch anders. Ich habe Freunde unter den Engländern gefunden, die mich annehmen, wie ich bin. Sie sind meine Familie.«

»*Wir* sind deine Familie, begreifst du das nicht?«, zischte Zamindar. »An jenem Tag in meinem Laden, da hast du es gefühlt, nicht wahr? Zum allerersten Mal in deinem Leben warst du stolz auf das, was du bist. Habe ich Recht?«

Sepoy zögerte. Zamindar schien ihn gut zu kennen, denn er hatte tatsächlich so empfunden. Hatte er mit dem grausamen Anführer der Thugs mehr gemeinsam, als er zugeben wollte …? Sepoy merkte, wie seine Gedanken eine gefährliche Richtung nahmen, und er beschloss es zu beenden.

»Zurück«, fuhr er Zamindar an und richtete drohend die Machete auf ihn. »Klettern Sie wieder nach unten und stellen Sie sich.«

»Ich soll mich den Engländern stellen?« Zamindar lachte freudlos. »Weißt du, was mich dann erwartet?«

»Ein Gerichtsprozess«, war Sepoy überzeugt.

»So ist es. Und glaubst du, dass ich einen fairen Prozess bekommen würde? Dass vor ihren Gerichten jeder gleich behandelt wird, wie sie behaupten?«

Sepoy schluckte; dass es nicht so war, hatte er am eigenen Leib erfahren müssen …

»Du und ich, wir stammen vom selben Volk«, fuhr Zamindar fort, »und du willst mich an unsere Feinde ausliefern?«

»Sie sind nicht meine Feinde …«

»Ach nein? Was glaubst du denn, was sie in dir sehen? Einen Freund? Einen Bruder? Nein! Sondern einen Fremden, der gerade gut genug ist, ihr Diener zu sein. Oder hat Kensington deinetwegen auch nur eine Träne vergossen?«

»Nein«, gab Sepoy zu.

»Natürlich nicht, weil er in dir niemals etwas anderes sehen wird als einen schmutzigen Inder. Und jetzt gib den Weg frei, Junge! Komm mit mir, und ich verspreche dir, dass du dich deiner niemals wieder schämen musst!«

Die Augen des alten Inders hatten sich geweitet, sein Blick war stechend und seine Stimme beschwörend. Einen Moment lang zögerte Sepoy – aber dann musste er an Kenny und Alice denken, die ihr Leben für ihn aufs Spiel gesetzt hatten, und er erkannte das Gift in Zamindars Worten.

»Nein«, verkündete er entschieden. »Die Welt da draußen mag nicht vollkommen sein, aber das rechtfertigt nicht Ihren Hass. Irgendwann werden die Menschen einsehen, dass Rassen und Hautfarben nicht von Bedeutung sind – Sie hingegen werden nie etwas anderes sein als ein Dieb und ein Mörder und deshalb werden Sie vor Gericht gestellt.«

Jäh verschwand jede Nachsicht aus Zamindars Zügen und sein Gesicht wurde zur wütenden Fratze. »Junger Narr, dann wirst du deine Dummheit mit dem Leben bezahlen. Feringhar, der König der Thugs, lässt sich von niemandem aufhalten!«

Damit machte er einen Satz nach oben, um Sepoy zu packen und ihn in die Tiefe zu reißen – dieser jedoch war darauf gefasst und handelte blitzschnell. Noch ehe Zamindars knochige Hand ihn erreichte, hieb er mit der Machete zu – und durchtrennte das Seil knapp unterhalb der Stelle, wo er selbst hing.

Die Zeit schien stillzustehen. Man hatte den Eindruck, dass Zamindar für einen Augenblick in der Luft verharrte, allen Gesetzen der Schwerkraft zum Trotz, und entsetzt auf das durchschnittene Ende des Stricks starrte, den er in der Hand hielt. Dann verschlang ihn die Tiefe. Lauthals schreiend und mit den Armen rudernd stürzte der Anführer der Thugs, um gleich darauf hart auf dem Boden aufzuschlagen und in bizarrer Verrenkung liegen zu bleiben. Soldaten eilten von allen Seiten herbei.

Noch immer am Seil baumelnd blickte Sepoy auf Zamindar hinab. Für einen kurzen Moment überkam ihn ein Gefühl von Trauer. Dann atmete er erleichtert auf. Feringhar, der gefürchtete Anführer der Thugs, würde nicht zurückkehren, weder in dieser Nacht noch in irgendeiner anderen. Seine Verschwörung war aufgedeckt, sein Versuch, einen furchtbaren Krieg anzuzetteln, war vereitelt worden.

Der Spuk war vorbei.

# Der Abschied

Es war kein üblicher Londoner Morgen.

Die Luft war klar und rein und hoch am fast wolkenlosen Himmel stand die Sonne und wärmte mit ihren Strahlen die Hafengegend. Den dunklen Schatten, der sich auf Kenny Jones' Seele gelegt hatte, vermochte sie jedoch nicht zu vertreiben. Denn dies war der Tag, vor dem Kenny sich in den letzten vier Wochen insgeheim gefürchtet hatte.

Kenny hatte als Gast im Haus der Kensingtons geweilt und die Tage mit seinen Freunden verbracht. Gemeinsam hatten sie all das unternommen, was Kinder aus wohlhabendem Hause zu tun pflegten: Sie waren ins Theater gegangen und in den Zoo, hatten Spaziergänge unternommen und Kutschfahrten aufs Land, hatten bis spät in die Nacht zusammengesessen, und Alice hatte sich sogar Zeit genommen, Kenny das Lesen beizubringen. Ein ganzer Monat voll unbeschwerter Freude lag hinter ihnen – die beste Zeit, die Kenny je erlebt hatte.

Aber nun war es damit vorbei. Die Stunde des Abschieds war gekommen … Sie standen auf dem Promenadendeck des großen Dampfseglers, der den Namen *Eastern Pearl* trug und in Kürze auslaufen würde: Kenny, Sepoy, Alice und Colonel Kensington, der die zurückliegenden Wochen genutzt hatte, um sich von seinen Verletzungen und den Strapazen der Gefangenschaft zu erholen. Inzwischen fühlte er sich wieder gut genug, um die Reise zurück nach Indien antreten zu können, wo sein Regiment ihn bereits erwartete – und Alice hatte sich, sehr zu Kennys Bedauern, entschlossen, ihren Vater zu begleiten.

»Und du bist ganz sicher, dass du London verlassen willst?«, fragte er sie zum ungezählten Mal.

»Ja, Kenny. Ich möchte bei meinem Vater sein. Nachdem ich ihn fast verloren hätte, will ich nicht wieder ein ganzes Jahr von ihm getrennt sein. Kannst du das verstehen?«

»Ja.« Kenny lächelte, auch wenn ihm ganz und gar nicht danach zu Mute war. »Und was ist mir dir, Sepoy? Willst du nicht wenigstens bleiben?«

Der Angesprochene schüttelte den Kopf. »Tut mir Leid, Kenny. Der Besuch in London hat mir gut gefallen, aber ich habe Heimweh nach Indien. Außerdem gibt es dort Arbeit für mich zu tun – ich bin Colonel Kensingtons Diener, vergiss das nicht.«

»Natürlich«, meinte Kenny und rang sich noch ein Lächeln ab. »Schließlich muss ja irgendwer auf den Colonel aufpassen, richtig?«

»Richtig«, bestätigte Alices Vater, der eine nagelneue Uniform trug, deren Knöpfe nur so glänzten. »Ohne eure Hilfe und euren selbstlosen Einsatz würde ich nicht hier stehen. Euch dreien habe ich viel zu verdanken – am meisten aber dir, Kenny.«

»Mir? Wieso das?«

»Hättest du nicht so klug gehandelt und Mr Dickens verständigt, wäre alles verloren gewesen. So jedoch traf das Militär noch rechtzeitig ein, um die Pläne der Thugs zu vereiteln.«

»Ehrensache, Sir«, meinte Kenny und errötete ein wenig. »Hab ich doch gern gemacht.«

»Du hast uns allen das Leben gerettet«, sagte Alice und sandte ihm einmal mehr dieses reizende Lächeln, das ihm das Gefühl gab, zwei Handbreit über dem Boden zu schweben. »Das werden wir dir niemals vergessen. Du bist ein echter Held.«

»Na ja.« Das Rot in Kennys Gesicht wurde noch um einige Schattierungen dunkler. »Eigentlich hab ich ja gar nicht viel gemacht. Ohne die Hilfe von Mr Dickens hätte mir doch niemand ein Wort geglaubt. Wenn schon, dann verdankt ihr ihm euer Leben.«

»Ich habe Mr Dickens gestern besucht und meine Verbundenheit zum Ausdruck gebracht«, berichtete Colonel Kensington. »Wir haben uns eine Weile unterhalten. Wie er mir erzählte, schreibt er gerade an einem neuen Roman, der im nächsten Jahr erscheinen soll und für den er bei Scotland Yard recherchiert hat.* So war er zufällig dort, als Lasalle Kenny ins Gefängnis werfen lassen wollte.«

»Apropos«, sagte Alice, »was ist eigentlich aus Inspector Lasalle geworden?«

»Ich habe meine Beziehungen spielen lassen«, antwortete ihr Vater mit verschmitztem Lächeln. »Nach allem, was vorgefallen ist, wurde Lasalle seines Ranges enthoben und versieht bis auf Weiteres als gewöhnlicher Constable im Londoner East End seinen Dienst.«

»Das geschieht ihm recht.« Kenny grinste breit. »Vielleicht lernt er dadurch, dass nicht jeder Mensch, der weniger Glück hatte als er, deshalb gleich ein Verbrecher ist.«

»Das wäre wünschenswert.« Colonel Kensington nickte. »Die Anklage gegen Sepoy und dich wurde jedenfalls fallen gelassen. Und was den Diebstahl im Museum betrifft, so wurde er offiziell zwar nicht aufgeklärt, aber der Direktor und die königlich-wissenschaftliche Akademie sind so froh darüber, den Stein wieder unversehrt zurückzuhaben, dass ihnen das herzlich gleichgültig ist.«

»Und was ist mit Zamindar?«, erkundigte sich Sepoy. Er sprach den Namen mit einem gewissen Respekt aus. Denn obwohl der Thug ein ruchloser Dieb und Mörder war und sie alle hatte töten wollen, fühlte Sepoy mit ihm …

»Bei seinem Sturz hat er sich beide Beine gebrochen«, wusste Colonel Kensington zu berichten. »Sobald er genesen ist, wird er dem Richter vorgeführt. Bei der Vielzahl seiner Verbrechen wird die Verhandlung eine Weile dauern, aber am Ende wird er verurteilt werden und am Galgen enden.«

»Irgendwie tut er mir Leid«, sagte Sepoy leise.

»Ist das dein Ernst? Mir kein bisschen«, verkündete Alice entschieden. »Er war ein grässlicher Mensch. Aber mit einem hatte er vielleicht Recht.«

»Womit?«, wollte ihr Vater wissen.

»Damit, dass Gewalt nur immer neue Gewalt hervorbringt«, erwiderte Alice leise. »Damals glaubtet ihr die Thugs niedergeschlagen zu haben, aber sie sind dennoch zurückgekehrt, und um ein Haar hätten viele Unschuldige mit dem Leben dafür bezahlt. Vielleicht ist das Empire über kurz oder lang tatsächlich zum Untergang verurteilt, wenn es seine Politik nicht ändert.«

»Aber Alice!«, rief Colonel Kensington entsetzt. »Wie kannst du so etwas sagen?«

»Sieh uns an, Vater. Sepoy, Kenny und ich sind so unterschiedlich, wie wir nur sein können. Wir kommen aus verschiedenen Schichten, ja, sogar aus verschiedenen Ländern – und dennoch haben wir uns zusammengerauft und sind Freunde geworden. Es ist Unsinn, zu behaupten, dass ein Volk dem anderen überlegen sei. Nur wenn wir alle zusammenarbeiten und gegenseitig unsere Stärken und Schwächen annehmen, können wir auf Dauer erfolgreich sein.«

»Ist das deine Überzeugung?«

»Allerdings.«

»Dann wirst du dich ohnehin durch nichts und niemanden davon abbringen lassen, wie ich dich kenne.« Der Colonel lächelte stolz. »Die Erfahrungen, die hinter euch liegen, kann euch niemand mehr nehmen. Es liegt an euch, etwas daraus zu machen. Erinnert euch stets daran, was ihr hier gelernt habt.«

»Das werde ich«, versprach Kenny. »Und ich werde euch alle nie vergessen.«

»Wir dich auch nicht, Kenny«, versicherte Alice – in diesem Moment gab das Horn des Dampfers das Signal zum Ablegen.

»Es ist Zeit«, verkündete Kenny gefasst, obwohl sein Herz in diesem Augenblick bleischwer wurde. »Ich muss von Bord. Lebt wohl.«

»Leb wohl, Kenny«, erwiderte Alice, und ohne sich darum zu kümmern, ob es sich für eine junge Dame gehörte oder nicht, trat sie vor und umarmte ihn herzlich, drückte ihn so fest an sich, dass er den Lavendelduft riechen konnte, der sie stets umgab. »Danke für alles«, flüsterte sie mit Tränen in den Augen.

»Schon gut«, gab er zurück, und weil er merkte, dass auch seine Augen feucht wurden, löste er sich rasch aus ihren Armen und tat so, als wäre ihm Staub ins Auge gekommen. »Ich wünsch dir eine gute Reise. Und pass gut auf dich auf, in Ordnung?«

»In Ordnung.« Sie nickte.

Dann kam ihr Vater an die Reihe, der Kenny lange die Hand schüttelte und ihm dabei anerkennend auf die Schulter klopfte. Schließlich blieb nur noch Sepoy übrig, von dem Kenny sich verabschieden musste. Ringsum auf Deck herrschte rege Betriebsamkeit, die Matrosen waren dabei, die letzten Leinen zu lösen. Jeden Moment würde die *Eastern Pearl* vom Kai ablegen, die Zeit drängte ...

»Das war's dann also, was?«, meinte Kenny.

»Sieht ganz so aus.«

»Wir haben zusammen eine Menge durchgemacht, nicht wahr?«

»Kann man wohl sagen.«

Kenny nickte, suchte nach den passenden Worten. Noch vor ein paar Wochen war Sepoy für ihn nichts als ein Fremder gewesen, den er bei ihrer ersten Begegnung für ein Monster gehalten hatte – und nun wollte er ihn am liebsten gar nicht gehen lassen.

»Sehen wir uns irgendwann wieder?«, fragte er zaghaft. »Irgendwann, meine ich?«

»Natürlich werdet ihr euch wiedersehen«, versprach Colonel Kensington. »Spätestens in zwei Jahren, wenn mein Kommando in Indien endet, werden wir nach London zurückkehren.«

Kenny seufzte – das war kein wirklicher Trost. Zwei Jahre schienen ihm in diesem Augenblick ein unendlich langer Zeitraum zu sein. Wer vermochte zu sagen, was bis dahin geschehen würde? Würden sie dann überhaupt noch Freunde sein? Erneut tutete das Signalhorn – Kenny musste von Bord.

»Mach's gut, Sepoy«, sagte er traurig.

»Du auch«, erwiderte Sepoy. *»Dhanyabad«*, fügte er hinzu und verbeugte sich.

*»Dhanyabad«*, erwiderte Kenny und wollte sich ebenfalls verbeugen. Aber Sepoy lachte nur und umarmte Kenny so herzlich, als wäre er sein leiblicher Bruder. Dann streckte er ihm die Hand hin. »Freunde?«, fragte er dazu.

»Freunde«, erwiderte Kenny und gab ihm die Hand.

»Freunde«, bestätigte auch Alice, indem sie ihre Rechte

noch obendrauf legte, und alle drei lachten. Nicht vor Heiterkeit oder Erleichterung, sondern um die Trauer zu vertreiben, die sie empfanden.

Ihre Hände trennten sich, und Kenny wandte sich ab und ging ohne sich noch ein weiteres Mal umzudrehen von Bord. Erst als er die Gangway passiert und den Pier erreicht hatte, blickte er zurück. Seine Freunde standen oben an der Reling und winkten ihm, Sepoy mit den Händen, Alice mit einem Taschentuch.

»Leb wohl, Kenny!«, riefen sie ihm zu, und er winkte zurück, während die Matrosen die Gangway einholten.

In wenigen Augenblicken würde die *Eastern Pearl* den Hafen von London verlassen haben und auf der Themse flussabwärts fahren, dem Meer entgegen und einem exotischen Land. Kenny hingegen würde zurückbleiben und wieder das sein, was er auch zuvor schon gewesen war: ein Schmutzfink, der im Schlamm des Flusses nach all den Dingen wühlte, die andere dort verloren hatten.

Betreten blickte er zu Boden, wollte seinen Freunden die Tränen nicht zeigen, die ihm nun doch über die Wangen liefen. Im Grunde, sagte er sich, hatten Trevor und Doyle Recht gehabt: Er war ein Mudlark und würde auch niemals etwas anderes werden. Für kurze Zeit hatte er in einem Traum gelebt, der nun zu Ende war. Der Überlebenskampf, den Kenny geführt hatte, bevor er Alice und Sepoy begegnet war, würde weitergehen. An jedem einzelnen Tag ...

»Kenny!«, rief Colonel Kensington plötzlich vom Schiff herab.

»Ja, Sir?« Kenny sah auf. Weißer Dampf wölkte aus den Schloten des Schiffes; die Maschinen hatten ihre Arbeit aufgenommen und begannen zu stampfen.

»Könntest du dir auch vorstellen, mit uns zu kommen?«

»W-was?«, rief Kenny verdutzt zurück und vergaß dabei ganz, sich die Tränen aus dem Gesicht zu wischen.

»Ich fragte, ob du mit uns kommen möchtest«, wiederholte der Colonel. »Ich kann sehen, wie schwer es dir fällt, von deinen Freunden Abschied zu nehmen, und Alice und Sepoy scheint es nicht anders zu gehen. Und da du so viel für uns getan hast ...«

»S-Sie würden mich mitnehmen, Sir?«, stammelte Kenny, der gar nicht wusste, wie ihm geschah. »Mit nach Indien?«

»Natürlich nur, wenn du willst. Ich würde dich wie Sepoy in meine Dienste aufnehmen. Du würdest in unserem Haus wohnen und eine ordentliche Ausbildung bekommen.«

»I-ich würde richtig lesen und schreiben lernen?«

»Das und noch einiges mehr. Ich bin sicher, es wäre Sepoy ein Vergnügen, Alice und dir seine Heimat zu zeigen. Also, was meinst du?«

Kenny brauchte keinen Moment zu überlegen. Statt zu antworten rannte er einfach los. Schon waren sämtliche Leinen gelöst und die Gangway eingeholt worden. Gezogen von den Schleppschiffen hatte der Dampfer bereits abgelegt, der Abstand zum Kai vergrößerte sich immer mehr.

Kenny biss die Zähne zusammen – und sprang. Eine quälende Sekunde lang flog er durch die Luft und wusste nicht, ob er das Schiffsdeck noch erreichen oder ins Hafenbecken stürzen würde – dann landete er sicher auf den Planken.

Sepoy jubelte, während Alice ihren Vater dankbar umarmte. Dann eilten sie hinab zum Bootsdeck, um Kenny in Empfang zu nehmen. Die drei umarmten sich und jubelten ausgelassen, während die *Eastern Pearl* das Hafenbecken verließ und den offenen Fluss erreichte. Dort nahm der mächtige Dampfer Fahrt auf, und zum allerersten Mal in seinem Leben sah Kenny die vertrauten Türme und Dächer Londons in der Ferne entschwinden.

Zusammen mit Alice und Sepoy stand er an der Reling und hatte das Gefühl, als wollte sein Herz vor Freude zerspringen. Nun war er ganz sicher, dass er neue Freunde gewonnen hatte, die besten, die er sich wünschen konnte. Gemeinsam mit ihnen würde er ein fremdes Land besuchen und jenen fernen Horizonten entgegenfahren, von denen er sein Leben lang geträumt hatte.

Und vielleicht auch einem neuen Abenteuer …

# Begriffserläuterungen

| | |
|---|---|
| *Yard* | englisches Längenmaß; ein Yard misst etwa 90 Zentimeter |
| *Constables* | Polizeibeamte |
| *Wiesel* | abfälliger Ausdruck für die Polizei |
| *Mudlarks* | sprich: »Madlahks« |
| *Clipper* | Segelschiff, das Handelswaren transportiert |
| *Bobby Peel* | Gemeint ist der britische Innenminister Robert »Bobby« Peel, der Scotland Yard 1829 gegründet hat; seinem Vornamen verdanken die Londoner Polizisten ihren Spitznamen »Bobbys« |
| *East End* | Sammelbegriff für die armen, im Osten der Stadt gelegenen Viertel |
| *Times* | bekannte Londoner Zeitung, die seit 1785 erscheint |
| *Reel* | schottischer Tanz, bei einfachen Leuten sehr beliebt |
| *Charing Cross* | Platz im Zentrum von London |
| *Krone* | englische Münze im Wert von fünf Shillings |
| *Saheb* | Hindi für »Bruder«, höfliche Anrede unter Männern |
| *Dhanyabad* | Hindi für »Danke« |
| *kalfatert* | mit Teer abgedichtet |
| *Pütz* | Bootseimer |
| *God save the Queen* | »Gott schütze die Königin« – Zeile aus dem Text der englischen Nationalhymne |
| *Infanteristen* | Fußsoldaten |
| | Charles Dickens' Roman »Little Dorrit« erschien im Jahr 1857 |

Pancras
Islington
Battle Br.
Tottenham Court
Mary le Bone
Groene Velden
Park
Bridge
Weg
WEST MUNSTER
Totthill Fields
Tuinen van Neat house
Westminster Brug
Lambeth
Velden van
S.t George
Newington
Vaux Hall
Zuid Lambeth
Nine Elms
Kenington
Gemeen Veld
Battersea
GEDEELTE